LISA FIEDLER

LA GUERRE DES MŪS

TOME 3

LE RETOUR
DE LA PAIX

Traduit de l'anglais (USA)
par Faustina Fiore

Flammarion Jeunesse

Titre original : Mouseheart, Book 3

© Flammarion pour la traduction française, 2016
87, quai Panhard-et-Levassor – 75647 Paris Cedex 13
ISBN : 978-2-0813-4298-9

Pour Shannon et Ricky,
mes meilleurs amis.

PROLOGUE

Quelque temps plus tôt, dans les tunnels de métro sous Brooklyn, New York...

Le voyage depuis le monde d'en haut vers Atlantia avait été éreintant, mais les quatre souriceaux marron n'avaient pas remis en cause le projet de leur père. Cela faisait si longtemps qu'il leur parlait de son rêve de coloniser le Lieu Oublié, un territoire lointain et merveilleux, que c'était devenu aussi leur propre rêve.

Leur mère avait été tout autant excitée que leur père à l'idée de commencer une nouvelle vie sous la ville... jusqu'à ce que le piège à souris se referme sur elle.

Les souriceaux avaient eu le cœur brisé, bien sûr. Mais leur père les avait incités à être forts, et à aller de l'avant. C'était le plus bel hommage qu'ils pouvaient rendre à leur mère. Ils avaient donc rassemblé leur courage et continué leur route.

Ils avaient eu un moment de panique devant la porte de la cité, quand un gros chat avait menacé de les manger pour le petit-déjeuner ; heureusement, leur père, Fiorello, était un habile diplomate, et il avait réussi à convaincre le chat de les laisser entrer non seulement dans la ville, mais aussi dans le palais.

— Je... je... je n'ai... n'aime pas cet... cet endroit, balbutia le plus petit de la portée, Yahnis, en suivant son père en haut des marches conduisant vers la demeure imposante de l'empereur Titus.

Sa sœur, Céleste, posa une patte sur son épaule.

— N'aie pas peur. Quand l'empereur aura donné à papa l'autorisation de coloniser le Lieu Oublié, nous habiterons dans la plus belle partie des tunnels.

— Elle a raison, appuya leur sœur Hazel en balançant sa queue de droite à gauche.

— J'aimais mieux notre an... ancienne maison, là-haut, où je pouvais jou... jou... jouer sous le bureau du maire, protesta Yahnis.

— Chut ! siffla le plus grand. Il ne faut pas que papa t'entende. C'est son rêve de fonder cette nouvelle ville. Nous devons l'aider à le réaliser. (Il sourit à son jeune frère.) Et songe que si tout se passe bien, nous serons princes, et Hazel et Céleste seront princesses : des membres d'une famille royale !

Cette idée redonna un certain entrain à Yahnis.

Quand ils pénétrèrent dans le hall majestueux du palais d'Atlantia, un rat en livrée de laquais les escorta jusqu'à la salle du trône. Les hautes portes étaient entrouvertes, juste assez pour que le plus grand souriceau puisse jeter un coup d'œil à l'intérieur.

Une salle luxueuse, un fauteuil doré et, assis dessus, un rat imposant, avec une cicatrice en travers du museau. L'empereur Titus, qui tenait entre ses mains l'avenir de ces petites souris.

Face à Titus se tenait l'impératrice, qui portait une robe chatoyante, agrémentée d'un diadème et d'un collier de pierres bleues. Un jeune rat était debout à côté d'elle. Il avait l'air assez sauvage, malgré non élégante veste violette et son pantalon raffiné. Il ne faisait aucun doute que c'était le prince royal, l'héritier des Romanus. Il était encore jeune, mais on pouvait déjà détecter sa force et sa fierté dans son attitude. Il portait une belle épée, mais il se tortillait inconfortablement dans son pantalon ridicule. Le souriceau ne put s'empêcher de glousser : le prince avait vraiment l'air de détester son costume. Il remarqua par ailleurs que le jeune rat était le seul présent.

Je me demande où est le reste de la portée, pensat-il.

— L'empereur est en entretien avec sa famille, annonça le laquais. Il vous recevra dans un instant.

Le souriceau s'approcha plus près de la porte et tendit l'oreille.

— Titus, je commence à me poser des questions, disait l'impératrice. Je sais que ta politique, quoique mystérieuse, nous a apporté la sécurité et la prospérité. Mais quelque chose a changé. Je suis inquiète.

— Moi aussi, papa, renchérit le jeune prince.

Titus secoua la tête, réprobateur :

— Tsk tsk... Prince Zucker, tu t'oublies. Je suis peut-être ton père, mais je suis aussi l'empereur. Je te prie de t'adresser à moi comme il convient.

Le prince leva les yeux au ciel.

— D'accord... *Sire*. Je suis du même avis que ma mère. Ce traité me paraît louche. Si seulement vous m'autorisiez à aller patrouiller dans les tunnels...

— Je te l'interdis. Tu n'es qu'un enfant.

— Je ne serai pas toujours un enfant, répliqua le prince en serrant les dents. Un jour, j'irai ! Quand je serai plus grand, je sortirai de cette ville, et...

— Silence !

L'empereur toisa froidement son épouse.

— Conselyea, au lieu de fatiguer ta jolie petite tête avec des notions comme la politique et les traités, tu ferais mieux d'employer ton temps à inculquer les bonnes manières à notre fils unique.

— Titus, insista désespérément l'impératrice, laisse-moi aller voir la reine Felina. Laisse-moi lui parler. Je soupçonne qu'elle n'a pas été complètement honnête avec toi, et qu'il y a des choses que tu ignores.

— Je n'ignore rien ! assura l'empereur.

Puis il se tourna vers son fils :

— Tu ne franchiras pas les murailles de cette ville, est-ce clair ? Jamais tu ne t'aventureras dans le Grand Au-delà !

Le prince hésita, puis hocha la tête. Mais son expression disait clairement qu'il n'avait pas l'intention de tenir longtemps cette promesse. Le souriceau comprit que le jeune rat attendrait son heure, et que dès qu'il serait un peu plus grand – et peut-être un peu plus courageux –, il braverait l'interdiction de son père et se glisserait hors d'Atlantia.

— Quant à toi, ma chère, continua Titus en souriant à son épouse, je te supplie de ne plus te « poser des questions », comme tu dis. Et en aucun cas tu ne dois essayer de contacter la reine Felina.

— Pourquoi ? marmonna le prince. Parce que c'est une sale bête, sournoise et sadique ?

— Parce que c'est une reine très occupée ! Tout comme moi, d'ailleurs. Et c'est pourquoi je dois à présent vous demander de me laisser travailler. Zucker, va dans ta salle de classe. Et ensuite, à ton cours d'escrime. Je demanderai à tes précepteurs de me rendre compte de tes progrès.

D'un geste de la main, l'empereur congédia sa famille.

Quand l'impératrice et le prince sortirent de la salle du trône, le prince, qui marchait à grands pas furieux, heurta le souriceau qui tomba à la renverse. Il lui adressa une grimace d'excuse et lui tendit une main pour l'aider à se relever :

— Désolé. Je ne regardais pas où j'allais.

Mais le souriceau n'accepta pas la main tendue, et se releva tout seul. *Quelles manières,* pensa-t-il.

Quand je serai prince, moi aussi, tu y réfléchiras à deux fois avant de me rentrer dedans ! Il jeta un regard noir au jeune rat, et se détourna.

— Comme tu voudras, grommela le prince Zucker en haussant les épaules.

Et il partit, après avoir salué poliment le reste de la famille.

— Qu'il est beau ! chuchota Hazel à Céleste.

— Et ma... ma... majestueux ! ajouta Yahnis.

Le laquais fit un signe à Fiorello.

— L'empereur va vous recevoir.

Fiorello sourit à sa portée, rayonnant d'espoir.

— Attendez-moi ici, les enfants. C'est le début d'une grande aventure !

Les deux sœurs couinèrent de ravissement ; même le petit Yahnis avait l'air ravi.

— Une av... av... aventure ! répéta-t-il.

Fiorello se redressa et entra dans la salle du trône. À nouveau, le plus grand souriceau coula un œil dans l'entrebâillement et écouta.

— Bienvenu, rongeur, salua Titus d'une voix hautaine. On m'a rapporté que vous veniez du Monde Éclairé et que vous désiriez obtenir mon aide pour coloniser une station de métro abandonnée, loin d'ici, au-delà du fleuve.

— En effet, Sire, confirma Fiorello avec un salut profond. Et je crois sincèrement qu'en travaillant ensemble, vous et moi, nous pourrions accomplir des merveilles.

Titus garda un instant le silence, en pianotant sur l'accoudoir de son superbe trône avec ses doigts recourbés.

— Présentez-moi donc votre projet en détail, monsieur. Ce que vous avez à dire m'intéresse vivement.

En entendant son père commencer à exposer sa stratégie au rat impérial, le souriceau ressentit une bouffée d'orgueil. Il savait que son père allait changer leurs vies pour toujours. À partir de ce moment-là, plus rien ne serait comme avant.

CHAPITRE UN

Ils se tenaient debout sur un balcon très haut au-dessus de la ville. En bas, Atlantia brillait de mille feux.

Elle brille, et elle continue de s'agrandir, pensa Hopper. La métropole s'enrichissait et s'étendait de jour en jour, presque de minute en minute.

— Raconte-moi encore comment Atlantia a été fondée, réclama une voix douce près de lui.

Hopper sourit et regarda les yeux noirs et vifs de sa filleule, la princesse Esperanza.

— Alors, commença-t-il, ravi de l'intérêt dont faisait preuve la petite rate envers sa propre histoire, Atlantia était le rêve de ton grand-père, feu l'empereur Titus. C'était un rat très ambitieux venu du monde d'en haut, de Brooklyn.

Esperanza frissonna.

— Mais il était méchant !

— Il a commis des erreurs, corrigea Hopper.

C'était une manière très généreuse de présenter les choses. En réalité, l'empereur Titus avait pris tout un ensemble de décisions extrêmement mauvaises, et d'innombrables rongeurs innocents avaient été victimes de sa politique. Certes, il avait occupé une station de métro oubliée sous le quartier de Brooklyn et l'avait transformée en cette ville spectaculaire qui s'étendait à présent devant eux. Mais pour atteindre cette prospérité, il avait dû passer une bonne partie de son règne à sacrifier à une affreuse chatte, la reine Felina, des rongeurs égarés dans les tunnels. Titus justifiait cette atrocité par la nécessité d'acheter la paix pour Atlantia. À la fin, cela lui avait coûté bien plus encore...

Mais Hopper ne voulait pas évoquer ces détails horribles devant sa jeune amie. Il préférait lui offrir une version édulcorée des faits.

— Il y a longtemps, Titus est arrivé sur ce quai abandonné et il a choisi cet endroit pour y bâtir sa superbe ville. Sous son commandement, Atlantia est devenue une grande civilisation.

— Mais mon grand-père cachait un terrible secret, continua Esperanza, qui connaissait l'histoire par cœur.

— En effet, confirma Hopper avec un hochement de tête solennel. Un secret qui a fait souffrir bien du monde... y compris lui-même. Mais grâce à ta mère et à ton père...

— Et à toi ! L'Élu !

Hopper rougit légèrement.

— Hum... Grâce à nous tous, donc, et aux rebelles, et aux réfugiés, Titus a été renversé, et peu de temps après, Felina a été vaincue à son tour, ce qui a mis fin à la tyrannie.

— Mais au cours de la bataille, Atlantia a été réduite en ruine, poursuivit Esperanza, les yeux brillant d'intelligence et d'excitation. Alors l'empereur et l'impératrice...

— ... autrement dit, ton papa et ta maman, précisa Hopper en souriant. Tu sais bien qu'ils ne souhaitent plus être désignés par ces titres, maintenant que le gouvernement d'Atlantia est en train de passer d'une monarchie à un régime plus égalitaire et démocratique.

Esperanza fit la moue.

— Je sais. Et je sais aussi que du coup, ils ne veulent pas que je porte des belles robes et une couronne et des bijoux, comme ma grand-mère, l'impératrice Conselyea.

— Les belles robes et les couronnes ne servent pas à grand-chose, lui rappela Hopper.

— Mais j'aime être une princesse !

— Je sais, ma chérie, mais tes parents préféreraient de très loin que tu aimes être sage et bonne, dit Hopper en la caressant entre les oreilles. Ils veulent voir Atlantia renaître, de manière à pouvoir accueillir tous les rongeurs et à leur offrir un abri derrière les murailles. Et sans terrible secret, cette fois !

Hopper baissa à nouveau les yeux et contempla l'agitation de la ville en dessous. Les progrès étaient évidents. Les souris travaillaient coude à coude avec les rats, les rats avec les écureuils. Atlantia était en passe de redevenir la ville splendide qu'elle avait été quand il l'avait vue pour la première fois depuis ce même balcon. Après de longs mois de labeur intensif, le chef-d'œuvre souterrain était presque terminé : la cité était à nouveau florissante.

Mais les changements que l'empereur Zucker et l'impératrice Firren désiraient introduire ne concernaient pas seulement l'architecture et le commerce. Ils nourrissaient un idéal entièrement nouveau au sujet de la manière dont Atlantia devait être gouvernée, et l'empire était en train de connaître de grandes améliorations politiques. Les citoyens pouvaient désormais voter pour des décisions importantes, et exprimer leurs idées à l'occasion de réunions publiques. Zucker avait trouvé cette idée dans un livre de la bibliothèque de Titus. Il appelait ça « une république », et Firren et lui étaient résolus à en faire une réalité pour Atlantia.

Cependant, ils savaient que même des changements positifs avaient besoin de temps pour être acceptés, et étaient conscients que leurs sujets avaient besoin de s'accoutumer à cette idée. Ils avaient donc cessé de s'attifer de leurs joyaux et de leurs costumes élégants. Zucker portait une tenue de travail ordinaire, semblable à celle de ses sujets (il la trouvait d'ailleurs bien plus confortable que sa tenue d'apparat), et Firren avait retrouvé sa bien-aimée tunique de Ranger. Ils demandaient par ailleurs aux Atlantiens de les appeler par leur nom, et non par leur titre. Malgré tout, les rongeurs continuaient à s'incliner ou à faire la révérence devant eux, et à les appeler « Votre Majesté » ou « Votre Altesse ». Les habitudes étaient difficiles à perdre.

Hopper ne comprenait pas que les rongeurs aient tant de mal à s'accommoder d'une évolution qui était dans leur intérêt. Croyaient-ils donc que l'élégance et le luxe représentaient l'habileté et la compétence ? C'était exactement sur ce genre de détails superficiels que Titus avait appuyé son autorité, et il n'y avait qu'à voir ce que ça avait donné... Quand il s'agissait de gouverner, Hopper savait que c'était le caractère, et non la couronne, qui faisait de quelqu'un un bon dirigeant.

Hélas, la petite Esperanza n'avait pas encore admis cette vérité, mais cela n'inquiétait pas Hopper. Elle était encore très jeune, et avait tant à apprendre. Pour le moment, sa filleule était éblouie par les vieilles robes et les bijoux de sa grand-mère, qu'elle avait dénichés au fond des caves du palais et qu'elle s'était appropriés. Il était toutefois convaincu qu'elle finirait par comprendre la valeur de qualités invisibles telles que la droiture, la loyauté, la probité. Il ne faisait pour lui aucun doute qu'Esperanza et ses quatre frères et sœurs soutiendraient un jour le nouveau gouvernement que leurs parents étaient en train de mettre en place. Cette idée le réjouissait.

Pourtant, une ombre de tristesse se mêlait à sa joie. Tout cela lui rappelait sa propre famille : son frère et sa sœur. La dernière fois qu'il s'était tenu sur ce balcon, il n'avait aucune idée de ce que l'avenir lui réservait, et aurait tout donné pour savoir ce qu'étaient devenus Pinkie et Pup.

Il savait où était désormais Pinkie : en sécurité, derrière le mur gris du village des Mūs, où elle dirigeait la tribu avec une sagesse et une bienveillance nouvelles. Au grand soulagement de Hopper, Pinkie avait beaucoup changé depuis qu'elle avait découvert que leur père, le légendaire rebelle Dodger, était encore vivant. Elle était restée grincheuse et autoritaire, mais ne se montrait plus colérique ni cruelle. Dodger partageait son temps entre le village des Mūs, où il aidait Pinkie dans sa tâche, et Atlantia, où il officiait en tant que conseiller de Zucker. Hopper était enchanté de la manière dont Pinkie avait tourné.

Mais Pup... Pup était une autre histoire.

Où se terrait leur petit frère, dans ces vastes tunnels ? Mystère. Quant à ses intentions, nul ne savait ce qu'elles étaient.

— Hopper ! Regarde !

— Qu'y a-t-il, Esperanza ? demanda Hopper en chassant ses sombres pensées.

— Là-bas !

Esperanza se penchait si loin au-dessus du vide que Hopper bondit en avant pour la saisir par la capuche de sa petite cape rose – un cadeau de Pinkie, qui raffolait de cette couleur.

— Regarde, sur la place du marché ! Un écureuil vend des petits moulins à vent en papier ! Je peux en avoir un, s'il te plaît ? Je peux, dis ? J'ai le droit d'avoir ce que je veux : je suis une princesse !

— Esperanza, lui reprocha doucement mais fermement Hopper, tu ne peux pas exiger quelque chose sous prétexte que tu es la fille de Zucker et Firren. Il faut que tu gagnes ce que tu désires.

— Mais je n'ai pas exigé, j'ai dit « s'il te plaît » ! (Elle soupira tristement.) Pas de moulin à vent, alors ?

Hopper sourit.

— Je n'ai pas dit ça. Je dis simplement que si tu en obtiens un, ce ne sera pas parce qu'il t'est dû. Ce sera parce que tes parents et moi aimons te faire plaisir, et parce que tu l'auras mérité. Mais pour le moment, le moulin à vent va devoir attendre. C'est l'heure de tes leçons.

Esperanza fit la grimace.

— Je suis vraiment obligée d'y aller ? Le professeur ne sent pas bon, et mes frères et sœurs n'arrêtent pas de se moquer de moi. Et il n'y a personne d'autre avec qui jouer.

— J'en suis désolé pour toi. Console-toi en pensant que vous fréquenterez bientôt tous une école publique. Ta mère y tient beaucoup. Il faut juste le temps de la construire.

— Le plus tôt sera le mieux. Mes frères et sœurs me regardent tous de haut !

— Tu es aussi intelligente qu'eux, pourtant.

— Pas autant que Brighton. C'est un génie. Et toujours si sérieuse...

Hopper gloussa.

— C'est la plus studieuse de la portée, hein ?

— Oui. Et Verrazano est un grand chef, et il est très doué à l'épée. Fiske est à la fois le clown et le philosophe de la famille. Quant à Go-go... tous les jeunes rats de la ville sont à ses pieds. La princesse Gowanus, la briseuse de cœur de la famille impériale !

— Go-go a ses qualités, dit Hopper en réprimant son envie de rire. Vous en avez tous. Voilà pourquoi vos parents et moi sommes si fiers de chacun de vous. Vous êtes des futurs citoyens hors du commun !

— Je préférerais « princes et princesses »...

— Héritiers impériaux, lui proposa Hopper comme compromis. Cela te convient-il ?

— D'accord, dit Esperanza en plaçant sa main dans celle de Hopper.

Hopper se rappela la nuit où il avait discuté avec Firren et Zucker de la possibilité de faire évoluer l'opinion des gens concernant leurs petits en utilisant une expression plus juste et plus concrète que « les héritiers impériaux ».

— Vous pourriez les appeler « les patriotes juniors », avait-il suggéré. Ça sonne bien, n'est-ce pas ?

— Mmm... avait réfléchi Zucker. Et pourquoi pas « les enfants de la démocratie » ?

— Un peu grandiloquent, non ? avait fait remarquer Firren avec un sourire.

Elle avait médité un moment, puis avait décidé :

— Nous pouvons continuer à les appeler « héritiers impériaux », du moment qu'il est tout à fait clair que ce dont ils doivent hériter, c'est de nos responsabilités et de notre détermination, et pas de richesses et d'une adoration inconditionnelle.

Zucker avait souri, les yeux pétillants :

— Ça me plaît. Ce seront les héritiers de nos meilleures intentions et de nos plus grands efforts.

Hopper était tombé d'accord que c'était la meilleure façon de voir les choses, mais en réalité, il aurait vénéré les petits rats quel que soit le titre qu'on leur aurait attribué.

Esperanza tira sur la manche de sa tunique et lui adressa son sourire le plus charmeur :

— Dis, Hopper, de tous les héritiers impériaux, je suis ta préférée, hein ?

Hopper lui sourit. Il était vrai qu'Esperanza occupait une place spéciale dans son cœur, pour une excellente raison.

Quand la portée royale était née, Hopper et Pinkie avaient été présents tous les deux pour offrir à

Zucker, le jeune père nerveux, le soutien et la distraction dont il avait besoin. Marcy, revenue au palais pour une de ses rares visites, avait prêté assistance à la sage-femme, Maimonides, qui était venue du village des Mūs pour offrir son expérience. Quand Mamie (ainsi qu'on surnommait la sage-femme) avait tendu à Zucker son premier-né, une femelle, ce dernier avait embrassé la petite rate sur le front et l'avait prénommée Gowanus, ce qui avait tout de suite été transformé en « Go-go ».

Marcy avait ensuite tendu à Pinkie un deuxième petit rat, un mâle.

— Nous l'appellerons Verrazano, avait décrété Zucker. Raz, pour faire court.

Le premier acte royal du petit Raz avait consisté à cracher sur la cape dorée de Pinkie, ce qui avait causé un plaisir tout fraternel à Hopper.

Deux autres petits étaient arrivés, couinant et gigotant : des jumeaux, un mâle et une femelle. Ils avaient été nommés Fiske et Brighton, et confiés aussitôt à Dodger. Puis le cinquième et dernier petit rat était venu au monde. Encore une adorable femelle.

— Esperanza, avait chuchoté Firren, épuisée mais heureuse. Son nom est Esperanza. Cela signifie « Espoir ». En souvenir de ta mère, Hope, dont le nom voulait dire la même chose, Hopper.

Hopper avait été trop ému pour parler, tant cette attention l'avait touché. Enfin, il avait murmuré :

— C'est un très joli nom.

Marcy avait placé le bébé dans ses bras. L'amour qui l'avait alors envahi était indescriptible. *Tant d'innocence*, avait-il pensé en admirant le petit visage fripé. *Tant de potentiel, tant d'espoir.*

Mais il avait été aussitôt clair qu'Esperanza était de loin la plus chétive de la portée – un avorton, comme Pinkie aurait pu la définir autrefois. Il était également évident qu'elle n'allait pas bien. Elle avait du mal à respirer, grelottait et se tortillait, comme si le simple acte de vivre était au-dessus de ses capacités.

Marcy avait regardé Hopper d'un air sombre.

— Garde-la au chaud, avait-elle conseillé. Et aie des pensées positives.

Tandis que les quatre autres héritiers robustes se pressaient autour de leur mère et s'endormaient, la pauvre petite Esperanza avait continué à tousser, à haleter, à frissonner, à lutter pour vivre. Au fur et à mesure que la nuit avait progressé, l'état d'Esperanza avait empiré. Zucker était malade d'inquiétude. Pendant des heures, il avait arpenté le plancher du palais à grands pas, alternant les cris de colère et les prières marmonnées à l'adresse de La Rocha (une attitude inhabituelle pour lui).

Hopper avait vu dans les traits pâles d'Esperanza combien elle ressemblait à son père, l'ami et le camarade d'armes qu'il aimait tant. Il ne pouvait pas supporter l'idée de la douleur qu'éprouveraient Zucker et Firren s'ils perdaient ce précieux fardeau. L'Élu avait donc bercé la petite rate tremblante en lui chuchotant des paroles d'encouragement, lui avait chanté des berceuses, et l'avait tenue au chaud tout au long de cette interminable nuit.

— Je ne sais pas quoi faire d'autre, avait-il avoué à Marcy d'une voix chevrotante.

Marcy avait souri.

— Raconte-lui une histoire. Raconte-lui *ton* histoire. Je ne peux pas imaginer de récit plus motivant.

Et c'est ce que Hopper avait fait. Il avait raconté au pauvre bébé sa fuite de l'animalerie, sa chute dans les tunnels, et sa destinée en tant qu'Élu. Il avait serré la petite rate contre lui, en priant pour que sa force se transmette à elle comme par magie. Le cœur de la minuscule princesse battait vite, mais faiblement, bien trop faiblement à son goût. Néanmoins, il avait continué à chuchoter dans son oreille translucide et délicate :

— Je sais que c'est difficile d'être fort, et encore plus difficile d'être courageux. Quand j'ai cru que je ne pourrais pas continuer une seconde de plus, j'ai trouvé la force d'aller de l'avant dans mon petit cœur de souris. Tu dois en faire autant, Esperanza. Tu dois trouver le courage au fond de ton âme.

Il l'avait serrée encore plus près contre sa poitrine, afin que le rythme régulier de son cœur la calme, l'encourage.

Et soudain, elle avait ouvert les yeux : deux joyaux noirs minuscules, étincelants de curiosité et de détermination, qui s'étaient posés sur le visage fatigué mais heureux de son protecteur. L'expression soulagée et ravie de Hopper, avec son cercle de fourrure blanche distinctif autour de son œil droit, avait été la première chose qu'Esperanza ait vue de sa vie.

Depuis, ils étaient tous les deux les meilleurs amis du monde.

Parfois, Hopper avait l'impression de sentir encore la vibration de son cœur de nouveau-né contre sa poitrine. Il savait que l'une des raisons pour lesquelles il aimait tant Esperanza était qu'elle lui rappelait Pup tel qu'il était quand ils vivaient ensemble dans leur cage, à l'animalerie. À l'époque, Pup était doux, confiant, sans défense. Alors que maintenant...

Hopper repensa au dernier avertissement de La Rocha :

ATTENTION AU VIL PETIT
AVEC SON CERCLE NOIR
CAR IL CHERCHE À VOLER L'ESPOIR
ET CELA MÈNE À LA TRAGÉDIE.

À présent, l'image de son frère tel qu'il lui était apparu la dernière fois qu'il l'avait vu surgit dans sa mémoire. Son visage autrefois si doux était défiguré par un rictus menaçant. Et son œil ! Comme Hopper et Pinkie, Pup avait un cercle autour de l'œil, mais ce n'était pas une marque de naissance, un cercle de fourrure blanche, naturel. Ce rond noir avait été

tracé par Pup lui-même avec une pierre charbon-
neuse, comme un tatouage rageur. Une tache faite
sur lui-même par lui-même, reflétant l'obscurité qui
l'avait envahi à l'intérieur.

Encore une fois, Hopper repoussa ses tristes pensées et serra la main d'Esperanza.

— Viens, retournons au palais.

Elle le regarda en battant innocemment des cils :

— Par curiosité, comment une princesse pourrait-
elle mériter un moulin à vent ?

— Eh bien... en étudiant de son mieux, peut-être,
répondit Hopper avec un clin d'œil. Si tu progresses,
non seulement tu montreras à Brighton que tu es
aussi intelligente qu'elle, mais je t'emmènerai personnellement au marché et je t'achèterai le moulin à
vent que tu choisiras. D'accord ?

Esperanza hocha la tête, les yeux brillants.

— D'accord. Maintenant, raconte-moi de nouveau
quand tu es retourné dans le monde d'en haut dans
un imperméable, et que tu as rencontré un chat
nommé Ace, et une souris de laboratoire nommée
Carroll, et que tu as mangé une aubergine au parmesan au restaurant Le Bellissimo.

— Encore ? rit Hopper. Mais tu as déjà entendu
cette histoire mille fois !

— Je sais. Mais j'aime entendre parler du Monde
Éclairé. Dis-moi tout ce que tu sais sur Brooklyn,
allez !

Et Hopper lui décrivit une fois de plus l'énorme Barclays Center, et l'immense parc où vivait son ami Valky, l'écureuil à lunettes, et le restaurant italien où un gros bouledogue nommé Capone se prélassait avec bonheur sur un coussin douillet dans l'arrière-cuisine. Esperanza cessa de respirer quand Hopper lui raconta comment il s'était retrouvé suspendu au pont de Brooklyn au-dessus du vide, et elle soupira rêveusement quand il lui expliqua qu'il s'était senti tout faible à l'instant même où il avait posé les yeux sur Carroll.

— J'aimerais bien la rencontrer un jour, dit-elle.

Hopper sentit son cœur battre plus fort. Il n'aurait rien contre le fait de revoir Carroll.

— Je serais heureux de te la présenter, mais seuls les bons élèves ont l'autorisation d'aller en haut... Alors dépêchons-nous d'aller dans la salle de classe !

Ensemble, le couple improbable – le souriceau né dans une animalerie et la princesse des rats – redescendit le long escalier et rentra dans le palais.

Aucun des deux ne se rendit compte qu'on les observait.

CHAPITRE DEUX

Pup avait tout entendu.

Grâce à son ami à huit pattes, l'araignée Hackle-mesh, le petit frère de Hopper avait assisté à toute la conversation.

Hack n'était pas seulement un compagnon loyal, mais aussi un tisserand puissant. Il avait enveloppé Pup dans un cocon de fil de soie, et l'avait fait descendre lentement, de manière à ce qu'il soit suspendu au-dessus du balcon, pendant que lui-même s'accrochait de ses pattes anguleuses à une anfractuosité du mur du tunnel.

Hopper n'avait pas soupçonné un instant que Pup se balançait juste au-dessus de sa tête pendant le long moment qu'Esperanza et lui avaient passé là. Et c'était précisément ce que Pup avait prévu. Il ne pouvait pas aller au bout de son projet sans connaître l'humeur actuelle de Hopper, et de la ville tout entière. Ainsi accroché au bout d'un fil telle une mouche prise au piège, Pup avait été plus proche de son frère qu'il ne l'avait été depuis ce qui lui paraissait une éternité. Il lui avait fallu toute sa volonté pour ne pas tendre les deux bras vers Hopper, l'agripper de toutes ses forces, et lui dire...

En fait, il ne savait pas exactement ce qu'il aurait pu dire à son frère. Tant de sentiments se combattaient en lui, tous impossibles à exprimer.

Quand il reposa les pieds sur l'étroite saillie qui se détachait du mur du tunnel, il se débarrassa rapidement des fils de soie qui entouraient son ventre et ses épaules. Il aurait voulu pouvoir se débarrasser de ses erreurs aussi facilement. Car oh ! quelles erreurs monumentales avait commises Pup ! Qui aurait pu croire qu'une créature aussi petite puisse se tromper aussi grandement ?

— Regarde, Hack, dit-il en désignant la ville grouillante. Il se passe tant de choses, là-dessous. Les rongeurs ont accompli des miracles. Toutes sortes de miracles ! Chacun de ces individus détient une parcelle de pouvoir...

Hacklemesh cligna de ses huit yeux d'un coup, et Pup prit ça pour un assentiment. Il continua à observer l'activité d'Atlantia, frappé par la frénésie du commerce, le sentiment de détermination qui s'en dégageait. Il y avait là une société tout entière de rongeurs courageux unis dans un objectif commun : la paix et la prospérité. Pup, lui, avait passé les dernières semaines à rôder dans les tunnels humides en ne pensant qu'à une chose : comment détruire Atlantia.

Une obsession qui avait bien failli le détruire lui-même.

Pendant longtemps, Hopper et sa sœur Pinkie, les deux Élus vénérés, avaient refusé d'octroyer à Pup les responsabilités et la dignité dont il rêvait. Ils s'étaient uniquement consacrés à le protéger. À présent qu'il connaissait mieux ces tunnels truffés de dangers, il comprenait à quel point il avait effectivement eu besoin de protection. Malgré tout, sa fuite du village des Mūs lui avait procuré l'autonomie et l'indépendance qu'il estimait mériter.

Mais l'indépendance allait de pair avec la peur.

Sans parler de la fatigue.

Et de la solitude.

Il ferma les yeux (dont l'un était encore entouré du cercle noir qu'il avait tracé) et revit Hopper et la petite rate debout ensemble devant le paysage. Il aurait été impossible de ne pas remarquer la chaleur et l'affection qui perçaient dans la voix de l'Élu. C'était elle qu'il protégeait, à présent.

Pup ne savait pas très bien quoi en penser.

En revanche, il savait autre chose.

Il était temps de faire ce pour quoi il était venu ici.

Il fallait juste qu'il trouve le courage de passer à l'acte.

CHAPITRE TROIS

La bataille faisait rage.

Les rats bondissaient, plongeaient et s'esquivaient en une mêlée de queues, d'oreilles, de moustaches. Il y avait des cris de fureur et des supplications. Finalement, une épée descendit en fendant l'air, et sa pointe se posa sur un cœur battant la chamade.

Le silence se fit. L'attaquant et sa victime se dévisagèrent.

— Ôte cette épée de là, exigea cette dernière.

Le spadassin se mit à rire et fit nonchalamment tournoyer sa lame.

— C'est pas toi qui commandes. Et de toute façon, c'est pas une vraie !

— Parle correctement, le réprimanda quelqu'un à l'autre bout du champ de bataille. On dit « *Ce n'est pas une vraie* ».

— Ah oui ? s'énerva Fiske, dont la patte était fermement plantée sur la queue de son adversaire. Tes lunettes non plus *ne* sont pas des vraies, Brighton. Tout le monde sait que tu les portes juste pour avoir l'air d'une intello !

— D'une intellectuelle, corrigea Brighton en remontant ses lunettes rondes sur son museau.

— J'ai capturé Go-go, donc c'est ma prisonnière, insista Fiske.

Avant que Brighton ne puisse répliquer, Go-go, ignorant l'épée dirigée contre sa poitrine, leva le menton et lui lança un regard menaçant.

— Fiske des Romanus, je ne le répéterai qu'une seule fois : ôte cette épée en bois de là avant d'emmêler ma fourrure. Je viens de me peigner !

Fiske soupira avec dédain, mais il obéit à sa grande sœur et rangea à contrecœur la fausse lame dans son fourreau.

— Quelle rabat-joie tu fais, Go-go ! Tu ne veux jamais t'amuser.

— C'est faux, la défendit Brighton.

— Ah non ? demanda Fiske, le bouffon autoproclamé de la famille, en adressant un sourire inquiétant à ses sœurs. Dans ce cas, ça ne la dérangera pas si je fais... ceci !

Et ce disant, il tendit une main et arracha le joli ruban qui était noué sur la tête de Go-go.

— Rends-le-moi ! ordonna Go-go.

— Fiske, arrête ! cria Brighton.

— Viens le chercher !

La bataille reprit, redoublant de violence. Sur le seuil, Hopper et Esperanza regardaient avec consternation les trois jeunes rats qui se roulaient les uns sur les autres, vociférant, tapant, poussant et griffant.

— Tu comprends pourquoi je n'aime pas la salle de classe ? demanda Esperanza avec un soupir.

Hopper dut reconnaître qu'elle n'avait pas complètement tort.

— C'est un peu bruyant, admit-il.

Fiske avait réussi à manœuvrer son arme de manière à la poser sur le bout du museau de Brighton. Celle-ci répondit en lui pinçant le nez, et Go-go profita de cette diversion pour lui arracher par surprise le ruban qu'il serrait dans ses griffes. Malheureusement pour elle, Fiske était rapide et agile ; il se détourna de Brighton, bondit sur Go-go et la fit tomber par terre. Brighton se jeta sur les deux autres, et tous trois recommencèrent à se bagarrer de plus belle.

— Assez ! ordonna soudain une voix forte dans le couloir.

L'interjection fit cesser instantanément tout mouvement, même avant que l'écho de la voix se soit dissipé. Les trois chahuteurs se lâchèrent et se remirent debout, l'air coupable, en époussetant une tunique, rajustant une jupe, lissant des moustaches.

— Ils vont en entendre de toutes les couleurs, murmura Esperanza.

Mais le cessez-le-feu n'avait pas été proclamé par le professeur. Il ne provenait pas non plus de leur père, Zucker, ou de leur mère, Firren. Il avait été prononcé par Verrazano, le deuxième de la portée, qui était en train de s'avancer vers ses frères et sœurs, l'air sévère. Raz portait fièrement une version réduite de la tunique violet et argent des soldats de Zucker. Il avait hérité de la haute taille et de la force de son père, ainsi que de l'autorité de sa mère. Bien que jeune, il en imposait aux autres, qui s'étaient à présent placés en rang et regardaient le sol ou agitaient la queue, prévoyant une réprimande bien méritée.

Raz croisa les bras et se mit à aller et venir lentement devant eux, comme un général examinant ses troupes. Puis il secoua la tête.

— Tsk tsk... Ce comportement n'est pas admissible. Comment pouvons-nous espérer vaincre nos ennemis si nous sommes incapables de rester en paix entre nous ?

— Quels ennemis ? demanda Go-go. Tout le monde nous aime !

Verrazano l'ignora.

— Le professeur sera ici d'une minute à l'autre. Allez vous asseoir chacun à votre bureau. Quand il arrivera, nous nous lèverons et nous le saluerons poliment, comme des rats civilisés. Compris ?

— Compris, murmurèrent les autres.

Ils allèrent chacun à sa place, et se penchèrent sur leurs livres. Raz hocha la tête, satisfait. C'est alors qu'il remarqua Hopper et Esperanza sur le pas de la porte.

— Élu, déclara-t-il d'une voix solennelle, c'est un honneur de recevoir une souris aussi valeureuse dans notre humble salle de classe.

À son bureau, Brighton leva les yeux au ciel. Hopper ne put s'empêcher de rire.

Un mouvement dans le couloir annonça l'arrivée d'un autre visiteur : leur père. Hopper reconnut le murmure de louanges, les claquements de talons, les frous-frous des vêtements qui annonçaient que les soldats se mettaient au garde-à-vous et que les servantes faisaient la révérence. La voix puissante de Zucker résonna dans le couloir : il saluait ses domestiques, répondait aux questions, accordait des faveurs.

— Voilà papa ! cria Go-go.

— Ne devrais-tu pas l'appeler « Sa Majesté » ? lui reprocha Raz.

— Ne devrais-tu pas te mêler de tes affaires ? répliqua Go-go du tac au tac.

Quand Zucker entra dans la salle de classe, Esperanza lui sauta dans les bras. Il la souleva sans peine.

— Je vois que tu t'es encore déguisée avec les affaires de ta grand-mère, remarqua-t-il en la voyant ajuster son diadème qui avait glissé sur ses yeux.

— Ce n'est pas « se déguiser » quand on est une vraie princesse, signala-t-elle à son père. C'est juste s'habiller.

— Franchement, Esperanza, l'importance que Raz et toi attachez aux traditions archaïques est ridicule, soupira Brighton. Vous n'aimez rien tant que vous pavaner !

— Ne sois pas désagréable, Brighton, intervint Zucker. Ton frère et ta sœur ont le droit d'avoir leur propre opinion à ce sujet. Ils peuvent même jouer au prince et à la princesse, du moment qu'ils sont conscients que notre gouvernement repose désormais sur d'autres valeurs.

Brighton ôta ses lunettes aux verres neutres, les nettoya sur l'ourlet de sa robe en coton toute simple, et protesta :

— D'accord, mais comment voulez-vous qu'on se concentre avec ces diamants et ces dentelles partout ? Impossible de bien travailler au milieu de tout ce clinquant !

— Ce n'est pas clinquant, c'est élégant, corrigea Esperanza. Et parle pour toi ! Mes beaux atours ne me gênent pas, moi !

— Ce ne sont pas *tes* beaux atours : ils appartenaient à Grand-mère, bécasse ! lança Go-go.

Furieuse, Esperanza tendit un doigt accusateur vers ses frères et sœurs.

— Papa, ils étaient en train de se bagarrer !

— Vraiment ?

Zucker s'efforça de froncer les sourcils, sans conviction. Hopper savait que l'empereur n'était jamais aussi heureux qu'en présence de sa famille, même quand elle se comportait mal. Hopper le soupçonnait d'être amusé en voyant ses enfants faire des bêtises. Après tout, le Zuckerissime avait toujours été assez espiègle lui-même.

— Vous savez que votre mère et moi n'aimons pas que vous vous battiez dans la salle de classe.

— Désolé, papa, marmonna Fiske. Rapporteuse ! ajouta-t-il en regardant Esperanza de travers.

— Elle ne dit que la vérité, lui fit remarquer Verrazano. Vous avez bel et bien désobéi aux règles.

— Alors pourquoi ne les as-tu pas dénoncés, toi ? lui demanda Esperanza.

Il hésita.

— Eh bien... parce que je ne suis pas un rapporteur. Personne n'aime les rapporteurs.

Esperanza lui tira la langue.

— Charmant, commenta ironiquement Raz. De vraies manières de princesses.

— Quoi qu'il en soit... continua Zucker en balayant la salle du regard, vous méritez une punition. Peut-être une leçon d'escrime particulièrement longue et difficile ?

Il avait fait cette suggestion sur un ton de reproche très peu convaincant. Un grognement circula dans la salle de classe. Seul Raz eut l'air satisfait.

— C'est une punition pour tout le monde, sauf pour Verrazano, fit remarquer Esperanza à son père.

— Eh bien ! Raz aura droit à une leçon particulièrement longue et difficile en géographie des tunnels, décida Zucker.

Raz lança un regard furieux à Esperanza, mais déjà celle-ci continuait :

— Et tu sais, papa, Go-go a envoyé une lettre d'amour à un jeune rat qu'elle a rencontré la semaine dernière lors d'un discours de maman sur le site de la future école. Et Brighton l'a aidée à la rédiger, et Fiske s'est chargé d'aller la remettre à son destinataire, parce que...

— Ça suffit, ma chérie, l'interrompit Zucker en posant un doigt sur ses lèvres. Je sais que tes intentions sont bonnes, mais je suis d'accord avec Raz. Personne n'aime les rapporteurs.

— Mais je ne suis pas une rapporteuse, se défendit-elle, blessée par cette accusation. Je dis juste la vérité.

— Cela revient au même, marmonna Fiske.

— En tout cas, c'est très agaçant, appuya Raz.

— Esperanza n'est qu'un bébé, lança Go-go. Je voudrais que cette idiote disparaisse et nous laisse tranquilles !

Ces mots transpercèrent le cœur de Hopper comme un poignard. Pinkie, sa sœur, avait eu l'habitude autrefois de lui dire des choses tout aussi cruelles.

Les lèvres d'Esperanza se mirent à trembler, et elle se cacha le visage contre l'épaule de Zucker.

— Ce n'est pas gentil, Go-go, lui reprocha sévèrement Zucker.

— Je suis désolée, grommela la jeune rate. Mais cette demi-portion n'arrête pas de nous casser les pieds !

— C'est une vraie peste, et une moucharde ! renchérit Brighton.

Les épaules d'Esperanza, dont le visage était toujours caché contre son père, commencèrent à être secouées de sanglots.

— Elle passe son temps à traîner autour de nous et à nous observer en cachette, se plaignit Fiske. Comme elle est toute petite, personne ne la voit, et ensuite elle file vous raconter tout ce que nous avons fait.

— Comme une espionne ! confirma Brighton.

— Dans ce cas, conclut Zucker, peut-être pourra-t-elle un jour mettre son talent à profit au sein du service de renseignements d'Atlantia, en tant qu'agent secret, comme mon ami Ketchum.

Esperanza releva brusquement la tête et écarquilla les yeux.

— C'est vrai, papa ? demanda-t-elle en essuyant ses larmes. Je pourrais travailler avec Ketchum et devenir une agente secrète ? Une espionne ?

— Tu ne pourras rien devenir du tout si tu n'étudies pas, intervint Brighton. Alors, s'il vous plaît, est-ce qu'on peut se taire et commencer à travailler ?

— Voilà qui me paraît une excellente idée, dit Hopper dans l'espoir d'apaiser les esprits.

À ce moment-là, un vieux rat, courbé et flageolant, entra à petits pas dans la pièce : le professeur. Ainsi que Raz l'avait exigé, ses élèves se levèrent et l'accueillirent avec un salut poli.

Zucker reposa Esperanza par terre et la poussa doucement vers le dernier bureau.

— Au travail, ma chérie.

Et ne te laisse pas malmener par tes frères et sœurs ! ajouta Hopper silencieusement en regardant sa filleule grimper sur son siège.

Zucker adressa un regard grave à l'Élu.

— Viens, gamin. Nous sommes attendus dans la salle de planification stratégique. Un rendez-vous important nous attend.

Hopper, qui n'était pas au courant, s'étonna :

— Un rendez-vous ? Avec qui ?

Zucker lâcha un long soupir.

— Avec une souris irascible et vêtue de doré, chef de la tribu des Mūs. (Il lui donna une tape amicale dans le dos.) Également connue sous le nom de... Pinkie, ta sœur.

CHAPITRE QUATRE

J'arrive au pied des marches du palais avec une lettre de grande importance : un message pour l'Élu contenant des nouvelles de son frère. Je pourrais entrer, mais il m'est devenu difficile d'aller et venir en ce lieu, et je dois organiser mes visites avec soin pour éviter d'éveiller les soupçons. Je reste donc en bas de l'escalier, ma lettre à la main, attendant l'occasion de la transmettre à son destinataire.

Cette lettre lui explique ce que je viens d'apprendre : que Pup le hors-la-loi se trouve dans les parages, et qu'il s'apprête à passer à l'action. J'ai décrit avec soin les détails de son plan, car je veux que l'Élu et l'empereur comprennent parfaitement son état d'esprit. C'est essentiel.

Je n'ai pas besoin d'attendre longtemps. Bien vite, un peloton de quatre soldats mûs en uniforme rose passe devant moi, conduit par l'honorable général DeKalb. L'un des soldats est une femelle, et elle tient un portrait de celui que j'ai moi-même surnommé « le vil petit », probablement destiné à permettre son identification. Sur le dessin est visible le cercle noir autour de son œil.

La présence des Mūs ici indique que les pouvoirs constitués ont enfin décidé de mettre leurs efforts en commun pour contrer la menace que représente Pup. Raison de plus pour que je leur fournisse le plus vite possible les nouveaux renseignements dont je dispose. En effet, pendant qu'ils attendaient que Pup fasse connaître ses intentions, j'ai préféré prendre les devants, tout en restant dans l'ombre. J'ai suivi sa trace. Je l'ai surveillé. Et écouté.

J'explique tout cela dans ma lettre, et en voyant les soldats mūs gravir les marches, je me rends compte que je n'aurais pas pu tomber à un meilleur moment. J'abaisse encore davantage ma capuche sur mon visage et je m'approche du dernier soldat de la file, une souris d'une couleur un peu plus sombre que les autres, à l'expression particulièrement déterminée. Je l'aborde en dissimulant ma voix :

— Monsieur, s'il vous plaît, êtes-vous venu voir l'empereur et l'impératrice d'Atlantia ?

— En effet.

— Dans ce cas, puis-je vous demander de leur apporter cette missive ? Elle est d'une importance extrême, et je vous prie de ne la remettre qu'en main propre. L'Élu est lui aussi concerné par son contenu, donc ayez la bonté de faire en sorte qu'il en soit informé.

Le soldat mūs me scrute avec curiosité pour tenter de percer la pénombre sous ma capuche, puis il ouvre la lettre et la lit. Il ne témoigne d'aucune émotion : il

semble réfléchir. Au bout d'une minute, il enfonce la feuille de papier dans la poche intérieure de sa veste rose.

— Merci, dit-il. Ces renseignements nous seront très utiles.

Sur ce, il se hâte de suivre ses compagnons à l'intérieur du palais. Quant à moi, je reste au bas des marches pour voir ce qui se passera quand les dernières nouvelles auront été transmises.

CHAPITRE CINQ

Quand ils arrivèrent dans la salle de planification stratégique – une pièce du palais consacrée aux questions militaires, autrefois nommée état-major –, Hopper eut l'heureuse surprise de constater que Pinkie n'était pas venue seule à Atlantia. Son père, le courageux et intègre Dodger, l'accompagnait.

— Papa !

Hopper courut embrasser le rongeur qui, comme son fils, arborait un cercle de fourrure blanche immaculée autour de son œil droit. Pinkie avait le même cercle blanc, mais autour de son œil gauche. Ce trait héréditaire exceptionnel les désignait au monde comme un trio de souris hors du commun.

Hopper regarda derrière son père le fauteuil où sa sœur était assise et pianotait des doigts sur l'accoudoir. Comme Zucker l'avait mentionné, ses épaules étaient enveloppées dans une chatoyante cape dorée. À la grande surprise (et au grand amusement) de Hopper, elle portait également un petit chapeau rond en laine posé entre ses oreilles, un peu sur le côté. Par ailleurs, une chaîne dorée à laquelle était accroché un pendentif rond et luisant était passée à son cou.

Pinkie ne s'était jusqu'ici jamais beaucoup intéressée à ce genre d'accessoires. Mais plus encore que par sa tenue, Hopper fut frappé par son attitude. Pinkie avait changé. Elle avait l'air plus... mûre. Plus expérimentée. Comme si elle voyait le monde sous un jour nouveau.

— Bonjour, Pinkie.

— Bien le bonjour, Hopper.

— Mignon, le chapeau.

— *Merci beaucoup*[1]. Ça s'appelle un béret. Je me le suis fait faire après avoir vu un dessin dans un vieux livre pour les humains trouvé lors d'une excursion.

---

1. En français dans le texte. (Note de la traductrice.)

— Excursion ?

Elle voyageait donc, maintenant ? La petite souris tyrannique qui avait autrefois pour seule ambition de se terrer derrière le grand mur gris du village des Mūs et de diriger la tribu d'une main de fer avait-elle été prise de l'envie de voir le monde ?

— Je monte régulièrement à bord des gros serpents de métal qui circulent dans les tunnels, expliqua-t-elle à son frère. Tu n'as pas idée de la distance que peuvent parcourir ces monstres ! À présent que papa m'aide à diriger le village, j'ai un peu de temps libre. J'en profite pour explorer le sous-sol et faire des recherches.

— Que cherches-tu ? Des chapeaux et des bijoux ? railla Hopper.

— Non. Je cherche Pup. Les bijoux, c'est juste un bonus. (Elle posa la main sur son pendentif.) J'ai découvert que les voyageurs considéraient autrefois ces amulettes, également nommées « pièces de monnaie », comme des porte-bonheur. Ils en faisaient l'offrande au Grand Esprit des Transports chaque fois qu'ils entreprenaient un voyage.

— Joli, approuva Hopper.

— Oui, confirma Pinkie.

Mais Hopper savait qu'ils devaient aborder des sujets bien plus graves que le nouveau penchant de Pinkie pour les colifichets, et il reprit son sérieux.

Quand l'empereur fit un pas vers Pinkie, Hopper sursauta, mais son inquiétude se dissipa assez vite.

Certes, Pinkie et Zucker avaient été autrefois ennemis, mais depuis, ils avaient enterré la hache de guerre et étaient devenus alliés. Amis, même. Hopper avait parfois besoin de se rappeler que depuis qu'elle avait retrouvé son père, Pinkie était devenue bien plus aimable.

— As-tu découvert un indice au sujet de l'endroit où pourrait se cacher Pup ? demanda Zucker.

— Non. Voilà pourquoi j'ai décidé d'envoyer une patrouille à sa recherche. (Elle jeta un coup d'œil rapide au solennel Dodger.) Cette patrouille sera conduite par le général DeKalb, et comprendra trois de mes meilleurs soldats.

Pinkie frappa dans ses mains. Une seconde plus tard, le général et ses souris pénétrèrent au pas dans la pièce. Hopper dut ravaler un rire à la vue de leurs uniformes couleur pastel. Il se rappelait avoir rencontré DeKalb lors de sa première visite au village des Mūs, bien avant que Pinkie ne redessine l'uniforme militaire pour l'accorder à son propre nom[1].

Les trois autres soldats étaient inconnus de Hopper, mais ils lui ressemblaient tous un peu : petits et dodus, avec de larges oreilles ovales et de longues queues.

Zucker salua DeKalb.

— Je vous souhaite la bienvenue à Atlantia.

---

1. « Pink » signifie « rose ». (Note de la traductrice.)

— Merci, dit le général qui, comme tous les Mūs, arrivait à peine à l'épaule de Zucker. C'est un honneur de vous servir.

Zucker sourit et toucha sa propre poitrine, où une large cicatrice était dissimulée derrière son pourpoint indigo.

— Je suis content de l'entendre, étant donné que la dernière fois que nous nous sommes rencontrés, les soldats mūs ont essayé de me tuer...

Hopper n'oublierait jamais cette bataille. Firren, avec DeKalb et une compagnie de soldats mūs, était en train de conduire l'Élu à Atlantia quand Zucker et ses soldats leur avaient tendu une embuscade. Zucker avait failli mourir de ses blessures.

— C'était un malentendu, s'excusa DeKalb.

— En effet. Heureusement que cette fois, nous sommes dans le même camp !

L'empereur des rats et le général mūs se serrèrent la main en riant. Puis Pinkie prit la parole d'une voix froide :

— Je dois vous informer que j'ai donné des ordres spécifiques au général DeKalb et à ses soldats, au sujet de cette mission.

Hopper avala sa salive. Un nœud d'angoisse était en train de se former dans son ventre.

— Spécifiques ? C'est-à-dire ?

— Je leur ai demandé de passer chaque centimètre carré de ces tunnels au peigne fin, à la recherche de Pup. Ils ont l'autorisation d'appréhender n'importe quelle créature errante et de la questionner, et tous ceux qui ont connaissance du lieu où se cache le hors-la-loi, ou pire encore, qui admettent l'avoir aidé, seront placés en détention provisoire afin d'être interrogés.

— Ce « hors-la-loi » dont tu parles est notre frère, figure-toi !

— Je sais, répondit calmement Pinkie. Voilà pourquoi j'ai ordonné aux soldats de ne lui faire aucun mal... sauf en cas de nécessité absolue, ajouta-t-elle après une pause.

— Et si c'est une nécessité absolue, comme tu dis ? lui demanda Dodger d'une voix où perçait plus de chagrin que de colère. Si Pup résiste ?

Hopper se rendit compte que Pinkie répondait sans la moindre joie :

— Les ordres sont de le ramener à Atlantia... mort ou vif.

Le silence tomba dans la pièce. Hopper fit un pas pour se rapprocher de Dodger. Il avait envie de crier son indignation, de clamer son total désaccord avec les consignes terribles de Pinkie.

Mort ou vif. Ces mots semblaient gronder dans l'air comme le tonnerre.

Mais au fond de lui, Hopper savait que les instructions de Pinkie étaient raisonnables. Si Pup avait désormais un cœur dur comme la glace, si son seul objectif était de détruire la paix et la sécurité d'Atlantia et du village des Mūs, alors il allait falloir l'arrêter, par tous les moyens possibles.

Il en avait la nausée rien que d'y penser.

Dodger brisa le silence par un lourd soupir.

— Je suis peiné de l'admettre, mais c'est la décision la plus appropriée.

— Mais seulement si Pup résiste, insista Hopper. Si vous avez la moindre possibilité de le ramener vivant, vous le ferez, n'est-ce pas, général ?

L'officier mūs lui adressa un sourire réconfortant.

— Je vous promets de faire tout ce qui est en mon pouvoir pour vous ramener votre frère sain et sauf.

Son serment et son ton sincère calmèrent un peu Hopper. Juste un peu.

Pinkie présenta alors les trois autres soldats, en les désignant chacun tour à tour.

— Voici Pitkin, annonça-t-elle en montrant le premier.

Pitkin était légèrement plus baraqué que les deux autres, avec un cou et des bras plus épais. Sa carrure tirait sur les coutures de son uniforme rose. Hopper constata qu'il avait l'air fort et solide, ce qui est certes une qualité très appréciable chez un militaire... sauf si ce militaire en a après votre petit frère.

— Et voici Wyona, continua Pinkie.

Wyona se redressa fièrement, épaules en arrière, jambes fermement plantées dans le sol, épée luisante au côté. Ses moustaches aux extrémités frisées plaisaient à Hopper. Elle avait une expression courageuse qui lui rappelait Carroll, et une assurance qui rivalisait avec celle de Firren.

À ce moment-là, comme si le simple fait de penser à l'impératrice guerrière avait eu le pouvoir de la faire apparaître, Firren entra dans la pièce. Tout le monde, même Pinkie, s'inclina devant elle.

— Je vous souhaite le bonjour à tous.

— C'est un honneur de vous revoir, Altesse, la salua DeKalb en restant courbé.

Firren eut un sourire embarrassé et lui fit signe de se relever.

— Je vous en prie, ces cérémonies sont inutiles. Vraiment. Un simple « bonjour » me suffit !

Hopper crut remarquer que le troisième soldat, celui qui n'avait pas encore été présenté, se raidissait légèrement à l'arrivée de Firren. Son salut ressemblait davantage à un tic nerveux qu'à une marque de respect. Peut-être était-il tout simplement intimidé : il n'avait jamais dû se trouver en présence d'une impératrice, même une impératrice ne tenant pas au protocole.

— Bonjour, ma chère, dit Zucker en lui baisant la main. Pinkie était en train de nous parler de la patrouille qu'elle va envoyer à la recherche et au secours de Pup.

Hopper savait que son ami avait ajouté le mot « secours » pour ne pas le heurter, et il lui en fut reconnaissant.

Zucker avança une chaise à son épouse. Quand Firren fut installée, Pinkie désigna le troisième et dernier soldat.

— Et enfin, voici Devon. C'est le membre le plus récent de ma garde personnelle, mais pas le moindre.

Devon fit un pas en avant, heureux de cet éloge.

— Je suis terriblement honoré d'être ici, en présence de votre estimé père, le célèbre Dodger, et de son ami l'empereur Zucker, et surtout...

Devon se tourna lentement et planta les yeux sur l'impératrice.

— ... et surtout, de la légendaire et incomparable Firren.

Hopper vit Wyona lever les yeux au ciel, et dut admettre que le compliment était un peu lourd. Devon était visiblement un lèche-bottes.

— Merci, Devon, dit Firren. Je suis touchée.

Elle souriait, mais Hopper remarqua que ses sourcils se fronçaient légèrement tandis qu'elle étudiait le jeune soldat. Hopper l'examina, lui aussi. La première chose qu'il remarqua fut ses yeux vifs et intenses. Comme les autres, Devon était petit et plutôt rond, mais ses oreilles étaient différentes. Tandis que celles de Pitkin, de Wyona et celles de Hopper lui-même pointaient vers le haut et vers l'avant, les oreilles de Devon retombaient un peu. Par ailleurs, sa fourrure avait une teinte marron légèrement plus foncée. Hopper n'accorda cependant aucune importance à cette variation de couleur, puisque son père, sa sœur et lui portaient eux-mêmes une marque très inhabituelle sur leur propre pelage.

Quand Firren reprit la parole, son regard curieux était encore posé sur Devon.

— Soldat, veuillez m'excuser, mais... est-ce que je vous connais ?

Devon sourit et répondit tranquillement :

— C'est hautement improbable, Altesse. Si j'avais déjà croisé un membre d'une famille impériale, je m'en souviendrais certainement !

Firren sembla se détendre un peu. Elle rit.

— Je n'ai pas toujours été membre de la famille impériale, vous savez.

— Oui, je le sais, dit Devon.

Il adressa à Firren un large sourire qui n'atteignit pas tout à fait ses yeux.

Juste à ce moment-là, l'attention de Hopper fut attirée par un mouvement de l'autre côté de la fenêtre. Le vieux professeur était en train de descendre les marches du palais, suivi par les cinq héritiers de Zucker et Firren, en direction du cœur d'Atlantia.

Il doit s'agir d'une sortie scolaire, pensa distraitement Hopper. Il savait que Firren tenait absolument à ce que ses enfants apprennent tout ce qu'ils pouvaient sur la ville qu'ils contribueraient peut-être un jour à gouverner. Ces promenades constituaient donc une partie importante de leur éducation.

— À présent, dit Zucker en posant un morceau de papier froissé au centre de la large table, parlons de Pup.

Hopper regarda le papier : c'était un message de La Rocha, que Hopper avait reçu juste après sa rencontre avec Pup dans un mocassin abandonné, le jour où Felina avait connu une fin tragique mais méritée. Les quelques vers menaçants contenus dans le message l'avaient averti que Pup avait l'intention de détruire la paix qui était en train d'être restaurée dans les tunnels. Selon la prophétie, ce nouveau Pup vindicatif ferait tout ce qui était en son pouvoir pour mettre fin à la paix nouvellement établie.

— Nous avons tous travaillé dur pour reconstruire cette ville, déclara Zucker. Nous avons promis à nos citoyens prospérité et sécurité, et je ne veux pas revenir sur cette promesse. Pinkie a bien fait de décider d'envoyer ses soldats dans les tunnels chercher Pup. Si seulement nous savions par où commencer ! Dodger, des idées ?

— Quelques-unes, oui. Je propose que nous retournions dans la vieille chaussure où il résidait la dernière fois que nous l'avons vu. Parcourir les tunnels tout autour du village des Mūs serait également sage. Je suggérerais aussi de vérifier dans le terrain de chasse abandonné, si les soldats ne l'avaient pas si bien démoli après la dissolution du traité de Felina.

À cette allusion, une lueur de chagrin traversa le visage de Firren. Hopper savait que le souvenir de sa propre expérience dans le terrain de chasse la hantait encore. Quand elle était encore petite, elle avait été envoyée là-bas avec sa famille dans le cadre de l'un des prétendus projets de « colonisation » de Titus. En réalité, en compagnie de nombreux rongeurs innocents et confiants, ils avaient été sacrifiés aux terribles chats. Firren avait eu la vie sauve en se cachant sous une tasse en métal argenté, mais ses parents n'avaient pas eu autant de chance. Hopper n'en savait pas plus, mais à en juger par la douleur qu'il lisait dans les yeux de Firren, il lui vint le soupçon que l'histoire était peut-être plus tragique encore.

— Autre chose, poursuivit Dodger en caressant pensivement ses moustaches. Je ne crois pas que nous puissions écarter la possibilité que Pup soit déjà ici, à Atlantia, en train de nous surveiller et d'attendre l'occasion d'agir.

Hopper dressa soudain les oreilles. Cette idée ne lui était jamais venue. Serait-il possible que son petit frère soit si proche, caché parmi eux, en train de préparer sa vengeance ? Dans ce cas, Hopper avait une chance de le trouver avant DeKalb, Devon et les autres. Toute violence pouvait peut-être être évitée, si Hopper avait la possibilité de parlementer avec lui !

Il était sur le point de faire cette suggestion à voix haute, mais il se retint. Les autres ne seraient jamais d'accord : ils estimaient tous que Pup était dangereux, et interdiraient à Hopper de s'approcher seul de lui. Tant pis. Il faudrait donc qu'il agisse en secret.

Et le plus tôt serait le mieux. Car au fond du cœur, Hopper continuait à croire qu'il pourrait ramener Pup à la raison, même si leur confrontation dans le vieux mocassin n'avait pas très bien tourné.

Brusquement, il eut une idée. Il devait quitter cette réunion et fouiller la ville à la recherche de son frère sans que personne ne le soupçonne, et il avait l'alibi qu'il lui fallait.

— Excusez-moi, dit-il soudain, mais je dois vous quitter.

Pinkie le regarda de travers.

— Qu'as-tu donc à faire qui soit plus important que ceci ? Nous sommes en train de planifier une attaque contre un ennemi, Hopper, pas un banquet !

Hopper sourit à sa sœur :

— D'un autre côté, si nous trouvons Pup, il me semble qu'organiser un banquet serait un excellent moyen de fêter ça... Mais pour l'instant, j'ai une course à faire en ville.

— Une course ? s'étonna Firren.

— J'ai fait une promesse à ma filleule, et je ne veux pas la décevoir.

Il serra la main de Zucker, puis embrassa Dodger :

— À présent, si vous permettez, je dois aller négocier avec un écureuil au sujet d'un moulin à vent...

CHAPITRE SIX

J'ai attendu devant le palais pendant une bonne partie de la matinée, afin de voir si ma lettre et les informations cruciales qu'elle contenait donneraient lieu à une action immédiate. Je suis presque décidée à repartir quand les portes du palais s'ouvrent.

Mais ce n'est pas un groupe de soldats à la recherche de Pup qui sortent. Ce sont les héritiers impériaux.

Je souris en les voyant s'enfoncer dans les rues d'Atlantia avec un mélange d'excitation et d'orgueil. Cette ville est leur ville, et chacun d'entre eux se plaît à la voir grandir, prospérer, s'enrichir. Ils représentent l'avenir de ce territoire. Chacun d'entre eux est cher à mon cœur, depuis le moment de leur naissance.

Ils accompagnent leur professeur, et je les suis des yeux jusqu'à ce qu'ils disparaissent en file indienne, en une rangée désordonnée et exubérante.

Je jette à nouveau un coup d'œil à la fenêtre et remarque que Hopper a vu sortir les jeunes rats, lui aussi. Ses yeux étincellent de joie à leur vue.

Mais les nouvelles que j'ai apportées n'ont toujours pas suscité de réaction visible. Peut-être l'emploi du temps du palais est-il surchargé, et n'a-t-on pas encore trouvé le temps d'organiser une réunion à ce sujet. Étrange, vu son importance.

Soudain, l'Élu jaillit hors du palais et descend les marches d'un pas vif. L'éclat de ses yeux m'informe qu'il est en mission. J'en conclus que ma lettre a été lue, en fin de compte. Car qu'est-ce qui pourrait avoir inspiré un tel zèle chez Hopper, en dehors des nouvelles qu'elle contenait ?

Ce rebondissement me laisse libre de m'occuper de manière bien plus agréable.

Je vais suivre les héritiers dans leur excursion.

Je reste dans l'ombre, comme toujours, et regarde la portée explorer la ville.

Verrazano marche la tête haute, à la manière du soldat qu'il espère devenir un jour. Il a toujours une main posée sur le pommeau de son épée, non parce qu'il craint un danger, mais parce qu'il aime la toucher. Il est étonnamment habile avec une lame.

La jolie Go-go regarde de-ci de-là, et bat des cils face aux jeunes rats éblouis qui la contemplent avec des yeux de merlan frit et rougissent quand elle leur offre un sourire.

Fiske a assumé le rôle comique, comme toujours : il fait semblant de trébucher, lance des remarques humoristiques, et jongle avec des cailloux, au grand amusement de ses sœurs. Mais quand il ne fait pas le clown, il étudie ce qui l'entoure avec l'œil d'un philosophe. Peut-être aurai-je un jour l'occasion de m'intéresser à lui de plus près.

Brighton, notre petite intellectuelle à lunettes, a son petit nez rose plongé dans le carnet que leur professeur leur a fourni. Elle prend en note tout ce qu'il dit, désireuse d'apprendre tout ce qu'il est possible de savoir au sujet de notre belle ville : son histoire, son architecture, sa politique.

En dernier vient Esperanza. Mon cœur se gonfle à la vue de cette rate, petite mais en bonne santé, qui doit presque courir pour ne pas se laisser distancer. Son entrée dans ce monde était difficile, et pour cette raison, elle occupera toujours une place particulière dans mon cœur. C'est la seule à être vêtue comme une princesse, avec une ancienne robe de bal raccourcie, et son plus cher trésor, le diadème de l'impératrice Conselyea.

Le professeur leur montre la place du marché où, il n'y a pas si longtemps, leur grand-père Titus a avoué ses crimes et a présenté ses excuses face à une foule outragée. Quand ils passent sans s'arrêter devant la bibliothèque et le centre médical, je devine que le vieux rat est en train de conduire ses élèves vers la forge de Fulton.

Fulton a fabriqué toutes les épées que Zucker ait jamais possédées. Par sécurité, son atelier aux feux constamment allumés a été installé à la périphérie d'Atlantia : travailler plus près des maisons (dont certaines ont été construites avec des cartons humains) serait trop dangereux.

Je suis toujours les élèves qui se dirigent vers les coups de marteau, les sifflements et les grésillements du métal brûlant. Il est amusant de constater à quel point une épée nouvelle fait le même bruit qu'un chat en colère.

— Bonjour, Fulton, salue le professeur.

Le rat costaud et taché de suie lève les yeux de son enclume. Sa fourrure est humide de sueur.

— Les petits princes ! s'exclame-t-il d'une voix joyeuse. Bienvenue dans ma forge !

Autour de lui, les flammes rugissent.

— Bonjour, Fulton, dit Go-go.

Fiske passe ostensiblement la main sur son front.

— Vous n'avez pas trop froid, ça va ? plaisante-t-il.

Puis il observe, sans transition (comme c'est dans sa nature) :

— Si seulement on pouvait imaginer un monde dans lequel les armes n'étaient pas nécessaires. Des rats en paix avec toutes les créatures. Ce devrait être notre objectif.

— Ça l'est, lui signale Raz. C'est ce que souhaitent l'empereur et l'impératrice.

— Ils ne veulent pas qu'on les appelle ainsi, lui rappelle Go-go.

— Fulton, s'intéresse Brighton en désignant le foyer, à quelle température exactement l'acier fond-il ?

Elle pose cette question avec son crayon déjà brandi au-dessus de son carnet, prête à ajouter cette information à son stock de connaissances en constante augmentation.

— On s'en fiche, du moment que l'épée en ressort pointue et tranchante comme un rasoir ! juge Raz. Au fait, Fulton, ma lame aurait bien besoin d'être affûtée.

— Je n'aime pas les épées, déclare Esperanza.

Puis elle considère avec étonnement la toile de la tente au-dessus de la forge, qui se gonfle, frémit, fait mine de s'envoler chaque fois que les feux redoublent d'intensité.

— Pourquoi la toile bouge-t-elle ? demande-t-elle. Il n'y a pas de vent, par ici.

Brighton la regarde avec condescendance.

— Parce que l'air chaud est plus léger que l'air froid, donc l'augmentation de la température soulève le tissu. Tout le monde le sait ! conclut-elle avec un soupir méprisant.

— Tout le monde, sauf Esperanza, se moque Go-go. Elle est trop nulle. Elle ne sait rien de rien !

J'ai envie de la gronder de sa méchanceté. Son professeur devrait la réprimander, mais il n'a pas entendu la remarque désagréable de Go-go, car le vieux rat a l'oreille dure. De toute évidence, il est également assez myope. Car il ne voit pas Esperanza, triste et en larmes, quitter discrètement le petit groupe et repartir vers la ville.

Moi, je l'ai vue.

Je suis la petite princesse depuis la forge jusqu'au palais. Aucun de ses frères et sœurs ne se met à sa recherche. Cela n'a rien de surprenant, puisqu'ils la considèrent comme une moins que rien. Et ce vieux professeur à moitié aveugle n'est pas du tout qualifié pour surveiller cinq jeunes rats pleins d'énergie.

À distance, anonyme, c'est donc moi qui vérifie que la plus jeune princesse rentre bien à la maison. Je la vois monter les marches du palais d'un pas rageur et claquer la lourde porte derrière elle. Je suppose qu'elle va aller tout droit dans sa chambre et se jeter sur son lit pour sangloter dans son oreiller. Comment pourrait-on s'en étonner ? Ses frères et sœurs la traitent si cruellement ! Mes deux frères n'ont jamais été désagréables avec moi, quand nous étions petits, et nous nous sommes toujours bien entendus. Mais Esperanza n'a pas cette chance. Peut-être est-elle descendue dans les cuisines pour oublier son chagrin face à une assiette de biscuits. Il est déjà arrivé plus d'une fois qu'elle fasse du charme aux cuisiniers pour obtenir des friandises.

Peut-être que, tandis que je suivais les héritiers dans la ville, les soldats dans leurs uniformes roses sont partis à la recherche de Pup. Ou peut-être que Hopper lui-même l'a retrouvé. Je le découvrirai bientôt.

J'espère simplement que les nouvelles seront bonnes. Car j'ai vécu assez longtemps dans ces tunnels pour savoir que même quand les choses semblent se passer comme prévu, obstacles, malentendus, et même malveillance peuvent faire échouer y compris les meilleurs plans. Je ne me reposerai pas tant que cette situation n'aura pas trouvé une conclusion satisfaisante.

Esperanza étant désormais en sécurité dans le château, je décide de me rendre dans les Runes : cela fait trop longtemps que je n'ai pas fait un tour là-bas. L'état des tunnels s'améliore de jour en jour, mais les rongeurs vagabonds apprécient toujours ces conseils et inscriptions encourageantes. Aujourd'hui, je sais exactement ce que je vais écrire pour calmer leurs angoisses et leur donner de l'espoir. Un message qui résume la lettre que j'ai envoyée à Hopper et aux autres via le soldat :

PUP NE REPRÉSENTE PLUS UN DANGER.
IL EST DÉSOLÉ DE LA PEUR QU'IL A CAUSÉE
ET NE DÉSIRE PLUS QU'UNE CHOSE : RENTRER.
À PRÉSENT, CE N'EST PLUS UN VIL PETIT ;
CONSIDÉREZ-LE COMME UN AMI.

CHAPITRE SEPT

Hopper fouilla toute la ville. Il chercha son frère dans chaque coin, chaque étal au marché, chaque bâtiment partiellement reconstruit. Il demanda aux marchands et aux ouvriers s'ils n'avaient pas vu une souris particulièrement petite, couleur sable, avec une marque semblable à un nuage orageux autour de l'œil. Mais bien entendu, cela ne fit que les effrayer.

— S'agit-il du « vil petit » ? demanda un écureuil en arrêtant son marteau en l'air. Celui dont La Rocha nous a dit de nous méfier ?

— Euh... eh bien... techniquement... oui, bredouilla Hopper. Mais si j'arrivais à le trouver et à lui parler...

L'écureuil était déjà en train de ranger ses outils.

— Je dois avertir ma compagne. Nous devons mettre nos petits en sécurité.

— Non ! Ce n'est pas nécessaire. Croyez-moi, je ne le laisserai pas faire de mal à quiconque. Il faut juste que je le trouve !

Mais l'écureuil était déjà parti au pas de course, en faisant cliqueter les outils accrochés à sa ceinture.

Hopper comprit qu'il devait réviser sa stratégie. En interrogeant les passants au sujet de Pup, il risquait d'affoler toute la ville et de déclencher le chaos. Il décida donc de continuer à chercher, mais de ne plus poser de questions.

Tout en sillonnant la ville, il surprit des fragments de conversations selon lesquels Pinkie venait d'envoyer ses meilleurs soldats à la recherche de son jeune frère rebelle, afin de mettre fin à cette menace et de le traîner devant la justice.

— Les nouvelles circulent vite, marmonna Hopper en écoutant ces rumeurs voler de maçon en commerçant, de commerçant en souris au foyer.

Certains citoyens redoutaient la colère de Pup ; d'autres semblaient rassurés à l'idée que les militaires aient entrepris une recherche active. Une chose était cependant certaine : si DeKalb et ses soldats réussissaient à ramener Pup vivant, on n'organiserait pas un banquet en son honneur, comme Titus l'avait fait pour Hopper. Pup ne serait pas le bienvenu entre les murs solides d'Atlantia.

Hopper alla de rue en rue, en passant par les magasins et les parcs, mais ne trouva aucune trace de Pup. Quand il rencontra un campagnol et un écureuil gris devant le barbier et les entendit débattre avec chaleur de ce qui devrait être fait à Pup s'il était capturé, il s'arrêta pour écouter. Il était tellement concentré sur la conversation qu'il ne remarqua pas le minuscule rat qui passait en courant devant lui et lui marcha sur la queue.

— Aïe !

— Oh, je suis désolé ! s'excusa Hopper.

Il baissa les yeux et eut la surprise de constater que la queue qu'il avait piétinée appartenait à Esperanza.

— Hopper ! couina-t-elle, en serrant nerveusement contre elle le baluchon qu'elle transportait.

— Esperanza ? Que fais-tu ici, toute seule ? Je croyais que tu visitais la ville avec le professeur.

— Je... euh... j'ai été distraite, et j'ai été séparée des autres.

Elle baissa la tête, l'air coupable, ce qui fit glisser son diadème de côté entre ses oreilles délicates. La présence de ce diadème n'avait rien d'inhabituel, mais le paquet qu'elle transportait surprit Hopper. On aurait dit une vieille couverture pliée. Il fallut un moment à Hopper pour reconnaître le patchwork qu'il avait lui-même confectionné à partir de morceaux de tissus lui rappelant des moments importants de sa vie. L'armée d'Atlantia avait défilé sous ce drapeau le jour où la reine Felina avait été vaincue. Hopper se demanda pourquoi Esperanza le lui avait emprunté, et ce qu'elle comptait en faire. Et pourquoi se trémoussait-elle ainsi nerveusement ?

Il aurait voulu lui poser la question, mais à ce moment-là, il était bien trop préoccupé par la conversation entre le campagnol et l'écureuil pour s'occuper d'autre chose. Le barbier était sorti de son échoppe pour rejoindre les deux rongeurs et venait de déclarer avec décision que « la pendaison est encore trop douce pour des créatures telles que Pup ». L'écureuil (dont les moustaches avaient bien besoin d'une petite coupe) semblait d'accord avec lui ; le campagnol, lui, avait l'air d'éprouver un minimum de compassion envers Pup.

La voix d'Esperanza interrompit sa concentration.

— Je vais rejoindre le professeur immédiatement, lui promit-elle. Je crois qu'ils sont au nord de la ville, en train d'observer la construction du nouveau monument en l'honneur des rongeurs ayant perdu la vie pendant la Bataille du Camp. C'est une leçon d'histoire. Ou d'éducation civique ? Ou peut-être de maçonnerie... en tout cas, j'y vais tout de suite.

Hopper, qui tendait l'oreille pour entendre le point de vue de l'écureuil gris sur la punition que méritait Pup, hocha vaguement la tête :

— Très bien, Esperanza. Fais attention aux charrettes en traversant la rue.

— Oui, Hopper, promit Esperanza en ajustant rapidement son diadème et en hissant son fardeau sur ses épaules. Il vaut mieux que je me dépêche avant que le professeur ne remarque mon absence.

— Oui... C'est ça...

Hopper regardait le barbier qui, dans son agitation, remuait les bras dans tous les sens, tandis que le campagnol secouait la tête et tapait du pied.

Brusquement, Esperanza sauta au cou de Hopper et l'étreignit de toutes ses forces.

— Je t'aime, Hopper, lui chuchota-t-elle. Ne l'oublie jamais.

Puis elle le lâcha et se mit à courir aussi vite que ses petites pattes pouvaient la porter.

Hopper était sur le point de lui crier qu'elle allait dans la mauvaise direction : elle se dirigeait vers l'est, vers l'immense portail en fer qui constituait l'entrée principale d'Atlantia. Or, comme elle venait de le dire elle-même, on construisait le mémorial de la bataille au nord de la ville.

Mais juste à ce moment-là, un rat maigrelet s'approcha du barbier et de ses clients, et fit entendre son avis sur le châtiment mérité par Pup :

— Je propose qu'on couvre ce traître de goudron et de plumes !

Le ventre de Hopper se noua à cette idée. Heureusement, le goudron n'était pas facile à trouver dans les tunnels. Les plumes non plus, d'ailleurs.

De toute façon, il avait sillonné la ville en long, en large et en travers, et visiblement, son petit frère n'était actuellement nulle part sur le territoire d'Atlantia. Hopper se consola en pensant que le badigeonnage de goudron et de plumes devrait attendre.

Le cœur lourd, il reprit le chemin du palais.

CHAPITRE HUIT

Pup avait été furieux.

Il avait tapé des pieds, grincé des dents, tiré sur ses moustaches. Il avait boudé, s'était lamenté, avait fait des choix hâtifs provoqués par la colère et par une idée exagérée de ses propres capacités.

À l'époque où il vivait chez les Mūs – cela semblait si loin ! –, Pinkie avait refusé de lui procurer un uniforme. Elle l'avait humilié. Mais il comprenait maintenant que son refus ne signifiait pas qu'elle ne croyait pas en lui. Il signifiait juste qu'elle savait qu'il n'était pas encore prêt à endosser de telles responsabilités. Et surtout, qu'elle voulait le protéger. Et comment avait-il réagi ?

Il l'avait abandonnée. Il s'était enfui.

À présent, il se rendait compte que ce n'était pas tant une fuite qu'une désertion. Après tout, on ne s'enfuit que quand on est malheureux. Et la vie que menait Pup sous la garde de Pinkie n'était pas malheureuse du tout. Il s'était simplement persuadé qu'elle l'était.

Il lui avait fallu du temps pour l'admettre, mais il avait finalement réalisé à quel point sa perception avait été erronée. À présent, il ne désirait plus qu'une chose : rentrer à la maison.

Sa maison. Autrefois, un nid de copeaux dans une cage rouillée sur l'étagère d'une animalerie, dans un quartier du monde d'en haut nommé Brooklyn. Ensuite, brièvement, une baraque confortable dans un camp bien organisé et faussement accueillant, qui cachait en réalité un affreux secret. Plus récemment, il avait résidé dans une gigantesque locomotive noire cachée dans les entrailles de la terre, derrière un mur de briques gris abritant l'agréable village des Mūs. Mais Pup avait rejeté ce confort parce qu'il n'aimait pas l'idée d'être aimé, protégé, choyé.

Comment avait-il pu faire la bêtise de rejeter cette existence agréable juste pour prouver qu'il était capable de se débrouiller seul ? Finalement, il avait bel et bien réussi à survivre dans les tunnels, pendant tant de jours et de semaines qu'il en avait perdu le compte. Mais qu'y avait-il gagné, à part un ami à huit pattes et une oreille déchirée ?

Pup regarda Atlantia au loin, et tout son orgueil et sa forfanterie s'évanouirent. Il n'avait pas réussi à tuer Felina, mais cela n'avait plus d'importance. Ce qui était important, c'était qu'il désirait présenter ses excuses à son frère et à sa sœur, et les aider à atteindre leur objectif : faire d'Atlantia et du village mūs des lieux aussi sûrs et agréables que possible. Il ne repousserait plus l'aide de Hopper, ne se rebellerait plus contre l'autorité de Pinkie. Pup n'était pas prêt à exercer lui-même une autorité ; pas encore. S'il y avait une chose que cette longue errance lui avait enseignée, c'était cela. L'autorité, la maturité, l'autonomie devaient être apprises. On ne pouvait pas décider du jour au lendemain qu'on était indépendant ; il fallait le mériter.

À ce moment précis, Pup n'aurait rien eu contre le fait d'être protégé. Une paire de bras aimants autour de lui, un repas chaud, un lit confortable... Tout cela additionné faisait une maison.

Et maintenant, visiblement, sa maison était à Atlantia.

Mais uniquement si Atlantia voulait bien de lui.

Hacklemesh était debout à côté de lui, sur un monticule qui dominait la ville. En bas, ils voyaient la muraille qui encerclait Atlantia, avec son portail en fer étincelant. Pup ne connaissait pas l'histoire de cette porte : il ignorait que c'était là que son père, Dodger, avait rencontré pour la première fois le jeune prince Zucker, avant qu'ils ne donnent ensemble le coup d'envoi à la révolution. Il ne pouvait pas savoir que son frère était passé par là, terrifié et ignorant, avant de découvrir qu'il était l'Élu d'une tribu de souris courageuses, et qu'un destin impressionnant l'attendait.

Les yeux fixés sur l'ouverture, Pup comprit que la porte en fer imposante était celle de son salut...

... ou de sa perte.

Mais c'était un risque qu'il était disposé à courir. Pup, souriceau d'élevage venu du monde d'en haut, était décidé à assumer la responsabilité de ses actes et à dire à tous ceux qui accepteraient de l'écouter qu'il était profondément désolé. Le pardon était le seul baume capable de soigner ses regrets. Et il espérait que le pardon l'attendait juste de l'autre côté de cette muraille.

— On a dû lancer un mandat d'arrêt à mon nom, Hack, chuchota-t-il à son compagnon arachnéen. Tu crois que je devrais me déguiser et me rendre au palais, où je pourrais aller trouver directement Hopper ? Ou peut-être vaudrait-il mieux me présenter devant l'entrée de la ville et annoncer que je me rends... Avec un peu de chance, j'aurai le temps de le dire avant que les gardes ne sortent leurs épées.

Hack cligna ses nombreux yeux et leva une de ses pattes anguleuses vers la porte.

— Tu penses que je devrais aller me rendre aux gardes ?

L'expression de Hack signifiait que c'était exactement ce qu'il pensait.

— D'accord, soupira Pup. Ça devrait marcher... s'ils ne me tuent pas avant que j'aie la possibilité d'ouvrir la bouche.

Hacklemesh garda le silence, comme toujours.

— Autant le faire tout de suite, alors, conclut Pup en rassemblant tout son courage.

Il prit une profonde inspiration, se redressa de toute sa hauteur et fit un premier pas en direction d'Atlantia.

Brusquement, il s'arrêta.

Non parce qu'il avait changé d'avis.

Mais parce qu'une lame s'était posée au milieu de son dos.

Une voix qui lui était familière prononça quelques mots derrière lui, à côté de son oreille :

— Par ordre de l'empereur Zucker et de l'Élue Pinkie, Pup, je te déclare en état d'arrestation ! dit le général DeKalb.

Pup entendit le bruit de trois autres épées que l'on tirait de leurs fourreaux, et se demanda si sa dernière heure était arrivée. Il pensa même qu'il ne pourrait pas en vouloir à ces soldats mūs s'ils le transperçaient sans autre forme de procès.

Mais la pointe de l'épée de DeKalb ne s'enfonça pas plus avant dans sa fourrure. Pour le moment, il ne semblait pas avoir l'intention de lui faire du mal.

C'était bon signe.

Il y eut une longue pause, puis la pression de la lame contre sa fourrure diminua, et la voix du général se radoucit :

— Acceptes-tu de venir sans résistance, Pup ?

C'était autant une prière qu'une question. Pup comprit que DeKalb n'avait aucun désir de le tuer. Son cœur se remplit d'espoir.

Il leva lentement les mains au-dessus de sa tête en signe de capitulation.

— Oui, général, je vous promets de venir sans ré...

Mais avant qu'il ne puisse achever son serment, il vit un mouvement brusque à sa droite, et sentit un liquide chaud l'éclabousser dans le dos.

Du sang.

Bousculé, Pup tomba à genoux sur la terre, aveuglé par la poussière qui tournoyait autour de quatre grosses paires de bottes.

— Hack, fuis ! ordonna-t-il en craignant que son ami ne soit blessé pendant cette échauffourée inexpliquée.

Pup était petit, mais Hacklemesh était encore plus petit, et malgré la solidité de son fil de soie, il était plus vulnérable qu'un rongeur.

— Vite ! Cours !

Il perçut l'hésitation de Hack, retenu sur place par sa loyauté. Ses huit yeux effrayés clignèrent, remplis d'indécision, mais Pup refusait de laisser son ami risquer sa vie pour lui.

— Fuis ! Sauve-toi !

À son soulagement, il entendit le cliquetis délicat de huit pattes fines : Hack quittait les lieux. Quand Pup tourna la tête pour regarder l'araignée disparaître au loin, une rame de métro passa en rugissant et éclaira le tunnel de ses phares. Bizarrement, il crut voir un prisme coloré vibrer contre le carrelage du mur au milieu de cette lumière vive.

Dans le silence qui suivit le bruit de tonnerre du convoi, il crut entendre une exclamation. Un petit cri, léger et lointain. Mais ce n'était pas le moment de se demander ce qui pouvait se cacher dans l'ombre : une bataille s'était déchaînée autour de lui. Pup demeura accroupi, les yeux fermés, la tête dans les mains. Il ne comprenait pas ce qui se passait. Il n'avait pourtant pas résisté à DeKalb. Il n'avait pas protesté, n'avait pas fait de geste brusque. Au contraire, il s'était immédiatement constitué prisonnier. Qu'est-ce qui avait donc pu mal tourner ?

Au-dessus de lui, il entendit un grognement, suivi par un cri de douleur. DeKalb tomba à côté de lui avec un horrible bruit sourd.

— Devon, tu es devenu fou ? s'exclama une voix que Pup crut reconnaître.

Pour toute réponse, il y eut le sifflement d'une épée qui fendait l'air, puis un autre bruit sourd : une deuxième souris s'était écroulée sur le sol, de l'autre côté de Pup. Ce dernier entrouvrit un œil. La victime était suffisamment proche de lui pour qu'il puisse déchiffrer le nom inscrit sur le badge de son uniforme : Pitkin.

Pup referma les yeux. Il avait la tête qui tournait. Il connaissait Pitkin ; c'était l'un des meilleurs soldats de Pinkie. C'était donc sa voix qu'il avait entendue prendre à partie ce Devon inconnu.

À présent, c'était une voix féminine qui rugissait, furieuse :

— Lâche ton arme, Devon ! Lâche-la tout de suite !

Wyona, pensa-t-il. Un autre membre de la garde personnelle de Pinkie. L'une des soldates les plus courageuses et les plus talentueuses, si son souvenir était bon.

L'ordre de Wyona provoqua un rire sec. Une voix froide, celle de ce Devon, répliqua :

— Je n'en ai pas l'intention, Wyona.

— Si tu ne recules pas immédiatement, je t'embroche !

Il y eut un craquement terrible. Métal sur os. Wyona s'effondra comme un sac, juste derrière DeKalb.

Je vais vomir, pensa Pup.

Pire : je vais être tué.

Tremblant, il garda les yeux fermés et se prépara à recevoir un coup d'épée dans le dos. Mais au lieu du sifflement d'une arme que l'on brandissait, il entendit le bruit de pas menaçant de quelqu'un qui le contournait pour lui faire face.

Décidant qu'il n'avait rien à perdre, il ouvrit les yeux et leva la tête.

Devon le dominait, élégamment habillé dans l'uniforme rose de Pinkie, avec des boutons brillants et des épaulettes à franges. Ses bottes polies reluisaient.

Et son visage... était étonnamment amical.

— Désolé d'avoir dû faire ça, Pup, dit le soldat en tendant le bras. Tiens, laisse-moi t'aider.

Pendant un moment, Pup crut qu'il était victime d'hallucinations, parce qu'en plus de la patte tendue de Devon, il crut remarquer un autre éclat de lumière se reflétant sur le mur et le plafond du tunnel.

— Je sais, c'est horrible, dit tranquillement Devon. Mais je n'avais pas le choix. C'étaient des traîtres, tu comprends. Tous les trois.

Pup accepta la main tendue et se releva. Pendant quelques secondes, il essaya de digérer cette accusation gravissime.

— Des traîtres ? Wyona et Pitkin ? (Il contempla les soldats tués, les yeux exorbités.) Je... j'ai du mal à y croire.

Le visage de Devon était sombre.

— Et le général DeKalb ? continua Pup en secouant la tête, dubitatif. Ce n'est pas possible. Il doit y avoir une erreur. Il faut que je parle à Pinkie. Et à Hopper. Tout de suite.

Rassemblant son courage, il fit un pas en direction de la ville, mais Devon l'attrapa par le bras avant qu'il puisse en faire un second et l'arrêta net. Quand Pup se retourna, il lut l'inquiétude dans l'expression du soldat.

— Écoute-moi, Pup. Je viens de te sauver d'un sort terrible. Pinkie nous a envoyés te chercher. Ses ordres, tels qu'ils ont été donnés devant Hopper, et l'empereur, et son épouse hautaine et orgueilleuse, étaient de te ramener vivant. Mais tu connais Pinkie. Elle avait un plan.

Les moustaches de Pup se mirent à trembler.

— Quel plan ? demanda-t-il d'une voix creuse.

— Elle veut ta mort. Elle nous a donné cette consigne en secret, bien avant de rencontrer la délégation des Atlantiens. Elle nous a demandé d'ignorer ce qu'elle dirait devant l'Élu et les autres, car elle ne ferait que mentir pour leur donner le change. (Devon sourit à Pup.) Une petite sournoise, cette Pinkie, pas vrai ?

Pup ne put qu'acquiescer.

— Pup, tu as mis ta sœur dans une situation difficile quand tu t'es enfui. Elle était furibonde à l'idée que les Mūs puissent penser qu'elle était incapable de contrôler quelqu'un d'aussi faible et minable que toi. Ce sont ses mots, pas les miens. Et comme tu l'as ridiculisée, elle s'est juré de te détruire. Ce qui n'est pas complètement injuste, en fin de compte, ajouta-t-il avec un petit rire, puisque tu avais toi-même juré de détruire... tout le monde.

Pup baissa la tête, et sentit que ses genoux se dérobaient sous lui. Il se retrouva de nouveau sur le sol, les épaules secouées de sanglots, écrasé par ces révélations.

— Je ne comprends pas. Dans ce cas, pourquoi DeKalb m'a-t-il demandé de l'accompagner sans résistance ? Pourquoi ne m'a-t-il pas éliminé directement, pour en finir avec moi ?

— Ah, cela nous ramène à la trahison de notre histoire. DeKalb, sache-le, n'aime pas beaucoup Firren...

— Firren ? Tu veux dire Pinkie ?

Devon rougit sous sa fourrure.

— Oui, bien sûr, désolé, je voulais dire Pinkie. (Il prit une profonde inspiration et eut un autre petit rire sans joie.) DeKalb n'aimait pas beaucoup Pinkie, et on ne peut pas lui donner tort, n'est-ce pas ? Franchement, cette souris peut être un véritable cauchemar rose quand elle s'y met, hein ?

Pup pouvait difficilement contester ce point. Devon continua :

— Le plan de DeKalb était assez ingénieux, en fait.

— Qu'est-ce que c'était ?

— De désobéir à Pinkie, et de te garder vivant.

Pup éprouva une certaine reconnaissance au fond du cœur.

— DeKalb agissait pour mon bien, alors ?

— Pas vraiment, hélas. On ne devient pas le plus puissant général d'une armée sans avoir tendance à penser tout d'abord à soi-même. Son idée était de te garder en vie, parce que ta haine contre Pinkie et Hopper pouvait lui être utile. Il voulait renverser à la fois le village mūs et Atlantia. Pitkin et Wyona le soutenaient, et il espérait te recruter, toi aussi.

— Moi ?

— Oui. Après tout, tu avais déjà fait savoir que tu détestais tout le monde, pas vrai ? DeKalb voulait utiliser ta rancœur à son avantage. Il voulait que tu continues à terroriser les tunnels, à causer des problèmes, à prendre des risques. Ensuite, ses acolytes et lui seraient intervenus pour mettre fin au chaos, et auraient recueilli tous les éloges. Il rêvait de voir Pinkie chassée du village, courbant sous le poids du déshonneur.

— Pinkie aurait détesté ça.

— Son plan pour détruire Atlantia était encore pire. Vois-tu, il ne se serait pas contenté de bannir l'empereur et l'impératrice. Il voulait les voir souffrir. Zucker aurait été liquidé rapidement, mais la fin de Firren aurait été lente : il désirait l'entendre appeler à l'aide en sachant qu'aucune patte ne se tendrait pour la sauver. Pour une fois, on aurait entendu résonner dans les tunnels autre chose que son cri de bataille arrogant... *Yah, yah, yah !* imita Devon en retroussant ses lèvres pour montrer ses dents pointues. Ensuite, le conquérant aurait pu régner en maître dans ces tunnels et posséder le pouvoir absolu sur chaque rongeur qui y habite.

Il examina la pointe mortelle de son épée, et ajouta :

— Oh, et t'ai-je dit qu'une fois monté sur le trône, il t'aurait éliminé ?

— Qui ?

— Le conquérant.

— DeKalb ?

Devon eut un sourire glacial. Pup déglutit.

— Non, tu ne me l'avais pas dit.

— C'était là son plan, Pup. DeKalb t'aurait convaincu de se joindre à lui, puis t'aurait trahi tout comme il comptait trahir Pinkie, Hopper, Zucker, et... Firren.

Le nom de l'impératrice vibra dans l'air tandis que Devon recommençait à tourner lentement autour de Pup.

— Pouvons-nous retourner à Atlantia ? supplia Pup. Je veux voir mon frère et ma sœur. Je veux leur demander pardon.

— Rien ne me réjouirait davantage que d'assister à tes retrouvailles avec ta famille, Pup. Tu vois, je sais à quel point la famille est importante, et combien elle nous manque quand on l'a perdue.

— Merci. Allons-y.

Encore une fois, Devon saisit Pup par le bras et le retint.

— Malheureusement... les événements récents posent un nouveau problème, dit-il en désignant de la tête les trois soldats morts. Je suis certain que Pinkie rejettera ces morts sur toi, même si je lui explique que tu n'es pas coupable.

Le cœur de Pup se serra.

— Elle ne peut pas m'accuser de quelque chose que je n'ai pas fait, tout de même !

— Tu es si naïf, ricana Devon. Bien sûr que si, elle peut. C'est Pinkie qui commande, et elle utilisera son pouvoir pour obtenir ce qu'elle veut.

Pup réfléchit, et dut admettre qu'il avait raison. Si Pinkie voulait l'éliminer, elle pouvait l'accuser de ces morts et utiliser cette excuse pour faire exécuter son petit frère.

— J'avoue que ça lui ressemblerait assez, reconnut-il.

Le ventre noué, il se creusa la tête pour trouver une solution.

— Que dois-je faire, Devon ?

Devon le regarda avec pitié, mais avant qu'il puisse répondre, il fut interrompu par un léger bruissement le long du mur. Ses oreilles se dressèrent, et il dégaina son épée d'un seul geste. Il fouilla les environs des yeux, les sens en alerte, l'arme brandie.

C'est alors que Pup distingua la queue. C'était à peine un éclair, un mouvement sur le sol. Une seconde plus tard, un visage encore plus petit que le sien pointa hors de l'ombre. Pup crut le reconnaître, mais la créature disparut dans l'obscurité aussi vite qu'elle était apparue. Si vite, en fait, que Pup se demanda s'il l'avait réellement vue. Peut-être l'angoisse lui donnait-elle des visions.

— Aide-moi, Devon, plaida-t-il en se relevant et en tendant les bras dans un geste de supplique. Je suis prêt à faire n'importe quoi pour rester en vie, au moins assez longtemps pour faire comprendre à Pinkie et Hopper que je suis vraiment, vraiment désolé.

— Malheureusement, Pup, je pense que tu es allé trop loin. Je ne pense pas que Pinkie se contente de tes excuses.

Pup sentit un nœud se former dans sa gorge.

— Que veux-tu dire ?

— Juste que tu devrais peut-être songer à changer de stratégie. Pour commencer, nous devrions aller nous mettre à l'abri quelque part. Je connais un endroit où personne ne nous trouvera : City Hall.

Devon avait prononcé ces deux derniers mots avec un accent étrange, et une étincelle avait jailli de ses yeux, comme si ce nom avait une signification particulière pour lui.

— City Hall ? répéta Pup.

Il était sur le point de demander où était cet endroit quand une autre rame de métro passa comme une fusée près d'eux, secouant les murs et faisant pleuvoir un nuage de poussière sur leurs têtes. Du coin de l'œil, Pup revit alors le prisme tremblotant sur le mur au milieu de la lumière des phares, mais cette fois, il l'ignora. Il devait se concentrer. Peut-être Pinkie était-elle déjà en train d'envoyer une autre patrouille à sa recherche, avec le même ordre qu'elle avait donné à DeKalb :

Tuez Pup sans sommation.

Quand le train fut passé, cependant, une voix sembla surgir de nulle part ; une jolie petite voix pleine d'enthousiasme et d'innocence :

— J'ai une idée !

Pup reconnut aussitôt son timbre musical et doux. C'était la voix de la jeune rate qu'il avait entendue bavarder avec Hopper sur le balcon au-dessus d'Atlantia. Que faisait-elle donc ici, si loin de la ville ? Peut-être s'était-elle perdue.

Elle s'approcha d'eux en courant et en sautillant sur le sol caillouteux.

— Je sais ce que vous devez faire ! cria-t-elle en s'arrêtant avec une glissade à quelques centimètres à peine de la pointe de l'épée de Devon.

Instinctivement, Pup tendit les bras pour la tirer en arrière avant qu'elle ne s'embroche toute seule.

— Qu'est-ce que c'est que cette minuscule boule de poils ? s'étonna Devon.

La petite poitrine de la rate haletait encore à la suite de sa course, et ses yeux brillaient d'excitation.

— Je m'appelle Esperanza, et je suis une espionne.

CHAPITRE NEUF

— Alors, il est où, ce moulin à vent ?

Hopper leva le nez de son bureau et vit Zucker appuyé nonchalamment contre le chambranle de la porte de sa chambre.

— Pardon ?

— Je te demande où est le moulin à vent, celui que tu es allé acheter pour Esperanza.

Il fouilla ostensiblement la pièce des yeux, mais bien entendu, n'y trouva aucun jouet tournoyant.

— Il n'y en avait plus, au marché ?

Hopper réfléchit à toute allure.

— Euh, non. Non, plus un seul. Ils avaient tous été vendus. Mais ne t'inquiète pas. J'ai passé commande pour qu'on en fabrique un exprès pour elle. Le marchand m'a promis qu'il serait prêt d'ici la fin de la semaine. J'ai réclamé qu'on le décore avec des paillettes, si possible. J'ai aussi demandé qu'il tourne particulièrement vite, parce que je me suis dit que ça lui plairait.

Ayant fini de débiter sa fable, Hopper adressa un sourire incertain à l'empereur.

— Des paillettes ? répéta Zucker, moqueur, en croisant les bras. Dis, gamin, tu vas encore continuer longtemps ?

— Continuer à faire quoi ?

— À mentir. Parce que franchement, ce n'est pas ton fort. En fait, tu n'es vraiment pas doué. Et je te connais assez bien pour savoir que tu ne quitterais pas l'état-major...

— La salle de planification stratégique.

— Bref, je sais que tu n'aurais pas abandonné une réunion importante pour quelque chose d'aussi trivial qu'un jouet, même s'il était destiné à Esperanza. Alors pourquoi ne m'avoues-tu pas ce que tu as réellement fait ?

Hopper hocha la tête. Zucker avait raison. Il était incapable de mentir, même dans des cas graves ; et surtout pas à son meilleur ami.

— Je suis allé voir si Pup était caché quelque part dans Atlantia, attendant l'occasion d'agir, comme l'avait suggéré mon père. J'ai pensé que si je réussissais à le trouver avant les soldats de Pinkie, je pourrais peut-être le raisonner.

— N'as-tu pas déjà essayé ? lui fit doucement remarquer Zucker. Dans cette vieille chaussure ?

— Si, et j'ai lamentablement échoué, admit Hopper. Mais je ne peux pas renoncer. Tu as entendu ce que disait Pinkie : mort ou vif.

— Personnellement, j'espère qu'on nous le ramènera bien vivant.

— Moi aussi ! C'est pour ça que je suis allé fouiller la ville. Mais il n'y avait de trace de Pup nulle part.

— Je suis désolé, gamin.

— A-t-on déjà reçu des nouvelles de la patrouille envoyée par Pinkie ?

— Encore désolé.

Hopper s'affaissa dans son fauteuil, et Zucker entra dans la pièce qui avait été autrefois sa propre chambre, du temps où il était prince.

— J'aime la manière dont tu as arrangé cette pièce, lança Zucker sur un ton léger.

Hopper sourit malgré lui. Il comprit que son ami changeait de sujet pour essayer de lui remonter le moral.

— Merci. Je suis très content d'utiliser ton ancien bureau. Ça me rappelle l'époque où tu m'as appris à lire et à écrire.

— Ah, c'était le bon temps. Enfin, plus ou moins...

Hopper rit.

— Oui, l'horrible traité entre Titus et Felina et les camps des réfugiés gâchaient un peu l'ambiance, hein ?

— Oh que oui ! Mais tout s'est bien terminé, conclut Zucker en s'affalant sur le pied du lit et en étirant les jambes. Tout comme cette affaire concernant Pup se terminera bien. Tu verras.

Il y eut une pause pendant laquelle le rat et la souris s'efforcèrent d'y croire, puis Zucker reprit :

— Tu as fait quelques changements, à ce que je vois.

— Des changements ?

Hopper examina la chambre. Au mur était suspendu un dessin à la craie, fait par Firren, représentant Dodger, Pinkie et lui-même. Son pourpoint violet orné d'un Z argenté brodé au niveau du cœur était accroché à un clou près de la porte. Son épée, fabriquée en urgence à partir d'une clef d'humain, brillait fièrement dans une vitrine au-dessus de l'armoire.

— Non, ma chambre est toujours la même.

— Pas complètement. La couverture a disparu. Tu sais, celle que tu as cousue à partir du tablier de Beverly et des autres bouts de tissus que tu avais recueillis. D'habitude, elle est toujours ici, au pied de ton lit.

— Oh, je vois ! Esperanza me l'a empruntée.

— Pour quoi faire ?

— Aucune idée, mais je suis sûr qu'elle la rapportera quand elle aura terminé. Elle sait que j'y tiens.

La chambre retomba dans le silence, et Hopper se pencha sur le bureau pour relire les mots qu'il venait d'écrire. Il se sentait un peu idiot de rédiger quelque chose d'aussi léger qu'une lettre d'amour dans un moment pareil, mais c'était la seule chose susceptible de lui faire oublier ses soucis.

— Qu'est-ce que tu écris ? demanda Zucker.

— Une lettre. À Carroll. (Hopper sentit que la chaleur envahissait ses joues : le simple fait de prononcer le nom de la souris blanche lui faisait souvent cet effet-là.) Je lui propose de venir nous rendre visite. Elle n'a jamais vu les tunnels, et j'aimerais les lui montrer. Bien entendu, j'attendrai que cette affaire avec Pup soit arrangée.

— Sage décision, approuva Zucker.

— Et peut-être qu'un jour, nous irons ensemble à l'extérieur, toi et moi, pour que je te montre Brooklyn ?

— Pas question, gamin, répondit Zucker en secouant la tête et les mains. N'y songe même pas. Je suis un rat des tunnels. Je suis né ici, j'ai grandi ici, et je n'ai aucune envie de connaître le Monde Éclairé.

— Tu aimes vraiment cet endroit sale et poussiéreux ?

— Je m'y plais beaucoup, et pour rien au monde je ne voudrais me risquer à l'extérieur.

Hopper leva les yeux au ciel, et se rendit :

— Bon, bon, comme tu voudras ! Mais tu ne sais pas ce que tu perds. On y trouve des aubergines au parmesan qui vous font venir l'eau à la bouche...

— D'après tes récits, on y trouve aussi de cruels chats de gouttière et des énormes ponts, et ni les uns ni les autres ne figurent sur ma liste de choses à voir absolument.

Hopper se repencha sur sa lettre. Il était sur le point de signer – *Je t'embrasse, Hopper*, ou peut-être *J'espère te voir bientôt, Hopper* – quand une grande clameur se fit entendre à l'extérieur, juste sous sa fenêtre.

Sa première pensée fut que Pup avait décidé de venir tout seul, et s'était fait attaquer par les citoyens furieux. Il bondit de sa chaise et courut vers la fenêtre, suivi de près par Zucker.

Mais ce ne fut pas son frère, attaché et bâillonné, traîné vers le palais par une foule de rongeurs en furie, qui s'offrit à sa vue.

Ce qu'il vit, c'était le vieux professeur qui grimpait l'escalier avec une expression d'angoisse sur son visage ridé. Les héritiers impériaux le suivaient en désordre. Go-go pleurait, Fiske criait, Brighton était muette d'horreur, et Raz avait un air accablé que Hopper ne lui avait jamais connu. Son cœur s'emballa tandis que son regard passait d'un raton à l'autre.

Brighton, Gowanus...

Verrazano, Fiske...

— Que se passe-t-il ? s'affola Zucker. Pourquoi tous mes enfants sont-ils dans un tel état ?

C'est à ce moment-là que Hopper devina ce qui se passait. Son sang se figea dans ses veines. Tandis que les ratons hystériques franchissaient la porte du palais en trébuchant, il recompta dans sa tête. Le résultat le frappa avec la force d'un métro en pleine course.

Quatre.

— Non, Zucker, hoqueta-t-il en se détournant de la fenêtre. Pas *tous* tes enfants.

— Comment ça ?

Les yeux écarquillés, Zucker passa la tête par la fenêtre pour mieux voir, mais les jeunes rats étaient entrés et se trouvaient hors de vue. Il se retourna vers Hopper avec inquiétude.

— Qu'y a-t-il, Hopper ?

Hopper ne put que secouer la tête. Il avait l'impression que son cœur allait se briser en mille morceaux et tomber par terre. Il s'affala au pied du lit, là où la couverture aurait dû être.

— Je viens de la voir ! cria-t-il. Je l'ai vue de mes propres yeux, dans la ville, il y a quelques minutes. J'aurais dû lui demander pourquoi elle était seule, j'aurais dû lui dire de rentrer. Oh, Zucker, c'est ma faute. Elle était seule !

— Qui était seule ? Hopper, de quoi parles-tu ?

— Elle m'a dit qu'elle allait rejoindre les autres. J'aurais dû me rendre compte que quelque chose n'allait pas, mais j'étais si inquiet pour Pup !

En deux enjambées, l'empereur vint se planter devant Hopper et plaça ses deux mains sur ses épaules.

— Hopper, je sais que tu es bouleversé, mais il faut que tu te reprennes. Réponds-moi : qu'est-ce qui se passe ? Qui as-tu vu en ville ?

Les épaules de Hopper s'affaissèrent ; il avait l'impression que ses jambes étaient en coton. Avec effort, il leva la tête et vit sa propre peur reflétée sur le visage de l'empereur.

— Esperanza. Zucker, Esperanza... s'est enfuie.

CHAPITRE DIX

— Une espionne, se moqua Devon, abasourdi devant cette minuscule inconnue en tenue de gala qui venait de se matérialiser devant lui. C'est ridicule. Tu n'es qu'une gamine. (Il haussa un sourcil en examinant sa belle robe et le diadème incrusté de pierres précieuses perché entre ses oreilles.) Une gamine ridiculement vêtue, mais une gamine quand même.

Pup, lui aussi, était surpris par l'apparition inexplicable de l'héritière impériale. Elle était sale et sa robe était déchirée, probablement suite à sa longue marche dans les tunnels, et étrangement, elle portait un tissu en patchwork sous le bras. Elle ressemblait davantage à une vagabonde qu'à une princesse.

— Je peux vous aider, affirma-t-elle.

Autour d'elle, le peu de lumière qui provenait encore du métro en train de s'éloigner fit danser un arc-en-ciel sur le carrelage. Il fallut un moment à Pup pour comprendre que ce prisme de couleurs provenait des rayons qui se reflétaient contre son diadème. C'était comme un feu d'artifice portatif.

Mais malgré ses efforts, Pup ne devinait pas ce qu'elle faisait dans le coin.

— Je ne comprends pas pourquoi tu te présentes comme une espionne, dit-il.

— Es-tu sûre que tu veux dire « espionne » et pas « voleuse » ? grogna Devon, les yeux toujours fixés sur la couronne. Ton petit chapeau a l'air assez précieux. Je doute qu'une miséreuse comme toi ait pu obtenir un tel joyau légalement.

— Je ne suis pas une voleuse, ni une mendiante. Je suis une espionne. Je vous observe depuis tout à l'heure. J'ai tout vu, et je parie que vous n'avez même pas remarqué ma présence. Mes frères et sœurs m'ont toujours traitée de moucharde et dit que j'étais douée pour ça. Il faut croire qu'ils avaient raison !

Elle avait l'air si fière d'elle que Pup n'eut pas le cœur de lui avouer que son diadème étincelant avait failli la trahir.

— Tu as tout vu ? répéta avec lenteur Devon. Tu veux dire que tu as vu Pup massacrer froidement ces trois soldats mūs ?

Pup fronça les sourcils.

— Quoi ?

— Non, répondit tranquillement Esperanza. Je t'ai vu les tuer, *toi*.

Le soldat répondit par un regard terrible qui fit dresser les poils sur le corps de Pup.

— Et c'est ce que tu diras aux autorités si on t'interroge, petite espionne ? demanda Devon en serrant la main autour du pommeau de son épée. Que c'est moi qui ai tué les soldats ?

Esperanza hocha la tête.

— C'est la vérité. Ce n'est pas ce que je devrais dire ?

— Pas forcément... murmura Devon.

— Pourquoi veux-tu qu'elle mente ? demanda Pup, avec un frisson d'alarme qui le parcourut de la pointe des oreilles jusqu'au bout de la queue. Tu les as tués parce que c'étaient des traîtres et des conspirateurs. N'est-ce pas ?

Tout en parlant, il fit un pas pour se rapprocher d'Esperanza : quelque chose le poussait à manœuvrer de manière à s'interposer entre la petite princesse et le soldat mūs, pour la protéger du regard glacial de ce dernier.

Devon ne dit rien. Il continua à examiner Esperanza. Une sueur froide parcourut l'échine de Pup : il commençait à se méfier de ce soldat.

— Vous ne voulez pas entendre mon idée ? proposa Esperanza en serrant sa couverture en patchwork, tout excitée.

— Je t'en prie, lâcha Devon.

— Très bien. (Esperanza adressa un grand sourire à Pup.) Ce soldat peut retourner à Atlantia et se glisser dans le palais. Il peut aller directement voir mon père et Hopper avant que Pinkie n'apprenne qu'il est de retour, pour leur dire la vérité : que tu voulais t'excuser, et que le général mūs complotait, et il peut expliquer que c'est lui qui a tué les autres par nécessité, pas toi. Comme ça, Pinkie ne pourra pas réinterpréter l'histoire comme ça l'arrange.

Devon lui jeta un regard impatient.

— Je dois admettre que tu réfléchis comme une espionne...

— Mais comment pouvons-nous être sûrs que Pinkie ne croisera pas Devon avant qu'il ne voie Hopper et l'empereur ? demanda Pup. Et surtout, comment faire en sorte qu'ils croient Devon quand il leur dira que je suis innocent ?

— C'est facile. Devon va prouver à papa et à Hopper que tu es redevenu gentil. Si tu étais vraiment méchant, tu n'aurais pas tué que les trois autres soldats, tu l'aurais tué, lui aussi, non ? Donc s'il peut prouver qu'il t'a vu et que tu ne l'as pas tué, ils ne pourront que le croire. Et sa preuve, ce sera un message secret.

— Un message secret ? répéta sèchement Devon.

— Oui. C'est un système d'espion.

— Ben voyons...

— Quel genre de message ? demanda Pup.

Il avait repris espoir : le plan lui paraissait de plus en plus prometteur.

— Il faut que Devon leur rapporte une information que tu es le seul à connaître. Cela prouvera qu'il t'a parlé sans que tu le tues.

Devon fouetta l'air de sa queue.

— Tout cela me semble bien compliqué pour pas grand-chose.

— Me sauver la vie, ce n'est pas grand-chose ?

Pup se méfiait de plus en plus du soldat. Devon ignora sa question :

— Le problème reste entier. Si je ne peux pas rejoindre Hopper et Zucker sans croiser d'abord Pinkie, elle utilisera certainement cet événement à son avantage. Voilà pourquoi, petite casse-pieds, avant que tu ne nous interrompes si grossièrement, j'allais proposer que Pup et moi...

— Mais tu *peux* les rejoindre ! s'écria Esperanza. C'est là que mon plan devient génial. Figurez-vous qu'il existe un passage secret !

Cette fois, Devon lui accorda toute son attention. Pup aussi.

— Quel passage secret ? demanda Pup.

— C'est mon frère Raz qui l'a découvert un jour. Je le suivais de loin, et c'est ainsi que je le connais. Il s'agit d'un long couloir noir avec des portes à chaque bout, mais les portes sont faites de manière à ressembler au mur, donc elles sont presque invisibles. Cela mène à un réduit près de la salle du trône. Mon père et Hopper tiennent sans arrêt des réunions importantes là-bas. Si Devon emprunte ce passage, il pourra donc éviter Pinkie et rejoindre papa et Hopper pour les avertir que tu te rends !

— Formidable ! s'écria Pup. Cela devrait fonctionner !

Il prit un moment pour réfléchir.

— Alors, le message... ce que Devon devrait dire à Hopper pour prouver qu'il m'a rencontré... En rimes, ce sera plus facile à retenir... Ah, voilà :

Nous vivions dans une cage propre et confortable
Mais maman fut enlevée, et Pinkie devint détestable
Alors que nous croyions que le pire était arrivé
Nous avons dû affronter un serpent qui voulait nous manger
J'ai fait une chute terrible, mais j'ai survécu miraculeusement
Je vous en prie, pardonnez-moi : je veux rentrer, à présent !

— Formidable, dit Esperanza. C'est parfait. La Rocha n'aurait pas fait mieux. Quand toute cette histoire sera terminée, tu devrais noter ces vers : il y a toute une collection de poésie de rongeurs dans la bibliothèque.

— Merci, dit Pup, les joues brûlantes. J'ai été inspiré, voilà tout...

— Lyrique, il n'y a pas d'autre mot, se moqua Devon. Mais avant de partir pour Atlantia afin de réciter cette magnifique poésie, j'aimerais poser une question. (Il se tourna vers Esperanza, sourcils froncés.) Comment connais-tu si bien le palais ? Tu n'es qu'une gamine !

— Une gamine impériale, l'informa Esperanza en remuant fièrement la queue. Je suis la princesse Esperanza des Romanus.

Il y eut un changement immédiat d'attitude chez le soldat, dont tous les muscles semblèrent se crisper en même temps. Pup vit une tempête d'émotions traverser son visage : stupéfaction, joie, et même fureur. Mais pourquoi le soldat aurait-il une telle réaction en apprenant l'identité d'Esperanza ?

— Une héritière impériale, dit-il enfin. Une princesse. La fille de Firren elle-même.

Esperanza hocha la tête.

— Et aussi une espionne, ne l'oublions pas !

— Eh bien, ricana Devon, voilà qui change tout. Tout ! répéta-t-il en aboyant presque.

— De quoi parles-tu ? s'étonna Pup.

— Je parle de vengeance ! Je parle de la revanche que je vais enfin prendre sur ce monstre au cœur de glace, Firren !

Avant que Pup ne comprenne ce qui se passait, la pointe de l'épée de Devon se retrouva posée sur la gorge d'Esperanza. Elle poussa un couinement de terreur, et ce cri transperça le cœur de Pup. C'est à ce moment-là qu'il prit brutalement conscience que Devon n'était pas ce pour quoi il le prenait. D'un seul coup, Pup comprit que l'histoire du soldat n'avait été qu'un mensonge, ou presque : le traître qui avait ourdi un plan abominable n'était pas DeKalb. C'était Devon lui-même.

Pauvre Esperanza. Elle s'était jetée dans la gueule du loup ! Ah, si seulement elle n'avait pas proclamé qu'elle était membre de la famille impériale... Car Pup comprenait à présent pourquoi, aux yeux de Devon, cette révélation changeait tout. Devon n'avait plus besoin de l'alliance de Pup. Il disposait de bien mieux pour se venger.

Esperanza.

En effet, quel meilleur moyen pour torturer l'empereur et l'impératrice que faire du mal à leur petite chérie ?

Le sang bouillonnant dans ses veines, les moustaches vibrant de colère et de peur, Pup sortit ses griffes et rassembla ses forces pour sauter sur le soldat, mais...

— Si j'étais toi, je m'abstiendrais, Pup, conseilla Devon avec un calme glacial, sans jamais détourner son regard haineux de la petite rate tremblante. J'ai trop attendu ce moment. Je préférerais me venger lentement, peut-être en envoyant d'abord à Firren un bout de l'oreille de la petite, puis un échantillon de son pelage, puis la moitié de sa mignonne queue...

Esperanza serra la couverture contre elle et lâcha un gémissement horrifié. Les griffes de Pup le démangeaient, tant il mourait d'envie de les enfoncer dans la chair du soldat.

— Oui, je préférerais faire les choses ainsi, poursuivit Devon, les yeux toujours fixés sur Esperanza. Mais...

— Mais quoi ?

— Mais si tu te mets dans la tête de jouer au héros et de m'attaquer... si tu fais ne serait-ce qu'un seul pas dans ma direction... il faudra que je tue la mioche tout de suite, immédiatement. Cette lame est très aiguisée, vois-tu.

Pour le prouver, d'un simple mouvement de poignet, il trancha net la couverture en deux. Une moitié tomba par terre. Esperanza s'agrippa convulsivement à l'autre partie.

— Tu vois ? Elle sera morte avant même de toucher le sol. Au moins, j'aurai le plaisir de renvoyer son cadavre ensanglanté à sa mère l'impératrice, peut-être avec cette ridicule couronne de diamant toujours perchée sur sa tête sans vie.

Les larmes coulaient sur les joues d'Esperanza. Pup cherchait désespérément le moyen d'intervenir, mais comment ? Il était plus petit que Devon, et désarmé !

Au loin, on entendit le grondement d'une nouvelle rame de métro qui s'approchait. Le bruit se transforma bientôt en rugissement, et la lumière de ses phares éclaira le tunnel, d'abord légèrement, puis de plus en plus. Devon n'avait même pas l'air de s'en apercevoir, tant il se concentrait avec une joie féroce sur sa malheureuse prisonnière. Il ne remarqua pas non plus l'arc-en-ciel que le diadème dessinait à nouveau sur les murs du tunnel.

Soudain, Pup sut ce qu'il devait faire.

Il attendit que le train s'approche... une seconde, deux, trois... puis il cria :

— Esperanza !

La réaction fut automatique : malgré l'arme mortelle posée sur sa gorge, en entendant son nom, la rate tourna la tête vers celui qui l'appelait, à l'instant même où cette portion sombre du tunnel se remplissait d'une lumière éblouissante.

Le reflet violent de ses diamants fut comme une explosion de poudre pour Devon. Aveuglé, il lâcha son épée et se couvrit les yeux avec un glapissement de surprise. C'était ce que Pup attendait. Il bondit en avant et mordit profondément la jambe de Devon. Puis il attrapa Esperanza et sa demi-couverture, la souleva dans ses bras, et partit en courant.

Le hurlement de douleur et de fureur de Devon les suivit dans l'obscurité.

— Où allons-nous ? demanda Esperanza, la voix étouffée contre la fourrure de la poitrine de Pup, humide de sueur.

— Aussi loin d'Atlantia que possible, répondit-il en empruntant une bifurcation. Je veux te mettre en sécurité, mais je ne peux pas me montrer à Atlantia tant que je ne suis pas certain que Pinkie ne me tuera pas sans sommation. Il faut que je prouve que je suis innocent avant de pouvoir envisager d'entrer dans la ville.

— Je comprends.

La petite patte d'Esperanza retenait le diadème pour l'empêcher de tomber. Pup galopait toujours.

— Mais tu vas vers la ville, justement ! s'exclama-t-elle.

— Je sais, haleta-t-il.

Pup continua à courir jusqu'à ce qu'il atteigne l'endroit voulu. Il posa alors délicatement Esperanza sur le sol et la prit par la main.

— Ne t'inquiète pas, Esperanza, je ne laisserai personne te faire du mal.

— Merci. Mais pourquoi t'es-tu rapproché d'Atlantia ? Si tout le monde veut te tuer, tu ne devrais pas t'en éloigner ?

Pup sourit, en levant les yeux vers le carrelage fendu et le plâtre tombant en miettes du plafond.

— Tu es une petite espionne intelligente, hein ?

— Je fais de mon mieux...

— Je suis venu ici parce que c'est le seul moyen d'aller là où je veux aller.

Il y eut un bref silence, pendant lequel Pup continua à étudier le mur. Il se rendit compte qu'Esperanza ramassait un caillou ; pointu, d'après le bruit qu'il fit quand elle griffonna quelque chose sur la paroi. Cela l'occupa quelques instants. Quand elle eut terminé, elle reprit la parole, d'une voix pleine de confiance :

— Alors, où allons-nous, au juste ?

— Au seul endroit que je connaisse où ni Devon ni Pinkie ne nous trouveront jamais. L'endroit où ils ont le moins de chance de venir.

— Quel mystère !

Yeux plissés, Pup poursuivait son examen. Enfin, il trouva ce qu'il cherchait : un trou creusé dans le plâtre, presque tout en haut du mur. Le soulagement le prit, et il souleva la petite princesse sur ses épaules.

— C'est parti vers notre destination mystérieuse ! dit-il, en s'efforçant d'avoir l'air sûr de lui.

— C'est-à-dire ? voulut savoir Esperanza.

— Là d'où je viens. À Brooklyn.

CHAPITRE ONZE

Quand je franchis la porte en fer qui sépare Atlantia du Grand Au-delà, j'aperçois l'un des soldats de Pinkie qui avance vers la ville, tout seul. C'est Devon.

Et il boite.

Je m'approche avec anxiété, en dissimulant mon visage sous ma capuche. Un bandage grossier entoure sa jambe.

— Que s'est-il passé ? Vous êtes blessé !

Il me regarde avec des yeux ronds. J'attribue son expression à la douleur qu'il doit ressentir. Je l'interroge :

— Comment ma nouvelle a-t-elle été reçue ? Le message que je vous ai donné ce matin... L'empereur vous a-t-il envoyé chercher Pup pour le ramener en sécurité au palais, afin qu'il puisse s'expliquer ?

— Il l'aurait probablement fait si je l'avais informé, me répond-il avec hargne.

— Comment ça, « si » ?

Il me saisit le bras avec beaucoup plus de force que nécessaire.

— Venez. Je vais vous raconter tout ce que vous devez savoir.

Il me pousse dans l'ombre de la muraille qui entoure la ville.

— Je n'ai pas transmis votre message à Pinkie et aux autres, car je voulais vérifier par moi-même si Pup avait réellement des intentions pacifiques, ainsi que votre lettre le laissait entendre.

Je lis de l'amertume dans ses yeux, et soudain, mon instinct me crie que je n'ai pas affaire à un ami. Je lui reproche :

— Ce n'est pas ce dont nous étions convenu. Vous deviez leur dire que Pup voulait leur présenter ses excuses.

— Des excuses, ricane-t-il. Elles arrivent toujours trop tard et ne valent pas grand-chose, si vous voulez mon avis. Je n'ai jamais attaché beaucoup de prix aux excuses.

Il n'a toujours pas lâché mon bras.

— Avez-vous un frère ? me demande-t-il.

— Deux.

— Malheureusement, je ne peux pas en dire autant. Mon frère a trouvé la mort quand j'étais encore jeune. Sur le terrain de chasse de Felina, pour être exact.

Je prends un ton que j'espère sincèrement désolé :

— Quelle tragédie.

Je me démène un peu, dans l'espoir qu'il me lâche. En vain.

— Nous étions une joyeuse portée, vous savez. Quatre en tout : mes sœurs Céleste et Hazel, moi... et Yahnis. Mon frère.

Il secoue la tête. Un geste de chagrin, mais ses yeux disent autre chose. Ils brûlent de colère. Il y a quelque chose dans son histoire qu'il ne veut pas me raconter.

— Comment se fait-il que des jeunes Mūs se soient retrouvés sur le terrain de chasse ? *demandé-je. Je croyais que les membres du Conseil veillaient strictement à ne laisser sortir personne d'autre que leurs éclaireurs.*

Pour toute réponse, il me montre les dents.

— Je vous présente mes condoléances, *dis-je. Pour votre frère. Mais au sujet de mon message...*

— Il y avait si peu de cachettes. Un sac à dos moisi, une chaussure déchirée. Et une tasse argentée. Yahnis était terrifié... (Il secoue encore la tête.) Nous avons essayé de l'attraper... Elle ne nous a pas aidés. Elle aurait pu le sauver...

Son expression lointaine disparaît et laisse place à une colère froide. Il conclut :

— Et vous osez me reprocher de ne pas avoir remis une simple lettre ?

— Je suis désolée, soldat, *dis-je rapidement. Je ne voulais pas remettre en question votre sens du devoir. Maintenant, si vous voulez bien m'excuser... Encore une fois, pardon de vous avoir ennuyé.*

Je me dégage et me hâte vers la porte de la ville. J'ai déjà pris un bout de papier dans la poche de ma cape, et je rédige à toute allure un nouveau message pour l'empereur, encore plus urgent que le précédent.

Mais presque aussitôt, j'entends un bruit de pas der-
rière moi, accompagné d'une voix froide :

— Je vous le répète, je n'ai jamais attaché beau-
coup de prix aux excuses. Même réitérées.

Alors que je lui tourne encore le dos, ses griffes
attrapent ma capuche pendant que je renfonce mon
message griffonné dans ma poche. Je regarde par-
dessus mon épaule, juste assez longtemps pour remar-
quer son expression de surprise : Devon ne s'attendait
visiblement pas à trouver quelqu'un comme moi sous
ce déguisement. Puis il dégaine son épée.

Avant même que je ne puisse réagir, la lourde poi-
gnée s'abat sur ma tête. Le pommeau de métal trouve
sa cible, juste à l'arrière de mon crâne.

Il n'y a plus que la rudesse de la pierre et de la terre
contre ma joue.

Puis le noir.

CHAPITRE DOUZE

Hopper était terrassé par la culpabilité.

Esperanza s'était enfuie. Et c'était lui, et lui seul, qui était responsable de sa disparition.

Tout le monde s'était rassemblé dans la salle du trône et tentait désespérément de deviner où elle avait pu aller. Aucun d'entre eux – Hopper, Zucker, Firren, Dodger, Pinkie, ou l'un des quatre héritiers impériaux – ne trouvait la moindre destination potentielle.

— J'aurais dû me douter qu'elle était en train de fuguer, répéta Hopper, peut-être pour la centième fois. Sinon, pourquoi aurait-elle emporté ma couverture ? Et son diadème. Elle a pris la couverture pour dormir avec, et le diadème parce que... (Sa poitrine fut secouée par un sanglot.) ... parce qu'elle savait qu'elle ne reviendrait pas.

— Mais je ne comprends pas pourquoi Esperanza s'est enfuie, s'étonna Dodger. C'est une petite rate sage, et elle était heureuse, ici.

Hopper ne dit rien, mais son regard se posa involontairement sur le reste de la portée qui reniflait au pied du trône de leur père. Zucker n'utilisait presque jamais ce trône, beaucoup trop pompeux à son goût. Mais aujourd'hui, il ne songeait pas à cela : le père affligé ne pouvait tout simplement plus porter son propre poids. Quand il était entré dans la salle du trône quelques instants plus tôt, il était allé droit vers le fauteuil trop grand et avait laissé tomber sa tête dans ses mains, accablé.

— Non, elle n'était pas heureuse ! avoua Raz.

— Pas du tout, confirma Go-go. Et c'était notre faute !

— On se moquait d'elle, admit Brighton en ôtant ses lunettes pour s'essuyer les yeux. On lui disait des méchancetés. Elle aimait tout ce qui était luxueux et princier, et on le lui reprochait.

— Ce n'était pas si drôle que ça, en fait, ajouta Fiske en essuyant les larmes qui roulaient sur la douce fourrure de son museau. C'est à cause de nous qu'elle s'est enfuie.

— Nous n'aurions jamais dû la traiter d'avorton, dit Brighton.

— Ou de moucharde, ajouta Go-go.

— Je suis aussi coupable que vous, intervint Hopper. Quand je l'ai rencontrée, toute seule, dans la ville, j'aurais dû insister pour la raccompagner jusqu'au palais.

Zucker ôta les mains qui couvraient son visage.

— Ce n'est pas ta faute, gamin. Tu ne pouvais pas savoir. (Il jeta un regard noir à sa portée.) Vous, par contre...

— Je sais, nous nous sommes très mal comportés ! gémit Go-go. Je donnerais n'importe quoi pour qu'elle revienne !

— Tu ne peux rien y faire, répliqua sèchement Raz, alors arrête de dire des bêtises !

— Ne lui parle pas comme ça, elle voudrait juste se racheter ! la défendit Brighton.

— Ça suffit ! intervint Pinkie. Ce n'est pas le moment de se disputer. La seule chose qui compte, maintenant, c'est de retrouver Esperanza.

Le silence retomba dans la pièce, en dehors des reniflements et des soupirs des ratons. Hopper jeta un regard à Firren, qui était assise à côté de l'empereur, dans son fauteuil tout aussi luxueux. Il était prévu que les deux trônes soient ôtés du palais quelques jours plus tard, mais pour le moment, Firren ne songeait pas à l'injustice de certains privilèges ; en cet instant présent, elle ne pensait qu'à Esperanza.

Firren n'avait pas prononcé un seul mot depuis qu'elle s'était assise. Comme toujours, ses épaules étaient redressées, et même assise, sa posture était royale et imposante, avec ses pattes posées sur ses genoux, son menton délicat relevé. Son épée était posée contre l'accoudoir sculpté. Mais ses yeux étaient sombres. D'habitude, ils étincelaient de joie, d'intelligence, d'enthousiasme. Aujourd'hui, on n'y lisait que le vide.

Hopper crut que son cœur allait se fendre.

Brusquement, la porte s'ouvrit, et toutes les têtes se tournèrent pour voir qui était entré. Neuf paires d'yeux désespérés se posèrent sur Ketchum, le chef du service des renseignements, qui traversa le sol luisant de la salle du trône.

— Vous l'avez trouvée ? demanda Dodger en se levant d'un bond de son siège.

— Non, hélas.

Go-go se mit à pleurer en sourdine.

— Mais j'apporte des nouvelles.

— Dis-nous tout, Ketch, supplia Zucker d'une voix rauque.

— L'un des soldats mus vient de revenir.

Pinkie fronça les sourcils.

— Un seul ?

Ketchum hocha la tête, puis fit un signe à quelqu'un qui se tenait à l'extérieur. Hopper eut soudain la vision d'une version bien moins sophistiquée de lui-même, tremblant, debout sur le seuil en train d'observer avec effroi l'empereur Titus perché sur son trône. Il crut revoir la cicatrice qui traversait le museau du vieux rat et entendre sa voix grave résonner dans la salle.

Mais Titus n'était plus là. C'était Zucker, le Zuckerissime, qui était désormais assis sur le trône et attendait des nouvelles de sa fille.

La souris marron foncé entra en boitillant. Hopper crut se rappeler que son nom était Devon. Il avait dû se retrouver pris dans une bataille, car sa patte était blessée et bandée...

... avec un morceau du patchwork de Hopper.

Zucker le reconnut à la même seconde que lui.

— Vous l'avez vue !

— Oui, Majesté. Dans les tunnels.

— Comment va-t-elle ?

Cette question venait de Firren, mais Hopper faillit ne pas reconnaître sa voix. Elle était haut perchée, étranglée, ténue, comme si elle avait été déchiquetée par sa propre épée.

— Est-elle... vivante ?

— Oui, Altesse. Mais...

Hopper cessa de respirer.

— Mais quoi ?

Devon baissa les yeux. Ketchum se racla la gorge :

— Quand Devon est revenu de ses recherches, je lui ai raconté que la princesse s'était enfuie. Mais il semblerait qu'il s'agisse d'une... méprise.

— Comment ça, une méprise ? demanda Zucker.

Devon regarda de nouveau l'empereur.

— Votre fille ne s'est pas enfuie, Majesté. Elle a été enlevée.

Le seul son qui résonna dans le silence fut l'exclamation étouffée de Firren. Hopper s'aperçut qu'il tremblait.

— Enlevée ? répéta Zucker.

— Par qui ? interrogea Pinkie.

Hopper entendit sa propre voix résonner dans la pièce avant même de se rendre compte qu'il avait pris la parole :

— Par Pup.

Il n'eut pas besoin de voir le soldat acquiescer d'un air sombre pour savoir qu'il avait raison.

CHAPITRE TREIZE

Je me réveille à l'ombre de l'enceinte d'Atlantia. Ma première pensée est que j'ai commis une erreur terrible.

Si seulement je pouvais me rappeler ce que c'est !

Je sens une pulsation douloureuse à l'arrière de ma tête, et je dois cligner des yeux plusieurs fois pour éclaircir ma vision, mais apparemment, je suis en un seul morceau.

Une fois debout, je sens un poids sur mes épaules et un frôlement de tissu autour de mes jambes. Une cape.

Une cape ?

Pourquoi donc est-ce que je porte quelque chose d'aussi encombrant et peu pratique qu'une cape ? Ce n'est pas comme si je devais me cacher. Je l'ôte et je l'abandonne là, près du mur. Peut-être qu'un pauvre rongeur égaré (car il en reste encore un bon nombre) la trouvera et en fera bon usage.

Ignorant ma migraine, j'entre dans la ville et me dirige vers le palais. Peut-être mes frères seront-ils dans le coin. Ils sont très occupés, ces derniers temps : ils s'entraînent pour faire partie des soldats d'élite de l'empereur. L'un d'eux, Pritchard, travaille pour Ketchum aux services secrets. L'autre, Bartel... mmm... bizarrement, je ne me rappelle pas exactement la position qu'occupe Bartel en ce moment. Quelque chose à voir avec l'armurerie, peut-être ? Ou bien décore-t-il les gâteaux à la cuisine ? C'est étrange que je ne m'en souvienne pas. Mais ça me reviendra certainement. Tout ce que je sais, c'est qu'il a été promu récemment, et que je suis très fière de lui.

Pendant que j'avance vers le palais, je remarque qu'une grande agitation règne. Les soldats se sont rassemblés au pied des marches. Un capitaine dont le nom m'échappe aboie des ordres. C'est le lieutenant Untel... Gardien ? Garnis ? Garfield ! Oui, c'est ça. Le lieutenant Garfield et mon frère Bartel (qui n'a rien à voir avec les gâteaux, donc : au temps pour moi) ont des épées neuves à la main. Fulton, le forgeron, se tient également à côté de l'empereur Zucker. Même de loin, je me rends compte que ce dernier a l'air furieux. Ou peut-être affolé. En l'examinant de plus près, je découvre qu'il est les deux.

Je presse le pas et j'interpelle Pritchard, qui se tient en bas de l'escalier avec Ketchum et examine un document rapidement gribouillé qui ressemble à un ordre de marche officiel.

— Que se passe-t-il ? je crie, le cœur battant. Nous sommes en guerre ?

Pritchard lève les yeux en entendant ma voix.

— *Ah, te voilà ! Nous t'avons cherchée partout. On a besoin de toi.*

— *Pourquoi ? je demande, de plus en plus inquiète. Qu'est-ce qui ne va pas ?*

Malheureusement, je n'obtiens pas de réponse, car juste à ce moment-là, une souris avec un cercle blanc autour de son œil droit descend les marches en courant et se jette dans mes bras.

— *Marcy ! Enfin, tu es là !*

Je regarde le nouveau venu avec perplexité. Il m'est à la fois étranger et familier. Ce cercle de fourrure blanche, cette oreille blessée...

Un éclair traverse mon esprit, et je revois une image floue de moi-même en train de bander sa blessure avec de la gaze.

— *Hopper !*

Comment ai-je pu oublier mon ami si cher, même pendant une seconde ? Peut-être suis-je désorientée par l'atmosphère frénétique qui m'entoure. À moins que ma mémoire ne soit mise à mal par la douleur palpitant dans mon crâne.

— *Nous avons besoin de toi, m'informe Hopper.*

— *Pour quoi faire ?*

— *Pour veiller sur les ratons. Tu es la seule en qui nous avons confiance.*

Les ratons... Eux, je ne les ai pas oubliés, car ils occupent une telle place dans mon cœur. Les héritiers impériaux : Gowanus, Verrazano, Fiske, Brighton, et... et...

— Esperanza a disparu, croasse Hopper.

Esperanza. C'est ça. La plus petite. Son cher visage apparaît devant moi, d'abord flou, puis de plus en plus net.

— Je... je ne comprends pas. Je t'en prie, explique-moi ce qui se passe.

— Esperanza a été enlevée.

Il ferme les yeux, et je vois une larme couler à travers le cercle de fourrure blanche qui le désigne comme l'Élu.

— Oh non !

Je n'arrive pas à imaginer pire nouvelle. Mes yeux parcourent la foule à la recherche de Firren. Pauvre Firren.

Je la trouve près de l'empereur, en haut des marches. Je ne suis pas surprise de la voir l'épée à la main ; elle la brandit au-dessus de son épaule délicate et fait tournoyer la pointe en petits cercles menaçants. Oh oui, elle est prête à se battre.

Hopper me prend par le bras et me tire en haut des marches. En douceur, pas brutalement. Cela fait remonter un souvenir récent ; je me vois tirée sans ménagement par quelqu'un... mais par qui, et où, je ne saurais le dire. L'image s'efface aussi vite qu'elle est venue, et ne laisse que la peur et la confusion occuper ma tête endolorie.

Hopper me conduit tout droit vers Firren.

— Firren !

Elle se tourne vers moi. Elle ne baisse pas son épée. Je ne lui en veux pas. C'est une mère avec une mission : quel que soit le criminel qui a emporté son enfant, il le paiera cher. Quand les yeux de l'impératrice rencontrent les miens, elle soupire de soulagement.

— Marcy, te voilà !

Et soudain, l'épée toujours dressée, l'impératrice fait quelque chose que je ne l'avais jamais vue faire.

Elle éclate en sanglots.

CHAPITRE QUATORZE

Il n'avait pas fallu longtemps pour rassembler chaque soldat, domestique, citoyen disposé à se battre. Rassemblés sur les marches du palais, ils s'apprêtaient à s'enfoncer dans les tunnels pour aller au secours de la princesse kidnappée.

Le soulagement avait envahi Hopper quand Marcy était apparue sur les marches. Il ne l'avait pas vue depuis si longtemps ! Elle avait été horrifiée d'apprendre que Pup avait enlevé Esperanza, et quand ils lui avaient demandé de rester au palais pour surveiller les ratons, malgré sa confusion visible, elle avait accepté tout de suite d'endosser cette responsabilité.

— Nous craignons que Pup ne revienne s'en prendre aux autres, lui expliqua Hopper.

Il prit une dague forgée par Fulton et la glissa dans un fourreau de cuir accroché à sa ceinture.

— Il faudra qu'il passe sur mon cadavre, promit Marcy. Vous pouvez me faire confiance.

Elle se frotta la nuque, et Hopper la vit grimacer.

— Tu t'es fait mal ?

— Je ne sais pas vraiment. J'imagine que je me suis cogné la tête. Mais ne t'inquiète surtout pas pour

moi. Je vais bien. Concentre-toi sur la recherche de...
de...

— Esperanza.

— C'est ça. Bien sûr. Esperanza.

Hopper soupira, les yeux fixés sur un groupe de soldats qui discutaient avec des marchands, consultaient des cartes et distribuaient des consignes.

— Si seulement La Rocha pouvait nous contacter, nous fournir un indice, peut-être...

Marcy lui jeta un regard étrange.

— La Rocha ?

Elle eut l'air de se rappeler quelque chose, mais cette expression disparut aussitôt.

— Le prophète, dit Hopper. Le philosophe. La divinité. Tu sais bien. La Rocha sait toujours ce qui se passe avant tout le monde !

— Oh, oui, bien sûr. Excuse-moi, je suis un peu... distraite, aujourd'hui ; je ne sais pas pourquoi. Mais tu as raison. La Rocha connaît si bien les secrets des tunnels. Peut-être nous enverra-t-il bientôt un message.

— Je vais ordonner aux valets de t'apporter directement toute lettre venant de La Rocha, décida Hopper. Si tu en reçois une, tu peux discuter de la marche à suivre avec Devon.

— Devon ?

Elle a vraiment l'esprit ailleurs, pensa Hopper, un peu inquiet. Puis il se souvint que Marcy n'avait pas assisté à l'arrivée de Pinkie et de ses soldats.

— L'un des gardes que Pinkie avait envoyés chercher Pup. C'est lui qui nous a raconté ce qui s'était passé.

Hopper rapporta rapidement toute l'histoire à Marcy, telle que Devon la leur avait relatée. C'était Devon qui avait découvert la cachette de Pup – un vieux chapeau malodorant ayant appartenu à un humain, à côté des rails – et seuls le général DeKalb et lui-même avaient eu le courage de s'en approcher. Devon avait convaincu Pup de sortir du chapeau, et il semblait en leur pouvoir quand ils avaient entendu des appels au secours. Une rate minuscule avait jailli hors du chapeau. Devon avait aussitôt compris qu'il s'agissait d'une princesse, car elle portait un diadème ; mais son apparence soudaine avait distrait le général et Pitkin, ce qui avait donné à Pup l'occasion de les découper en morceau.

— Quelle horreur, chuchota Marcy. Qu'a fait Devon ?

— Sa première pensée a été de sauver la princesse, bien sûr. Il l'a donc attrapée et est parti avec elle en courant. Mais Pup était déchaîné. Il a sauté sur la troisième soldate, Wyona, et l'a étranglée à mains nues ! Puis il a rattrapé Devon, l'a poignardé à la jambe, et a repris la princesse. Devon a essayé de le suivre, mais sa blessure était trop grave : il perdait beaucoup de sang. Il n'a rien pu faire d'autre que regarder Pup disparaître en compagnie d'Esperanza.

— Est-ce que quelqu'un a soigné sa blessure ?

— Probablement pas, dit Hopper en regardant le chaos qui régnait autour de lui. Viens, je vais te conduire à lui.

Hopper trouva le soldat blessé assis dans un fauteuil de la salle de planification stratégique, la jambe posée sur un tabouret. Marcy était allée chercher sa trousse de premiers secours dans sa chambre. Le soldat fit mine de se lever en signe de respect envers l'Élu, mais Hopper lui indiqua de se rasseoir.

— Comment se passe l'opération de sauvetage ? demanda Devon.

— Nous sommes sur le point de partir. Mais avant, je voudrais que mon amie jette un coup d'œil à ta jambe. C'est elle qui m'a soigné, il y a longtemps, alors que j'étais blessé à l'oreille. Elle s'y connaît.

Peu après, Marcy apparut derrière Hopper, souriante, sa trousse à la main.

Hopper vit Devon sursauter, et ses yeux s'agrandir démesurément. Le soldat crispa les mains autour des accoudoirs de son fauteuil. Hopper supposa que c'était dû à un élancement dans sa jambe, jusqu'à ce qu'il lui vienne à l'idée que Devon avait peut-être remarqué à quel point Marcy était une rate séduisante. Il sourit.

— Je suis désolée d'avoir mis si longtemps, s'excusa Marcy. Bizarrement, je ne me souvenais plus de l'endroit où était ma chambre : je me suis perdue, et j'ai dû demander mon chemin... Enfin, ça n'a aucune importance. Me voici.

Hopper fit les présentations :

— Devon, voici Marcy. Marcy, Devon.

— Comment te sens-tu ? demanda Marcy en traversant la pièce pour s'agenouiller devant le tabouret.

— Je... euh... c'est...

Devon grimaça quand Marcy ôta doucement le bandage de fortune en patchwork. Elle lui adressa un sourire d'excuse, puis prit une éponge imbibée dans sa trousse et entreprit d'essuyer le sang qui s'était coagulé entre les poils marron foncé.

— Le récit de tes actions héroïques m'a impressionnée, le complimenta-t-elle. Quel dommage que nous fassions connaissance dans des circonstances aussi tragiques !

— Connaissance ? Tu veux dire que... nous ne nous sommes jamais rencontrés auparavant ?

— Je ne vois pas comment ce serait possible. Tu viens du village des Mūs, alors que je ne quitte jamais le territoire d'Atlantia.

— Ah ! Bien sûr... Oui, en effet.

Les épaules crispées du soldat se détendirent, et il poussa un soupir de soulagement. Hopper fut heureux de le voir s'apaiser. De toute évidence, les soins de Marcy portaient leurs fruits.

— Vas-tu te joindre à la troupe de ceux qui partent à la recherche de la princesse ? demanda Devon à Marcy.

Comme elle ne répondait pas, concentrée sur la blessure, Hopper le fit à sa place :

— Non, Marcy va rester ici pour s'occuper des ratons. Nous craignons que Pup, encouragé par son succès, n'essaie d'attaquer le palais pour s'en prendre aux autres héritiers impériaux.

— Je vois. Dans ce cas, je suis heureux de rester ici pour te prêter assistance.

— Dis-moi, l'interrogea Marcy, sourcils froncés, comment exactement t'es-tu fait cette blessure ?

— Pup m'a poignardé, répondit Devon sans une seconde d'hésitation. (Il sourit à Marcy.) Je t'en prie, dis-moi que ça ne s'est pas infecté !

— Non, il n'y a pas d'infection. Mais ça ne ressemble pas à une blessure causée par une lame. On dirait plutôt... une morsure.

Devon se raidit.

— Une morsure ? s'étonna Hopper.

Il s'approcha pour regarder la patte à son tour. Marcy passait doucement l'éponge sur les petits points ensanglantés qui, en effet, ressemblaient beaucoup à une trace de dents.

— Mais tu avais dit...

— Je sais, l'interrompit Devon. J'ai dit que Pup m'avait attaqué avec son épée, et c'est la vérité. Mais j'étais trop rapide pour lui. J'ai presque évité la lame, et il n'a réussi à me faire qu'une estafilade. À peine une égratignure ; on ne la voit sans doute même plus. Mais ensuite... je ne voulais pas vous le raconter, car je ne voulais pas rejeter la moindre faute sur la pauvre victime, mais... Esperanza a paniqué. On ne peut pas lui en vouloir : j'étais un inconnu pour elle, je l'ai tout à coup soulevée et je suis parti en courant avec elle... J'aurais pu être encore pire que Pup, elle n'en savait rien ! Donc... elle m'a mordu. Elle a enfoncé ses dents dans ma jambe. (Il gloussa.) Il faut avouer que cette petite princesse est pleine de ressources.

— Ça lui ressemble bien, en effet, confirma Hopper. Promets-moi de ne pas lui en tenir rigueur.

— Cela ne me viendrait pas à l'idée !

Marcy sourit et entreprit d'envelopper la blessure désinfectée dans un linge propre.

— Bien, dit Hopper. J'y vais. J'essaierai de vous donner des nouvelles. En attendant, occupez-vous bien des ratons. Et veillez l'un sur l'autre.

— Ne vous inquiétez pas, promit Devon en regardant Marcy qui finissait de nouer le bandage. Je m'occupe de *tout*.

CHAPITRE QUINZE

Quand Hopper part, j'adresse une prière silencieuse à *La Rocha* pour qu'il veille sur lui et sur tous les autres.

Je suis honorée qu'on m'ait confié les ratons. Pendant que je range mes affaires de premiers secours dans ma trousse, j'entends le cor de Firren rassembler la troupe à l'extérieur. Puis le bruit de tonnerre d'une centaine de pattes qui se mettent en marche. C'est un bruit qui me remplit d'espoir et me tord les boyaux à la fois. Il amplifie la douleur dans mon crâne. Je me lève et me dirige vers la porte, mais la voix de Devon m'arrête.

— Tu sais, je crois qu'ils ont raison de s'inquiéter à l'idée que Pup vienne s'en prendre aux autres héritiers impériaux. Il était complètement déchaîné quand je l'ai vu, et bien résolu à faire tomber l'empire de la manière la plus terrible possible. Ça ne m'étonnerait pas qu'il décide de laisser sa petite otage ligotée quelque part, ou pire, et qu'il attaque le palais pour s'en prendre au reste de la portée.

Un frisson glacial parcourt mon dos.

— Et alors, que devons-nous faire ?

Devon médite un moment.

— Je connais un endroit où nous pourrions les cacher. Un endroit dont Pup ne connaît même pas l'existence.

— Où ?

Le regard d'acier de Devon ne quitte pas le mien.

— Difficile à décrire. Mais il est à l'écart, et secret, et facilement accessible d'ici.

Il se lève et fait une grimace de douleur en reposant sa patte blessée par terre.

— Si tu me fais confiance, je pense qu'il faudrait y emmener les petits le plus vite possible.

Je regrette qu'il n'ait pas eu cette idée avant le départ de Zucker et Firren. C'est une décision impor-tante, et ce n'est pas à moi de la prendre. Je réfléchis longuement, pesant le pour et le contre.

— Et si nous nous organisions pour nous défendre au cas où il attaquerait le palais, plutôt ? Nous n'aurions pas besoin de nous déplacer.

Devon rit.

— On peut toujours essayer... mais rappelle-toi qu'à part quelques cuisiniers au sous-sol, nous sommes seuls dans tout le palais. Je doute qu'une jolie domes-tique comme toi et un guerrier blessé comme moi puissent se défendre longtemps contre un criminel aussi déterminé que Pup.

— C'est vrai. Mais ce palais est plein de passages secrets. Si Pup arrive, nous pouvons toujours cacher les héritiers impériaux, et il ne les trouvera pas.

— Il n'aura pas besoin de les trouver s'il décide de mettre le feu à la baraque.

Un argument terrifiant, mais parfaitement juste.

— Regardons les choses en face, Marcy, insiste Devon. Nous formons une cible facile. Le seul moyen de s'assurer que Pup ne fasse aucun mal aux héritiers impériaux est de les conduire dans un endroit où il ne lui viendrait jamais à l'idée de chercher.

Je pousse un lourd soupir, consciente qu'il a raison. Finalement, je hoche la tête.

— D'accord. Explique-moi où c'est : je vais aller le dire aux cuisiniers, pour que l'empereur et les autres puissent nous retrouver quand ils reviendront.

— Non.

— Non ? Pourquoi pas ?

Devon ne prononce qu'un seul mot :

— Torture.

— Je ne comprends pas.

— Pup a montré qu'il était impitoyable – cruel, même. S'il découvre que les héritiers impériaux ont disparu, crois-tu qu'il hésiterait à torturer un cuisinier pour savoir où ils sont allés ?

— Mais les domestiques ne parleraient jamais ! Tous les habitants du palais adorent les ratons !

— Je le sais bien. Mais la loyauté et l'affection ne pèsent pas lourd face à la brutalité et à la souffrance. Rien n'arrêtera Pup. Je crains fort qu'il ne finisse par arracher l'information qu'il désire avoir.

Son emploi du mot « arracher » me donne la nausée. Il poursuit :

— *En revanche, si on ignore où sont cachés les enfants, personne ne peut le révéler !*

Encore une fois, sa logique est implacable. Je me rends :

— *Je n'aime pas l'idée de les faire sortir d'Atlantia, mais tu as sans doute raison.*

— *Bien. (Devon fait quelques pas en s'appuyant surtout sur sa jambe saine.) Peux-tu préparer les ratons pour le voyage ?*

— *Oui. Je vais les chercher. Et je vais demander aux cuisiniers de nous donner des rations de nourriture et d'eau. En grande quantité. Nous ne reviendrons peut-être pas de sitôt, dis-je d'une voix qui se brise.*

— *Probablement pas, renchérit Devon, dont les moustaches frémissent.*

— *Je vais voir si je peux te trouver quelque chose que tu puisses utiliser comme une béquille.*

Il me remercie d'un signe de tête poli.

— *C'est très aimable à toi. Mais ce n'est pas nécessaire. Nous ferons l'essentiel du trajet sans marcher. J'ai l'intention d'utiliser la méthode inaugurée par l'Élu lui-même.*

Malgré la triste raison qui nous pousse à voyager, je souris :

— *Ah, je vois. Nous allons prendre le métro !*

CHAPITRE SEIZE

Pup et Esperanza émergèrent sur le quai de la station Atlantic Avenue. Traverser le quai fut l'équivalent d'une course d'obstacles. Pup se rappelait parfaitement les sons et les odeurs de ce lieu (même s'il ne l'avait jamais vu, puisqu'il était enfermé dans le poing du garçon au serpent quand il y était venu la première fois), et chacun d'entre eux le terrifiait. C'était dans un convoi partant de ce quai qu'il s'était retrouvé face à un boa constrictor affamé. Par une chance incroyable – à moins qu'il ne s'agisse du destin –, il s'était échappé en tombant du wagon, et s'était retrouvé dans un monde souterrain peuplé de rongeurs en guerre. Un monde plein de politique complexe, de traités infâmes, mais aussi de courageux héros.

Son frère était l'un de ces héros.

Hopper, tout comme Zucker et Firren, et même Pinkie, s'était battu pour mettre fin au règne de Titus, et ensemble, ils avaient vaincu la reine Felina. C'était le père de Pup qui avait donné le coup d'envoi à cette rébellion. Et si Pup n'avait pas été si puéril, si égocentrique, si maussade, il aurait pu prendre sa place dans cette famille exceptionnelle.

Au lieu de quoi il était en train de galoper sur le sol en ciment d'une station de métro, avec une princesse égarée accrochée à son cou, et s'efforçait de zigzaguer entre ce qui ressemblait à des montagnes mouvantes, tout en évitant les énormes chaussures des voyageurs pressés.

— Des géants ! s'écria Esperanza.

— Des humains, corrigea Pup, haletant.

Il courut à toute vitesse vers la montagne de métal qui semblait monter en un mouvement régulier, sans jamais s'arrêter. Les humains se plaçaient sur l'une des petites falaises et se laissaient transporter vers la lumière du jour. C'était une sorte de miracle mécanique, mais le fait que ce soit miraculeux ne le rendait pas moins effrayant.

— Accroche-toi ! ordonna-t-il à Esperanza.

Redoublant de vitesse, il prit son élan et atterrit sur le bord d'une étrange boîte à roulettes, juste au moment où son propriétaire la manœuvrait de manière à la placer à la base de la montagne de métal. Il enfonça ses griffes dans la toile tandis que la montagne métallique glissait sans bruit vers le haut, avec la valise perchée en équilibre dessus. Pup savait que si l'humain lâchait la poignée, même une seconde, la valise – sur laquelle ils se trouvaient – serait précipitée en roulant et en rebondissant vers le sol dur du quai.

Par bonheur pour les souris, l'humain ne lâcha pas prise, et la valise sortit de la montagne mouvante au

sommet. L'humain la fit rouler hors de la station, sous le soleil couchant, et Pup et Esperanza sautèrent sur le trottoir.

Esperanza, qui avait passé chaque moment de sa jeune vie dans la pénombre des tunnels, fut éblouie par la lumière du jour finissant.

— Que c'est beau ! chuchota-t-elle en s'émerveillant face aux teintes rosées du ciel.

Pup aurait certainement été d'accord avec elle s'il n'avait pas été trop occupé à l'attraper par la queue pour la tirer hors du passage d'une autre machine roulante poussée par un humain femelle. Cet étrange véhicule contenait une version de l'humaine en bien plus petit attachée à l'intérieur.

— C'est un bon moyen pour transporter son bébé, admira Esperanza quand elle fut en sécurité hors du passage.

— C'est un bon moyen pour se faire écraser, lui signala Pup. Il faut que tu fasses attention, ici, Esperanza. Il existe des dangers que tu ne peux même pas imaginer.

Esperanza hocha la tête, solennelle. Il la prit par la main et la conduisit au pied d'un bâtiment immense.

— Restons sur le côté. Nous serons moins exposés.

— D'accord. Mais où allons-nous ?

Bonne question, pensa Pup. Il n'en avait aucune idée. Il ne répondit pas et se mit en marche.

Grâce à leur taille miniature, Pup et Esperanza purent parcourir une longue distance sans se faire remarquer. Une fois, une femme aux chaussures pointues munies de talons piquants les aperçut et poussa un cri perçant, mais ils détalèrent aussitôt.

Ils s'arrêtèrent pour se reposer dans une petite impasse. Esperanza étendit la demi-couverture qui lui restait sur le sol, et ils s'assirent dessus.

— Où va la lumière ? s'étonna-t-elle.

Levant les yeux vers le ciel qui s'assombrissait, Pup se rappela soudain un détail de sa vie dans l'animalerie. L'expression « Monde Éclairé » n'était valable que la moitié du temps. Il avait vu de ses propres yeux, à travers la grande vitrine en verre, qu'à la fin de chaque journée le monde s'enfonçait dans l'obscurité et y demeurait de longues heures. Il savait aussi que l'obscurité finissait par se dissiper et par laisser la lumière occuper à nouveau le ciel.

— Que se passe-t-il ? s'inquiéta Esperanza.

— C'est la nuit, répondit Pup. Je crois que ça s'appelle comme ça.

— Et que faut-il faire ? demanda-t-elle en regardant la petite portion de ciel rectangulaire visible au-dessus de l'impasse.

— Dormir, répondit Pup en bâillant de toute sa mâchoire.

Il ne s'était pas rendu compte à quel point il était fatigué jusqu'à ce qu'il sente la douceur de la couverture sous lui. Il laissa tomber sa tête sur ses pattes avant, et ferma les yeux. Esperanza en fit autant.

Avant que la première étoile ne vienne scintiller au-dessus de leurs têtes, les deux rongeurs épuisés étaient profondément endormis.

Quand Pup se réveilla, Esperanza était assise à côté de lui sur la couverture. Elle lui sourit.

Il lui rendit son sourire. Il était sincèrement surpris de découvrir qu'ils avaient tous les deux survécu à cette nuit. Entre les chats et les humains... il aurait pu se passer n'importe quoi.

— Bonjour, princesse ! la salua-t-il en se frottant les yeux.

— Bonjour. Dis, je me demandais si tu avais un plan précis, par hasard ?

— Pas vraiment... Je ne connais pas bien Brooklyn. Après tout, j'ai passé l'essentiel de ma vie dans une cage.

— Pourtant, hier, tu m'as empêchée de me faire pas écraser par ce truc qui roulait. (Elle lui sourit, hésitante.) Tu n'es pas aussi méchant qu'on le raconte, hein ?

Sa spontanéité toucha Pup.

— Je l'étais, avoua-t-il. Pendant toute une période. Je n'aimais pas la manière dont mon frère et ma sœur me traitaient, donc je me suis enfui.

Les yeux d'Esperanza s'arrondirent.

— Ça alors, exactement comme moi !

Pup sourit.

— Nous avons quelque chose en commun, alors.

— Mes frères et sœurs n'arrêtaient pas de se moquer de moi et de me traiter d'avorton.

— Moi aussi, on me traitait d'avorton. Malheureusement, nous avons encore autre chose en commun : nous sommes coincés dans ce monde inconnu, sans nulle part où aller et sans personne qui puisse nous aider.

Ils se turent et écoutèrent la cacophonie incessante provenant de la rue sur laquelle donnait l'impasse. Pup se rappela qu'à l'animalerie, on l'entendait chaque fois qu'un client entrait. Quand la clochette tintait et que la porte s'ouvrait, pendant quelques secondes, les bruits, les odeurs, les sensations dues au temps changeant remplissaient la boutique, se mêlant à l'odeur de renfermé et à celle des animaux.

Comme tout cela lui semblait loin, à présent... Pup et sa famille dedans, Brooklyn dehors...

À présent, il était dehors, lui aussi, et ce dehors était gigantesque. Qui pouvait lui porter secours ? Son frère avait eu de la chance. Quand il avait été transporté dans le Monde Éclairé, il s'y était fait des amis, avait noué des alliances. Pup l'avait entendu raconter ses aventures lors de la conversation qu'il avait surprise entre Hopper et Esperanza.

Ah, si seulement Pup avait su où logeaient les amis de son frère ! Il aurait pu aller les trouver et leur demander de l'aide.

Il secoua la tête pour chasser ces pensées, et ce fut alors qu'il se rendit compte qu'Esperanza n'était plus à ses côtés sur la couverture.

— Esperanza ! s'affola-t-il. Esperanza !

— Je suis ici ! dit-elle en apparaissant à côté d'un énorme récipient en métal.

Pup vit que ce récipient portait un signe en lettres blanches à moitié effacées : POUBELLE. Malheureusement, il ne savait pas lire, et cela ne lui apprit rien quant à son contenu.

— Qu'est-ce que tu fais ?

— J'avais faim et j'ai senti une odeur délicieuse, alors j'ai pensé que ça venait peut-être de là.

Pup huma l'air. Elle avait raison. Il y avait quelque chose qui sentait merveilleusement bon. En bas, les rongeurs d'Atlantia et du village des Mūs consommaient des miettes savoureuses et des restes divers apportés par des patrouilleurs qui revendaient leur butin aux marchands, mais cet arôme était plus appétissant encore. Pup avait l'impression que toutes les miettes du monde s'étaient rassemblées pour produire cette explosion de saveurs.

— Mais l'odeur ne vient pas de la poubelle, continua Esperanza en revenant.

— La quoi ?

Elle désigna les lettres peintes sur le côté de la boîte métallique.

— Ce truc, là. Ça s'appelle une poubelle. En tout cas, c'est ce qui est écrit dessus.

— Tu sais lire ?

— Oui. Pas toi ?

Pup baissa les yeux, embarrassé. Il se remémora le jour où il avait cherché à modifier la prophétie contenue dans le Livre Sacré avec ses gribouillis et petits dessins ridicules, et eut honte, à plus d'un titre.

— Non, avoua-t-il à voix basse. Pas moi.

Esperanza ne se moqua pas de lui, ne sourit même pas. Elle leva juste son petit nez rose et se mit à renifler.

— Je crois que ça vient de l'autre côté de ce mur, dit-elle en suivant le fumet jusqu'à l'embouchure de l'impasse.

Dans la rue, quelques mètres plus loin, une ardoise était posée à côté d'une grande porte en verre.

— Là ! L'odeur vient de cette porte. Et tu sais quoi ? continua-t-elle, tout excitée. Je crois que je sais où nous sommes.

Pup ouvrit de grands yeux.

— Comment est-ce possible ?

Esperanza sourit et fit un geste de la queue en direction du griffonnage blanc sur la surface noire de l'ardoise.

— Parce que j'ai lu ce qui était écrit là.

— Et qu'est-ce qui est écrit ?

— Il est écrit « Plat du jour : Aubergines au parmesan ».

Esperanza redressa son diadème, ramassa sa couverture, la secoua pour la dépoussiérer et la noua autour de sa taille.

— Allez, viens !

— Où donc ?

— Là-dedans.

Cette réponse n'apprenait rien à Pup.

— Dans quoi ?

— Dans ce restaurant, Le Bellissimo, expliqua patiemment Esperanza. C'est là que Hopper a goûté des aubergines au parmesan pour la première fois. C'est aussi là qu'habite son ami Ace.

— Tu aurais pu commencer par là, marmonna Pup.

Mais il fut soulagé que l'un d'eux ait enfin trouvé un plan.

Ils se postèrent au croisement entre l'impasse et la rue et observèrent la porte principale du Bellissimo. Entrer par là paraissait risqué, à cause des allées et venues incessantes des humains.

— Ce doit être l'heure du déjeuner, devina Esperanza.

Elle fit demi-tour et se dirigea vers le fond de l'impasse.

— J'espère qu'Ace est là.

— Ace... c'est une souris ?

Esperanza gloussa.

— Pas vraiment. Et Capone non plus.

Pup la suivit tandis qu'elle contournait des tas d'ordures et des tessons de verre brisé jusqu'à la porte de service du restaurant. Il ignorait toujours ce qu'était un restaurant, mais l'odeur qui en émanait était si affriolante qu'il n'avait rien contre le fait de le découvrir.

Esperanza pressa son nez contre la vitre et regarda à l'intérieur.

— Je ne vois pas Ace, mais nous pouvons entrer et l'attendre à l'intérieur, j'imagine.

Au prix de quelques contorsions et de pas mal de grognements, la souris mūs et la princesse des rats réussirent à se faufiler dans l'interstice sous la porte et débouchèrent dans l'arrière-cuisine du Bellissimo. À l'intérieur, une deuxième porte les empêchait de voir la salle principale du restaurant, mais Pup fut émerveillé par cette première pièce, qui lui parut énorme avec ses murs si hauts et son vaste sol. Encore une fois, il repensa à son premier logis, dans la boutique de Keep. Mais les odeurs qui régnaient ici ne provenaient pas d'oiseaux, de rongeurs ou de poissons. Elles lui mettaient l'eau à la bouche.

Sauf une.

C'était une odeur qui s'apparentait à celles de l'animalerie, mais un peu différente. Plus forte, plus *lourde*. Elle n'appartenait pas à un reptile, ni à un félin, ni à quelque créature qu'il ait rencontrée jusqu'ici. Et elle flottait essentiellement autour d'un énorme coussin posé dans un coin.

Pup n'eut pas le temps de se demander à qui appartenait ce coussin, car une seconde plus tard, une énorme créature avec un triple menton et une langue pendante franchit la porte battante.

Et il ne faisait aucun doute que cette créature n'était pas une souris.

CHAPITRE DIX-SEPT

Le bataillon de soldats, de domestiques, de marchands et d'ouvriers qui partit du palais était déterminé. Ils étaient munis de toutes sortes d'armes, allant des balais et des pelles jusqu'aux épées, en passant par des couteaux, des poignards, des cailloux pointus et de lourds gourdins. Dans leur opinion, cette expédition était l'une des plus dangereuses qu'ils aient jamais menées.

Dans les rangs se trouvaient les Rangers de Firren, conduits par Leetch, le parrain de Raz. Hopper savait que le guerrier expérimenté et le jeune rat s'aimaient beaucoup, et que Leetch avait mis beaucoup d'enthousiasme à enseigner l'art de l'escrime à son jeune protégé. Les jumeaux, Bartel et Pritchard, étaient les parrains de Brighton et Fiske. Go-go avait Pinkie pour marraine. Mais même si c'était sa propre filleule qui avait disparu, Hopper savait que chacun de ces rongeurs bons et courageux se désolait autant de la disparition d'Esperanza qu'il ne l'aurait fait lui-même si l'un des autres ratons avait disparu. Ils étaient liés par un chagrin commun, et cette idée le réconfortait.

Parmi les combattants se trouvaient aussi Garfield, Polhemus, Ketchum, Dodger et Fulton. Aux yeux de Hopper, on n'aurait pas pu rassembler une armée plus loyale et plus compétente.

On avait distribué à ceux qui n'avaient jamais vu Pup des portraits-robots du criminel présumé. Hopper avait rappelé à l'artiste qui avait dessiné Pup que le visage autrefois doux et innocent du souriceau était désormais défiguré par un cercle de charbon noir autour de son œil gauche. Hopper avait eu du mal à reconnaître son frère dans le résultat final. Ce Pup-là, qui avait enlevé Esperanza, était un monstre.

Devant la porte de la ville, l'armée se sépara en plusieurs brigades conduites chacune par un soldat expérimenté. Ils avaient déjà utilisé cette tactique lorsqu'ils avaient cherché Felina, avec succès. Plus ils pouvaient parcourir de terrain, plus ils avaient de chance de trouver Pup.

Raz avait inventé une méthode pour que les différentes brigades puissent communiquer entre elles malgré la distance. Pendant que tout le monde se préparait, le prince s'était enfermé dans la salle de classe et avait inventé un code qu'il avait immédiatement enseigné à un groupe de criquets volontaires. C'était aussi simple qu'ingénieux : Raz avait attribué un sens précis à chaque combinaison de stridulations.

En apprenant qu'Esperanza avait été enlevée, Pinkie avait pris le premier métro qui allait dans la bonne direction et était retournée au village des Mūs. Là, elle devait rassembler ses propres troupes afin de participer à la mission. Elle donnerait à ses gardes la même consigne qu'aux Atlantiens : retourner chaque pierre, ne pas ignorer la moindre fissure sur le mur, le moindre trou dans le sol. Pup pouvait être n'importe où.

N'importe où.

Mais où ?

Suivant les indications fournies par Devon, l'une des brigades fut envoyée à la recherche du chapeau abandonné. Tandis que les colonnes s'éloignaient dans des directions différentes, Hopper, Zucker, Dodger et Firren firent une pause devant l'entrée de la ville. Hopper était heureux que l'empereur, l'impératrice, son père et lui aient choisi à l'unanimité de former un petit groupe à part. Certes, ils étaient peu nombreux, mais leur détermination et leur expérience compensaient largement leur faiblesse numérique.

Hopper appréciait par ailleurs la coïncidence presque poétique qui faisait que le criquet « responsable des communications » (selon le titre que leur avait décerné Raz) qui devait les accompagner était celui-là même qui lui avait offert un concert le jour où Zucker lui avait sauvé la vie, quand il avait manqué de se faire écraser par un train.

— On y va ? demanda Zucker.

— Je suis prêt, répondit Dodger.

— Moi aussi, dit Hopper.

Firren, elle, ne répondit pas. Elle s'approchait de quelque chose au pied de la muraille. Tous les yeux se tournèrent dans cette direction et aperçurent immédiatement ce qu'elle regardait.

Une pièce de tissu, abandonnée dans l'ombre des remparts.

Dodger fut le premier à réagir :

— C'est le déguisement de La Rocha ! s'exclamat-il en s'avançant vers Firren qui ramassait le vêtement.

— La Rocha ? répéta Zucker.

Il étudia la cape, faite d'un morceau de feutre bleu avec des lettres dorées. Des lettres dorées qui, Hopper s'en souvenait, formaient autrefois l'inscription DODGERS 1955. Il s'agissait d'un drapeau commémoratif ; il le savait parce qu'un commerçant du marché d'Atlantia avait autrefois essayé de le lui vendre. Plus tard, il en avait trouvé un morceau dans les tunnels après la bataille du camp, et l'avait intégré à sa couverture en patchwork.

Papa, comment sais-tu que cette cape appartient à La Rocha ? Personne ne le connaît !

— Ne *la* connaît, le corrigea doucement Dodger. Pour le moment, en tout cas.

— Je ne comprends pas, dit Zucker. Qu'essaies-tu de nous dire, Dodger ?

— Moi, je comprends, intervint Firren. Zucker, cette cape ne te rappelle rien ? C'est celle que Dodger portait quand il nous a mariés !

Les yeux de l'empereur s'arrondirent, passant du tissu dans les mains de Firren à l'expression indéchiffrable de son ami.

Hopper revoyait parfaitement la scène. La silhouette mystérieuse sur les marches du palais, déclarant mari et femme le nouvel empereur et la guerrière... Ensuite, l'étranger avait ôté sa capuche, et Zucker avait pâli... Les pensées tourbillonnaient dans sa tête. Pourquoi son père, si longtemps présumé mort, avait-il porté la cape de La Rocha quand il était réapparu devant le palais, quelques mois auparavant ? Dodger avait-il rencontré la divinité ? L'avait-il vue de ses propres yeux ? Avait-il lié amitié avec elle ?

Ou, plus ahurissant encore...

La vérité se fit jour à la même seconde dans leur esprit à tous les trois. Hopper, Zucker et Firren s'écrièrent en même temps :

— La Rocha, c'est toi !

— Oui, avoua Dodger avec un sourire timide.

— Je le savais ! s'exclama Zucker.

— Ou, pour être plus précis, *c'était* moi. Depuis, j'ai transmis cette charge et cet honneur à quelqu'un d'autre.

— Une femelle, donc, dit Firren.

— Exact. De grande valeur. À tel point, Firren, que tu n'as pas hésité à lui confier tes petits.

— Marcy ! s'écria Hopper, enchanté de cette révélation. Marcy est La Rocha, à présent ! Voilà qui explique pourquoi elle s'absente si souvent, ces derniers temps. Mais pourquoi a-t-elle laissé sa cape ici ?

— Je l'ignore. Mais une identité secrète implique souvent de prendre des décisions rapides. Peut-être a-t-elle senti qu'il y avait une urgence, et s'est-elle hâtée de retourner au palais sans perdre un temps précieux à aller dans ma vieille forteresse pour y ranger la cape.

Zucker eut l'air impressionné.

— Tu as une forteresse ?

— En réalité, il s'agit d'une vieille valise... Quoi qu'il en soit, Marcy avait certainement ses raisons pour laisser ce vêtement ici.

— Pourquoi ne nous a-t-elle pas dit qu'elle était La Rocha ? s'étonna Hopper. Et pourquoi ne nous l'as-tu pas dit, toi ?

— À cause des règles... C'est une longue histoire, que je n'ai pas le temps de vous raconter maintenant.

Firren enfila la cape bleue par-dessus sa propre cape argentée, à la manière d'un porte-bonheur, d'un talisman. *Ce qu'elle est peut-être*, pensa Hopper.

— Dodger a raison, dit l'impératrice en accrochant la cape, puis en la rejetant derrière elle pour dégager son épée. Nous devons nous dépêcher.

— Mais par où commencer ? demanda Hopper, encore étourdi par cette révélation incroyable.

— Par les alentours de la ville. Les autres se sont enfoncés dans les tunnels, et Pinkie va faire fouiller tout le territoire à côté du village des Mūs. Je vous propose de vérifier la zone la plus proche des remparts.

— D'accord, dit Zucker.

En silence, ils cédèrent le passage à Dodger pour qu'il prenne la tête du groupe. Et les armes à la main, le couple royal, l'Élu et l'ex-divinité/rebelle commencèrent leurs recherches.

— Regardez ! cria Hopper en désignant le mur de l'autre côté du tunnel.

Ils ne s'étaient pas beaucoup enfoncés dans le Grand Au-delà ; en fait, ils n'avaient même pas encore atteint la colline du haut de laquelle Hopper avait aperçu la ville pour la première fois. Mais ils avaient déjà trouvé un indice.

Du moins l'espérait-il.

C'était un texte griffonné sur le mur ; Hopper repensa aux Runes, où il avait autrefois vu le dessin d'un visage qu'il avait pris pour le sien. Firren devait y penser, elle aussi. Après tout, c'était elle qui était responsable de la plupart des fresques là-bas. Le dernier message que La Rocha y avait laissé avait indiqué à Firren d'aller dans le parc où elle avait retrouvé Hopper.

Mais les Runes étaient loin d'ici, à une grande distance d'Atlantia. Cette inscription, elle, était située juste sous un petit trou dans le plafond voûté. Et ce trou n'était pas un trou quelconque dû à un effondrement du plâtre : c'était un passage qui conduisait directement au quai actuel de la station *Atlantic Avenue/Barclays Center*, juste au-dessus d'eux. Hopper l'avait lui-même utilisé à plus d'une reprise, mais n'avait jamais vu de message sur le mur auparavant. Il était impossible que ce soit une coïncidence.

Il s'approcha rapidement de l'inscription, les autres sur les talons. L'écriture était maladroite, enfantine.

— Vous croyez que c'est La Rocha... je veux dire, Marcy qui a écrit ça ? demanda Hopper.

Dodger secoua la tête.

— Je ne pense pas. Si elle avait eu un message pour nous, elle l'aurait laissé dans les Runes, à l'emplacement habituel, et non ici, où elle n'avait aucune raison de penser que nous allions venir.

Soudain, Firren pressa sa main sur sa bouche, les yeux ronds.

— Je reconnais cette écriture !

— Esperanza ! cria Zucker, qui l'avait également reconnue.

Firren lut l'inscription à voix haute :

Nous vivions dans une cage propre et confortable
Mais maman fut enlevée, et Pinkie devint détestable
Alors que nous croyions que le pire était arrivé
Nous avons dû fuir, car un serpent voulait nous
  manger
J'ai fait une chute terrible, mais j'ai survécu mira-
  culeusement
Je vous en prie, pardonnez-moi : je veux rentrer, à
  présent !

Hopper chancela. Ces quelques vers racontaient toute une histoire.

— C'est peut-être Esperanza qui a écrit ce texte, mais c'est Pup qui l'a composé ! C'est pratiquement sa biographie. Et vous avez vu, il demande pardon !

— Vraiment ? grogna Zucker. Eh bien ! il va falloir bien plus qu'une petite comptine pour que je pardonne à ce monstre d'avoir enlevé mon enfant !

— Mais justement, je ne crois pas qu'il l'ait enlevée. Pup ne sait pas lire, ni écrire.

— Et alors ?

— Alors... s'il avait emmené Esperanza contre sa volonté, il aurait fallu qu'il la force à écrire ces quelques lignes. Il les lui aurait dictées. Mais Esperanza est une rate intelligente. Elle aurait facilement pu inclure quelque chose comme « Au secours » ou « Sauvez-moi » pour nous indiquer qu'elle était en danger. Même si Pup... (Il avala sa salive.) Même s'il la menaçait avec son épée, elle aurait pu improviser : il n'aurait pas vu la différence.

Dodger fronçait les sourcils.

— Tu crois donc qu'Esperanza et Pup sont alliés ? Tu penses qu'elle l'a accompagné de son propre gré ?

— Il me semble que c'est possible.

— Mais Devon nous a soutenu le contraire, fit remarquer Firren. Comment aurait-il pu se tromper à ce point ?

Hopper haussa les épaules.

— Il était blessé, il avait mal... Peut-être qu'il a pris pour un enlèvement ce qui n'était qu'une fuite à deux. Je serais prêt à parier là-dessus.

— Une alliance implique qu'ils aient un ennemi commun, objecta encore Firren. C'est absurde. Pup nous déteste peut-être, mais Esperanza ne peut pas nous considérer comme des ennemis, malgré les taquineries de ses frères et sœurs.

— Je suis d'accord. Il doit donc s'agir d'un autre ennemi. Si vous voulez mon avis, Esperanza était malheureuse, et elle a décidé de s'enfuir, comme je l'ai pensé au début. C'est ce qu'elle était en train de faire quand je l'ai vue en ville, toute seule. Ensuite, elle a dû croiser Pup dans les tunnels, et ils ont rencontré quelqu'un qui représentait un danger pour tous les deux.

— C'est une théorie plausible, admit Dodger en caressant pensivement sa moustache.

— Mais quel pourrait être cet ennemi ? Un chat cruel ?

— Pourquoi pas ?

Le tunnel retomba dans le silence tandis qu'ils essayaient tous de trouver qui pouvait avoir effrayé à la fois Esperanza et Pup au point de les convaincre de faire alliance. Zucker se mit à faire les cent pas, soulevant des nuages de poussière. Dodger continua à caresser sa moustache, et Firren enfonça ses mains dans les poches de la cape en feutre bleu.

— Un autre groupe de dératiseurs, peut-être ? suggéra Hopper.

— J'en doute, dit Zucker.

Sa réponse consola un peu Hopper : il ne voulait pas imaginer Esperanza et Pup face à des géants en uniforme tels que les deux humains qui étaient venus poser des pièges et détruire Atlantia. Il ferma les yeux et recommença à réfléchir, mais les rouvrit quand il entendit le bruit d'un papier que l'on dépliait. Se tournant vers Firren, il constata qu'elle lisait une lettre. Elle avait dû la trouver dans la poche du vêtement de La Rocha.

— Il ne s'agit pas d'un chat, ni d'un humain, annonça-t-elle enfin, les dents serrées, en leur tendant le papier. Il s'agit d'un traître.

CHAPITRE DIX-HUIT

Je crains d'avoir commis une erreur terrible.

Ce lieu où nous emmène Devon est bien plus lointain que je ne le croyais, et le voyage est long et pénible. Les héritiers sont terrifiés. Et je commence à l'être également.

Pendant que nous marchons, des images explosent dans mon esprit. Une vieille valise. Des mots écrits dans les Runes. Ma main qui place une lettre dans une autre, appartenant à quelqu'un que je ne peux pas voir. Je ne sais pas pourquoi ces images me paraissent importantes, mais elles signifient quelque chose, je le sens. Malheureusement, je ne peux pas prendre le temps d'y réfléchir. Devon refuse de nous laisser faire une pause, même une minute.

Au début, il nous a fait parcourir un long chemin dans les tunnels. J'ai commencé à avoir des doutes lorsque nous avons vu l'un des groupes de recherches au loin, et que Raz, notre général en herbe, a suggéré que nous les rattrapions pour leur parler de notre plan. Devon nous l'a interdit avec véhémence. Encore une fois, il a prétexté que Pup pourrait utiliser la torture pour savoir où nous sommes. Cet argument m'a paru raisonnable tout à l'heure, au palais, quand je me suis représenté un pauvre aide-cuisinier terrorisé soumis à un tel traitement. Mais les soldats sont sûrement entraînés à tenir leur langue quoi qu'il arrive. Et de toute façon, ils sont beaucoup plus nombreux que Pup : comment pourrait-il les torturer ?

J'ai voulu le dire, mais Devon m'a jeté un regard si menaçant que je n'ai pas osé discuter.

Nous avons donc continué, en rang : Devon en premier, armé et sur ses gardes, et moi fermant la marche.

— Où allons-nous ? demande Fiske alors que nous cheminons depuis ce qui nous semble une éternité.

— À City Hall, répond Devon.

— Où est-ce ? demande Brighton.

— Vous verrez bien.

— C'est une cachette sûre ? l'interroge Go-go.

Il ne répond pas.

— Regardez ! s'écrie Brighton.

Elle s'arrête si brusquement que ses lunettes glissent sur son nez et que les ratons qui la suivent lui rentrent dedans. Cela fait rire Fiske, mais Devon le fait taire du regard.

— Qu'y a-t-il, Brighton ? demandé-je, en m'efforçant de garder une voix calme, même si je suis de plus en plus inquiète.

Elle se penche et ramasse une feuille de papier. Au début, je la prends pour un extrait du Livre Sacré, celui que les conseillers mūs ont compilé au fil du temps, et qui les aide à gouverner. C'est le Livre Sacré qui a prédit l'arrivée de Hopper dans les tunnels. J'ai soudain la conviction que je sais plus de choses à ce sujet que je ne le crois, comme si j'étais au courant de quelque secret sur ce livre et son divin auteur, La Rocha. Mais pour le moment, cela ne me revient pas. Peut-être à cause de ma migraine incessante, ou de l'anxiété que me causent les motivations de Devon.

— C'est le plus joli papier que j'aie jamais vu, dit Brighton en passant la main avec révérence sur la page autrefois brillante.

Elle me la tend, et je l'examine. Une chose est certaine, elle a vu des jours meilleurs : elle est froissée, poussiéreuse, et ses coins commencent à se corner. L'un des bords est irrégulier, comme si la feuille avait été arrachée à un volume relié.

— C'est une page d'un livre humain, expliqué-je à la princesse en désignant le titre imprimé dans le coin en haut à droite. Un livre intitulé Grandeur et décadence de l'Empire romain.

Go-go s'est approchée, et son regard curieux parcourt la page.

— Je vois un mot que je reconnais, dit-elle. « Titus ». C'est le nom de notre grand-père !

— Il y en a une autre ici, s'écrie Verrazano en utilisant son épée de bois pour écarter des cailloux et des débris qui dissimulent une autre page brillante. Et là aussi, il y a un nom que nous connaissons : « Cassius ».

— Oui, je me rappelle : nous en avons parlé en cours d'histoire, dit Brighton. C'était le meilleur soldat de l'empereur Titus.

— Le pire, tu veux dire. Il a tué Dodger. Ou plutôt, il a essayé.

Fiske, qui fouillait dans une pile de gravats, rapporte plusieurs pages supplémentaires et les tend à Verrazano.

— Celles-ci parlent des empereurs romains et de la manière dont ils ont accédé au pouvoir.

— Des empereurs comme papa ? demande Brighton.

— Plus ou moins, répond Raz, sauf que c'étaient des humains.

— Ce devait être un très beau livre, remarque Gogo en prenant une page des mains de son frère et en admirant les illustrations en couleur. Enfin, pour un livre qui parle d'une chose aussi laide que la politique, je veux dire.

— Assez traînassé, intervient Devon. Tu as raison, petite princesse : la politique n'a rien de beau. Le pouvoir corrompt. Votre famille en est l'illustration parfaite.

— Eh ! réagit Raz, offensé.

— Silence ! aboie Devon. Remettez-vous en rang, et allons-y. (Un sourire sinistre se dessine sur son visage.) Nous avons un train à prendre.

J'ai les poils qui se dressent sur la tête pendant toute la durée du voyage.

La marque sur le front de l'énorme serpent de métal signale qu'il appartient à la ligne numéro 5. Devon a laissé passer trois autres trains avant de choisir celui-là, sur lequel nous sommes montés il y a quelques minutes. Installer les quatre ratons en sécurité sur la marche étroite à l'arrière du dernier wagon fut compliqué. Brighton était terrorisée ; Fiske n'arrêtait pas de crier « Regardez, sans les mains ! », et Go-go s'inquiétait à l'idée que le vent emmêle les poils de sa fourrure.

Ma seule consolation, c'est que pour le moment, ils ne soupçonnent pas que Devon a peut-être de mauvaises intentions. Raz est le seul à se poser des questions. Quand nous descendons, j'essaie d'attirer son attention pour lui faire part de mon inquiétude. Ce n'est qu'un enfant, je le sais, mais il a déjà les qualités d'un grand capitaine militaire. Si nous nous concertions, nous pourrions peut-être trouver un plan pour échapper à Devon.

Oh, si seulement l'épée de Raz était en acier et non en bois. Si seulement...

— Venez, ordonne Devon quand nous trottinons sur le sol en ciment d'une station appelée BROOKLYN BRIDGE, d'après un écriteau sur le mur. Nous allons changer de métro ici. Mais le prochain voyage sera beaucoup moins fatigant.

Cette fois, nous devons attendre qu'arrive un monstre métallique qui se vide entièrement des humains qu'il avait avalés. Les ratons sont impressionnés par la vue

de toutes ces personnes expulsées du ventre de la bête. Quelque chose me souffle que ce n'est pas la première fois que je vois des humains. Un mot tourne dans ma tête : dératiseurs. Mais pour le moment, je suis trop angoissée pour me concentrer sur ce souvenir. Je ne pense qu'à garder les ratons collés à moi et à faire de mon mieux pour que personne ne nous remarque.

Quand le dernier humain est sorti de la bête – dont le nom, d'après son tatouage au front, est 6 –, Devon pousse Raz en ordonnant :

— Entrez à l'intérieur.

— Tu plaisantes ? m'exclamé-je. Tu veux que nous nous fassions manger par ce serpent ?

— Entrez, répète Devon en grimpant dans le train facilement, d'un grand bond.

L'espace d'un instant, j'envisage de partir en courant, de crier aux ratons de me suivre et de nous enfuir. Je sais que les mâchoires du train vont se refermer sur Devon d'une seconde à l'autre et qu'il sera prisonnier à l'intérieur. C'est peut-être l'occasion de nous débarrasser de lui et du plan néfaste qu'il a prévu pour nous dans ce lieu nommé City Hall.

Mais Raz vient de sauter dans le ventre du monstre à côté de Devon. Je ne peux pas l'abandonner. Par ailleurs, il existe une possibilité que je me trompe au sujet de Devon. Peut-être sa rudesse et son agitation ne sont-elles dues qu'à sa tension de devoir emmener si loin des créatures aussi précieuses.

Je demande silencieusement conseil à La Rocha. Mais la seule voix qui me répond mentalement est la mienne.

« Suis-le », dit-elle.

J'obtempère donc.

Je pousse doucement les autres ratons vers la bouche ouverte du monstre. À l'intérieur brille une lumière jaune-vert, désagréable.

Go-go et Fiske prennent leur élan et sautent par-dessus l'espace. Brighton passe en dernier, et ses pattes arrière arrivent tout au bord, où elles glissent et dérapent. Ses frères l'attrapent avant qu'elle ne bascule en arrière. Ses lunettes voltigent un peu plus loin dans le wagon, mais elle a réussi. Elle est vivante. Je pousse un soupir de soulagement tandis que Raz lui rend galamment ses lunettes.

— À toi, m'ordonne Devon.

Je suis sur le point de prendre mon élan quand le train émet un gargouillis inquiétant, puis souffle ; soudain, la bouche énorme commence à se refermer latéralement.

— Saute, Marcy ! crie Raz.

C'est ce que je fais : je fonce vers l'espace qui se rétrécit entre les mâchoires du monstre. Mes pattes arrière touchent le métal, et glissent sur la surface plate à l'intérieur. Mais juste à ce moment-là, la bouche se referme et me mord la queue. J'étouffe le hurlement de douleur qui essaie de jaillir de ma gorge. Cela me serre comme un étau, et je souffre horriblement.

Raz court vers moi, me prend la main et tire de toutes ses forces. Brighton, Fiske et Go-go en font autant ; ils soufflent, grognent, s'acharnent à me libérer. Devon, lui, reste debout devant nous. Il ne nous apporte pas son aide, ne se joint pas à leurs efforts.

Je sens une douleur déchirante dans la queue juste avant de tomber en avant. Je suis libérée de la prise du train, et je tombe dans l'embrassade collective des ratons. Nous sommes tous les cinq en train de pleurer.

Go-go examine l'écorchure à ma queue et me rassure : elle ne saigne pas, n'a pas été tranchée, ne s'est pas brisée.

C'est une bonne nouvelle. Mais j'ai si mal que j'en ai le tournis. Bien entendu, je refuse de le leur montrer. Je souris.

— Merci, mes chéris. Merci de m'avoir sauvée.

Nous restons dans la même position, formant un nœud réconfortant, tous ensemble. Mon seul mouvement consiste à lever la tête et à jeter un regard de biais à Devon.

Ses yeux sont sombres, son visage dur. Il ne se réjouit pas le moins du monde de constater que je ne suis pas blessée.

C'est à ce moment-là que je le comprends avec une certitude absolue : c'est notre ennemi.

Le court voyage est rendu interminable par les élancements violents dans ma queue.

Bien vite, le train ralentit, mais quelque chose dans le crissement des roues de métal sur les rails me dit qu'il ne s'immobilisera pas. Devon confirme :

— Le train est sur le point de faire demi-tour, explique-t-il d'une voix sèche. Il dessine une boucle, mais ne s'arrête pas. Nous allons devoir sauter en marche.

— Nous allons nous faire tuer ! glapit Go-go.

— Mais non. Je l'ai déjà fait plein de fois, rétorque froidement Devon.

— Mais tu es plus grand que nous, lui rappelle Raz.

Devon l'ignore et nous fait signe de le suivre. À nouveau, je me place au bout de la file des ratons, qui sont désormais épuisés, à la fois physiquement et émotionnellement. Je suis contente d'être derrière : ainsi, ils ne voient pas combien j'ai du mal à marcher. La lésion à ma queue fait que je n'arrive presque pas à garder l'équilibre, sans même parler des cahots du train.

Devon nous conduit vers une porte tout au bout du wagon. C'est une porte humaine, et donc énorme, qui donne sur le vide. Il nous ordonne de l'aider à l'ouvrir, et Verrazano fait levier avec son épée en bois. Le bruit et le vent qui pénètrent par l'interstice qui se forme sont assourdissants. Terrifiés, nous franchissons la porte et nous retrouvons sur une avancée métallique nettement plus petite que la marche sur laquelle nous avons fait la première partie du voyage. Celle-ci dépasse comme une dent plate, et je ne peux que supposer que c'est ce qui permet d'accrocher d'autres wagons à celui-ci.

Devon ne dit rien : il se place derrière Raz, et le pousse.

Le prince, qui ne s'y attendait pas, passe par-dessus bord. Je pousse un cri, et les autres en font autant. Sans attendre, Devon précipite Fiske dans le vide à son tour. Je le regarde avec horreur tomber loin de nous entre les rails rouillés.

— À votre tour, ordonne Devon. Dépêchez-vous.

Je prends Brighton par la main et offre l'autre à Gogo. Sans leur donner le temps de réfléchir à ce que nous allons faire, je saute.

Nous heurtons violemment le sol. Tandis que nous dégringolons et roulons, j'aperçois Devon qui saute à son tour. Nous finissons par nous arrêter sur les cailloux. Par miracle, je suis capable de me lever. Nous sommes sales et couverts d'égratignures, mais nous sommes en un seul morceau. Je fais rapidement l'inventaire des griffures et des hématomes des ratons, mais personne ne semble s'être cassé quoi que ce soit. Seules les lunettes de Brighton sont tordues, et un des verres est brisé.

À présent que nous sommes hors du train, pouvons-nous nous enfuir ? Pouvons-nous échapper à ce monstre qui nous a entraînés si loin d'Atlantia sous un prétexte fallacieux ?

Ma question trouve sa réponse quand je sens l'haleine chaude de Devon sur ma nuque. Je sais que nous n'irions pas loin. Même si nous nous dispersions, même s'il ne pouvait attraper qu'un seul de ces ratons bien-aimés, ce serait un de trop. Nous sommes pris au piège, depuis le début, sans le savoir.

Il sort son épée et désigne une vieille corde qui pend d'un quai au dessus de nous.

— Montez.

Les héritiers font ce qu'on leur demande : ils grimpent l'échelle de fortune en balançant la queue, et se rassemblent sur le quai de la station.

Et là, ils demeurent abasourdis.

Ils regardent tout autour d'eux, bouche bée, yeux ronds.

Je suis la dernière à monter. Je suis la dernière à voir. Mais quand je le fais, je comprends leur émerveillement.

J'ai l'impression d'être entré dans une œuvre d'art. Car City Hall est une station de métro sensationnelle, avec ses vitres teintées, son carrelage en mosaïque, ses décorations en fer forgé, ses voûtes gracieuses.

Étonnamment, il n'y a aucun humain. En fait, à en juger par la relative propreté, je devine qu'aucun humain ne circule ici depuis des années. Peut-être des décennies.

Un silence plein de respect et d'admiration se fait, approprié à la splendeur de cet endroit. Je l'apprécie d'autant plus après le vacarme du métro. Cette sérénité est presque accueillante.

Presque.

Mais je sais que Devon ne nous a pas conduits ici pour que nous profitions de la beauté de ce que, dans d'autres circonstances, je qualifierais comme l'endroit le plus élégant que j'aie jamais vu.

Le but de ce voyage n'était pas de nous faire admirer l'esthétique de cette superbe station de métro oubliée appelée City Hall. Ni de nous protéger d'un Pup vengeur décidé à nous massacrer. Je le sais, à présent.

Certes, City Hall est incontestablement un spectacle étonnant, mais à chaque seconde qui passe, le lieu perd de sa beauté, s'assombrit.

Lentement, je me tourne vers Devon pour fixer ces yeux vitreux et glacials qui semblent refléter tout ce qui m'entoure. Et c'est là que je comprends ce qu'est réellement la station de City Hall pour nous : une prison.

CHAPITRE DIX-NEUF

— *Ciao, piccoli.*

Esperanza poussa un couinement de surprise. Pup se planta rapidement devant elle, bras écartés, pour protéger la petite princesse de l'étrange et énorme bête qui venait d'entrer dans la pièce.

— Qui êtes-vous ? lui demanda Pup. *Qu'êtes-vous ?*

La créature émit un son qui était peut-être un gloussement.

— Je m'appelle Capone, et je suis un bouledogue. Et toi ?

— Je m'appelle Pup, et je suis le frère de Hopper.

— Vraiment ? (Le regard du chien se durcit.) Serais-tu par hasard le frère qui s'est enfui afin de terroriser les tunnels ? Celui qui lui a brisé le cœur ?

Pup baissa les yeux.

— Oui. C'est moi.

— Mais il est gentil, maintenant ! intervint Esperanza derrière lui. Il voulait demander pardon pour son attitude, mais un méchant soldat a essayé de me tuer et nous avons dû nous enfuir.

Capone les examina pendant quelques instants.

— Je ne sais pas si je dois vous croire, dit-il enfin en secouant la tête. Quand Ace est revenu des tunnels, il m'a raconté que Hopper avait essayé de te raisonner, après t'avoir retrouvé dans une... botte, c'est ça ?

— Presque. Un mocassin.

— Ace m'a dit que ça ne s'était pas très bien passé.

Pup leva la main et effleura son oreille déchirée.

— Non, pas très bien.

— Mais c'était avant, insista Esperanza en émergeant de l'ombre de Pup pour faire face au chien gargantuesque. Il a changé, depuis.

— Il faut me croire, monsieur Capone, supplia Pup. Je me suis laissé guider par la rancœur et la colère, et ça m'a conduit à prendre de très mauvaises décisions. Mais j'ai dépassé ça, et à présent, il n'y a rien que je souhaite autant que me réconcilier avec ma famille.

Capone prit un moment pour méditer, et finit par lui adresser un regard de sympathie :

— Je te crois, *topo*. J'ai été un fugitif autrefois, moi aussi, et je sais que même quand on a fait des bêtises, on peut se rendre compte qu'on s'est trompé et vouloir arranger les choses.

— Nous cherchons Ace, expliqua Pup. Il habite toujours ici ?

Le chien hocha la tête, ce qui fit trembler les replis de son menton.

— Oh, oui. Mais il est au travail, actuellement.

— Au travail ? répéta Esperanza. Cela consiste toujours à délocaliser des souris et d'autres rongeurs ?

— C'est ça, confirma Capone avec un sourire baveux. Mais maintenant, il a un emploi régulier.

— Pouvons-nous lui parler ? demanda Pup. Nous avons vraiment besoin de son aide.

— Bien sûr. Il reviendra dans quelques heures. C'est Benito qui le conduit.

Le cœur de Pup se serra. Il n'avait aucune idée de ce qu'était un « benito », mais il savait ce que signifiait « quelques heures ». Il ne se sentait pas capable d'attendre aussi longtemps avant de demander au chat de l'aider à retourner en toute sécurité dans les tunnels, et peut-être de convaincre Hopper de lui pardonner.

— Je vous en prie, monsieur Capone. Nous venons de très loin, et je crois vraiment qu'Ace pourrait régler notre problème. N'y a-t-il aucun moyen de le voir plus tôt ?

Capone réfléchit.

— Hum... Peut-être que je peux faire quelque chose pour vous. Suivez-moi.

Le chien trotta jusqu'à la porte qui donnait sur l'impasse et l'ouvrit sans effort, en la poussant avec sa grosse tête.

— Ace travaille assez loin d'ici, malheureusement. Je ne peux pas vous y conduire moi-même : je n'ai pas le droit de marcher sur le trottoir sans laisse.

— Comment pouvons-nous y aller, alors ?

Un nouveau sourire dégoulinant se dessina sur le visage du chien.

— Vous aimez faire du vélo ?

Ils découvrirent qu'Ace avait étendu ses activités. Tout en continuant à délocaliser les rongeurs des maisons et boutiques d'Atlantic Avenue, il travaillait désormais également à temps partiel dans un lieu appelé le New York Transit Authority Muscum : le musée des transports en commun.

D'après Capone, ce chat exceptionnel avait obtenu cette position par un simple coup de bol. L'une des femmes qui travaillaient comme guides au musée avait l'habitude de s'offrir chaque vendredi midi un repas venu de son restaurant préféré, le Bellissimo. Tous les vendredis matin, elle téléphonait donc à Vito ou Guido et leur demandait « la même chose que d'habitude » : une petite salade en entrée, un sandwich aux boulettes de viande avec des poivrons rôtis et double dose de fromage, et une portion de tiramisu en dessert. Vito ou Guido préparait le repas, puis le remettait au troisième frère nettement plus jeune, Benito, qui circulait avec un vélo au guidon duquel était accroché un panier métallique. Le repas de leur cliente était entassé dans le panier, et Benny se chargeait de le trimbaler dans les rues de Brooklyn en évitant piétons et taxis.

Un vendredi, cependant, en arrivant au musée, Benny avait trouvé la femme pâle et secouée.

— Que se passe-t-il ? avait-il demandé.

Tremblante, elle lui avait raconté qu'elle venait de voir une souris, et que ça l'avait tellement effrayée qu'elle en avait quasiment perdu l'appétit. Elle avait failli téléphoner pour faire annuler la livraison.

Benny lui avait dit que c'était une bonne chose qu'elle se soit abstenue, car il était en mesure de l'aider à régler ses problèmes. En effet, ses frères et lui possédaient un chat noir et blanc qui détenait le titre de Meilleur Chasseur de Souris de Brooklyn.

— Ça existe, ce titre ? demanda Esperanza.

— Non, répondit Capone. Benny en rajoute toujours un peu. Bref, dès le lendemain, il a mis Ace dans son panier et l'a emmené au Transit Museum, où notre ami a délocalisé non seulement la souris en question, mais aussi trois écureuils et un rat. Les gens du musée étaient tellement enchantés qu'ils ont décidé de répéter l'opération régulièrement. Du coup, maintenant, chaque vendredi matin, l'employée passe ici en allant au travail et emmène Ace en voiture. Et l'après-midi, après avoir terminé ses livraisons, Benny se rend au musée et ramène le *gatto* à la maison avec son vélo. La grande classe, hein ?

— En effet, approuva Pup.

— Tout ceci est très intéressant, dit Esperanza, mais en quoi est-ce que ça nous concerne ?

Capone gloussa et désigna une étrange machine à deux roues posée en équilibre contre le mur de l'impasse.

— Aujourd'hui, c'est vendredi. À votre avis, qui va voyager avec les sandwichs ?

Capone les aida à s'installer dans le panier. Esperanza était si petite qu'il lui fallait s'agripper au fil de fer pour ne pas tomber entre les mailles. Puis le chien les recouvrit avec une serviette en papier blanche sur laquelle était imprimé le logo du Bellissimo en lettres rouges et vertes.

Juste au moment où Capone terminait de border les coins de la serviette pour cacher les deux souris, la porte de service s'ouvrit, et Vito – ou peut-être Guido – sortit dans l'impasse.

— Ne bougez pas, chuchota Capone, et accrochez-vous bien !

Puis le chien rentra en trottinant, non sans avoir adressé un aboiement amical à son maître.

— Eh, Benny ! *Vieni qui !*

Pup entendit un bruit de pas rapides. Il glissa un œil au-dehors et découvrit un jeune humain, vêtu d'un jeans déchiré et d'un tee-shirt avec le logo du Bellissimo, qui courait vers le vélo. Il fut heureux de constater que contrairement au maître dégingandé et cruel du serpent Bo, ce garçon avait un visage jovial, et n'était accompagné d'aucun reptile.

— Tiens, voici la commande pour le musée. Grouille-toi, avant que ça refroidisse. Et rappelle-toi que tu dois ramener Ace.

— Ça m'est déjà arrivé d'oublier, dis ?

Il y eut un crissement sur le trottoir, puis une sensation de glissement : le vélo démarrait.

Ils étaient en route.

Après les cinq premières minutes du voyage, Pup renonça à regarder au-dehors. C'était tout simplement trop terrifiant. Le monde défilait à toute allure sur les côtés, rendu flou par la vitesse, tandis que Benny dépassait, frôlait et contournait d'énormes créatures avec des pattes noires et rondes et des voix de trompette. Certaines lui coupaient parfois la route, mais ça ne semblait pas gêner Benny. Il se contentait de donner un coup de guidon pour s'écarter de leur chemin et continuait à pédaler.

— C'est super ! cria Esperanza.

Pup n'était absolument pas d'accord avec cette affirmation. Le seul élément agréable du voyage était la chaleur qui émanait du sachet posé dans le panier à côté de lui. Il se pressa contre le papier et essaya de s'imaginer le goût que pouvait avoir son contenu à l'odeur enivrante. Il était tenté de grignoter le papier pour y goûter, mais vu la manière dont le vélo de Benny virait et se penchait, Pup était à peu près certain que tout ce qu'il avalerait ne resterait pas longtemps dans son estomac.

Par bonheur, Benny arriva devant le musée sans accident. Esperanza jeta un coup d'œil hors de la serviette.

— Nous y sommes !

Le vélo oscilla quand Benny en descendit et le cala contre un grand poteau.

— Attends jusqu'à ce qu'il prenne le sachet, souffla Pup. Ensuite, nous pourrons le suivre.

Esperanza acquiesça. Un instant plus tard, le sac fut soulevé du panier. Pup attendit jusqu'à ce que le jeune Italien leur tourne le dos, puis il prit Esperanza par la main. Ils se faufilèrent dans les trous du panier métallique et atterrirent sur le trottoir. Courant le plus vite possible, ils atteignirent la porte juste au moment où Benny disparaissait à l'intérieur, une seconde avant que le battant se ferme.

Pup se figea.

Pendant une seconde de confusion, il crut qu'il était redescendu dans le métro.

— Ça alors ! chuchota Esperanza en regardant autour d'elle avec des yeux ravis. Ça me rappelle le monde d'en bas !

Elle avait raison. Le musée, situé dans une ancienne station de métro désaffectée, était une réplique plus propre et mieux éclairée du monde souterrain. Un jumeau, une image en miroir.

Pup songea à Pinkie et Hopper, si semblables avec leurs marques blanches et leurs oreilles déchirées, et son cœur se serra. Plus vite ils trouveraient Ace, mieux ça vaudrait. C'était peut-être son seul espoir de convaincre son frère de lui pardonner.

À nouveau, il prit Esperanza par la main et l'entraîna loin du flot de circulation pédestre, heureusement minime : seuls quelques rares humains allaient et venaient, admiraient les vieux wagons et les anciens portillons, et posaient devant avec de grands sourires.

Les murs étaient ornés de toutes sortes d'objets en rapport avec les transports en commun : des vieilles publicités, des plans, des tableaux, des images.

— On dirait que les humains sont très fiers de leur métro, devina Esperanza.

Elle s'arrêta pour contempler une image en noir et blanc d'une station pleine de monde. Pup se rappela qu'on appelait ça une photographie : il en avait vu quelques-unes dans le Livre Sacré, à l'époque où il habitait dans la locomotive avec Pinkie. *C'est miracu-*

leux, pensa-t-il en étudiant la grande image sur le mur. *Une photographie est un moyen de figer la réalité, de montrer les humains exactement tels qu'ils l'étaient à un moment donné.*

Soudain, il cligna des yeux, et se corrigea mentalement : *Un moyen de montrer les humains... et les rongeurs !*

En effet, dans un coin de l'énorme photographie, trois rongeurs étaient collés contre un mur. Des rats, à en juger par leur taille. Deux étaient clairement des mâles assez costauds, mais le troisième possédait une grâce toute féminine. La rate portait ce qui ressemblait fort à un collier, fabriqué avec des pierres brillantes et une chaîne de métal. Pup regretta que la photo soit en noir et blanc : ces gemmes devaient avoir des couleurs magnifiques.

Esperanza suivit le regard de Pup.

— Tiens, le collier de cette rate ressemble à celui que porte papa dans les grandes occasions !

— Vraiment ? demanda Pup en se tournant vers la princesse.

— Oui. Il appartenait à sa mère, Conselyea. Je ne connais pas toute l'histoire, mais je crois que mon grand-père Titus le lui avait offert quand il lui faisait la cour, longtemps avant de devenir empereur et de fonder Atlantia.

Cette révélation fit ouvrir de grands yeux à Pup. Était-ce possible ? Était-il en train de voir ce qu'il croyait voir ?

Il se planta à nouveau face à la photographie pour l'examiner de plus près. Il était prêt à parier que l'humain qui l'avait prise, ce magicien qui avait le pouvoir de figer le temps et d'en faire une image, n'avait pas remarqué que trois rongeurs figuraient dessus. Quelque chose dans la posture des deux rats mâles (la position de leurs pattes, leur dos voûté) semblait indiquer qu'ils étaient en train de creuser un trou autour de la fissure qui s'étendait là où la base du mur touchait le sol.

Cela ne faisait aucun doute. L'ouverture par laquelle Esperanza et lui s'étaient glissés... le collier de pierres précieuses...

Pup était sur le point de partager cette incroyable découverte avec Esperanza quand il perçut une présence derrière lui. Le cœur battant, il se retourna lentement et se retrouva face à un superbe chat. Comme la photographie, il était en noir et blanc : ses oreilles sombres contrastaient avec la fourrure éblouissante de sa poitrine.

Quand les yeux de Pup rencontrèrent ceux vert clair du félin, le rythme de son cœur passa d'un tressautement angoissé à des palpitations.

Des palpitations de joie.

— Bonjour, Ace, le salua-t-il en tendant la main. Je m'appelle Pup, et j'espère que tu peux m'aider.

CHAPITRE VINGT

Firren tenait le message comme s'il la brûlait. Zucker tendit la main, lui prit doucement le bout de papier, et le lut à son tour.

— Qu'est-ce que ça dit ? demanda Hopper.

— Pas grand-chose, répondit Zucker. Marcy a dû l'écrire en toute hâte. Mais il en ressort qu'il faut se méfier de Devon.

— Devon... répéta Hopper, la bouche sèche. Devon, celui à qui nous avons confié les ratons ?

Zucker banda les muscles :

— Lui-même. Il faut qu'on y retourne, tout de suite !

— Attends, s'écria Hopper. Nous ne pouvons pas y retourner tous ensemble. Et Esperanza ? De toute évidence, elle s'est rendue dans le monde d'en haut. Et crois-moi, c'est un endroit dangereux. Même si Pup ne l'a pas enlevée, poursuivit-il en désignant le message sur le mur, même s'ils ont fait alliance, elle court encore des risques.

Il regarda le papier que Zucker serrait dans son poing :

— Ce que je ne comprends pas, c'est pourquoi La Rocha... Je veux dire Marcy... conseille de se méfier de Devon. Quand je les ai laissés ensemble, elle n'avait pas l'air inquiète du tout. Elle ne semblait même pas le connaître.

Zucker se tourna vers Firren, désespéré.

— Qu'est-ce que tu en penses ? Je ferai tout ce que tu me diras de faire.

Firren était totalement immobile. Hopper savait que son cœur devait exploser d'inquiétude pour ses petits. Elle avait déjà été folle d'angoisse en croyant que seule Esperanza était en péril, mais à présent qu'elle savait que la menace concernait toute la portée... Finalement, d'une voix étranglée mais ferme, elle décida :

— Hopper, Zucker et toi allez monter dans le Monde Éclairé. Tu es celui d'entre nous qui connaît le mieux Brooklyn ; c'est toi qui as le plus de chance de trouver Esperanza. Dodger, mon vieil ami, toi et moi allons retourner au palais, et voir ce que ce Devon a à nous dire.

Elle dégaina son épée et la tendit au-dessus de son épaule pour lui faire décrire des petits cercles, mais une voix l'interrompit :

— Ce n'est pas nécessaire.

Les quatre amis se tournèrent en même temps dans la direction de la voix. Hopper fut le premier à reconnaître la soldate :

— Wyona ! s'exclama-t-il en courant la soutenir, juste à temps pour la rattraper avant que ses jambes ne cèdent sous elle. Que s'est-il passé ?

— Devon nous a attaqués, DeKalb, Pitkin et moi. Ils sont morts, ajouta-t-elle d'une voix qui se brisait. Quant à moi, j'ai fait semblant de l'être.

Sa main effleura sa tête, où son pelage était couvert de sang coagulé.

— Ce n'est pas passé loin. Je voulais retourner à Atlantia, mais je ne peux marcher que très lentement. C'est alors que j'ai vu vos traces de pas qui se dirigeaient par ici, et que je les ai suivies.

— Tu es une combattante intrépide, la félicita Dodger, et nous t'en sommes reconnaissants. Peux-tu nous dire ce que tu sais au sujet de la disparition d'Esperanza ? Et de Pup ?

— Ils se sont enfuis. Pup a agi avec un courage exceptionnel. Il a ébloui Devon avec le diadème de la princesse, puis il l'a mordu et il a emmené Esperanza.

— Il l'a bel et bien kidnappée, donc ? grogna Zucker.

Wyona secoua la tête, et ce mouvement lui causa une grimace de douleur.

— Il l'a sauvée, au contraire. Quand nous l'avons trouvé, Pup était tout disposé à nous suivre tranquillement. Devon a assassiné le général et Pitkin, puis il m'a assommée, et ensuite il a raconté à Pup toute une histoire d'où il ressortait que DeKalb, Pitkin et moi étions des traîtres, et que Pinkie en voulait mortellement à Pup de l'avoir ridiculisée. Il a essayé de convaincre Pup de se rallier à lui en prétendant que s'il allait à Atlantia, Pinkie trouverait le moyen de lui faire endosser les meurtres qu'il venait de commettre lui-même. Mais ensuite, Esperanza est arrivée, et quand Devon a découvert son identité, il a changé de plan. Il lui a posé l'épée sur la gorge. Je crois vraiment qu'il avait l'intention de... enfin... vous voyez ce que je veux dire, acheva-t-elle avec un bref coup d'œil à Firren.

— Mais ils se sont échappés ? lui demanda Firren avec anxiété. Tu nous as bien dit qu'ils s'étaient enfuis ?

Wyona hocha la tête et fit une nouvelle grimace.

— Pup a mordu Devon jusqu'au sang, ce qui l'a empêché de les poursuivre. Devon a dû se bander la patte avant de pouvoir marcher. Pendant qu'il le faisait, il s'est lancé dans une violente diatribe. J'étais juste à côté, puisque je faisais semblant d'être morte, et j'ai tout entendu.

— Une diatribe ? répéta Hopper.

— Oui, une tirade furieuse... il criait, jurait qu'il détruirait entièrement Atlantia et le village des Mūs, se promettait de ne pas se reposer avant qu'Esperanza et ses frères et sœurs ne soient tous... éliminés.

Zucker serra les poings et gronda, mais ne dit rien.

— Il savait que dès que la nouvelle selon laquelle Pup avait enlevé Esperanza vous parviendrait, vous enverriez tous les soldats et tous les domestiques à leur recherche, ce qui laisserait le palais à peu près vide. Du coup, ce serait facile de prendre en otage les autres héritiers impériaux. Il a dit qu'il savait exactement où les enfermer. Il avait l'air dangereusement déséquilibré. Je ne pouvais rien faire d'autre que l'écouter tout en retenant mon souffle afin qu'il ne remarque pas que j'étais encore vivante. La fureur semblait lui faire perdre la raison, il n'arrêtait pas de marmonner... je ne sais pas quoi, exactement : la plupart du temps, ça n'avait aucun sens ! Il parlait d'un objet en métal argenté... et de ses sœurs... et de verrières, même ! J'ai pensé qu'il était devenu fou, et puis il s'est mis à tempêter au sujet de... de vous, Majesté, acheva-t-elle en se tournant vers Firren.

— Moi ? fit Firren, incrédule. Qu'a-t-il donc pu dire à mon sujet ?

— Il disait que sans vous, il serait prince, et régnerait sur un endroit superbe et somptueux nommé... (Elle fit une pause pour fouiller dans sa mémoire.) Comment se nommait-il, déjà ? Ah oui, City Hall.

Firren baissa son arme et avala péniblement sa salive.

— City Hall ? Tu es sûre que c'est ce qu'il a dit ?

— Certaine. Il a dit que le rêve de son père avait été brisé, et que sa famille avait souffert à cause de vous. Il vous a traitée de lâche et d'égoïste. Et il a évoqué le terrain de chasse. Il a parlé de vous y rencontrer.

— C'est donc un duel, qu'il veut ? fulmina Zucker. Eh bien, je suis d'accord. Si ce fou furieux veut nous rencontrer au terrain de chasse, ça me va. Je doute qu'il traite Firren de lâche quand il se retrouvera avec la pointe de son épée sur sa poitrine !

— Attendez un instant, dit Hopper. Wyona, tu crois que Devon parlait du terrain de chasse de Titus ?

— Je suppose, oui.

— Mais il n'existe plus !

— C'est vrai, confirma Dodger en se tournant vers Firren. Vos soldats l'ont détruit. Comment ce fou peut-il donc espérer vous rencontrer dans un endroit qui n'existe plus ?

Firren lâcha une longue expiration entrecoupée.

— Il n'espère pas m'y rencontrer. Il dit qu'il m'y a *déjà* rencontré, autrefois.

— Pendant la bataille pour libérer le camp, tu veux dire ? hasarda Hopper. Quand l'armée des Mūs et les Rangers sont intervenus, et que j'ai caché Pup sous...

Il ne termina pas sa phrase : le moment était mal choisi pour mentionner la tasse argentée où Firren s'était cachée, petite, cette tasse qui lui avait sauvé la vie pendant que ses parents disparaissaient sous les crocs des chats.

— Non, Hopper. Devon n'a pas participé à cette bataille. Je parle de mon premier voyage au terrain de chasse, il y a très longtemps.

— Que veux-tu dire ? demanda Zucker.

— Je veux dire, répondit Firren d'une voix qui n'était plus qu'un chuchotement rauque, que je me rappelle désormais où j'ai déjà vu Devon.

— Où ? demanda doucement Hopper.

Firren ferma les yeux, comme si elle revoyait la scène dans son esprit.

— Juste à côté de moi, dans cette maudite tasse d'où, ensemble, nous avons vu nos familles mourir.

CHAPITRE VINGT ET UN

Ce fut difficile de tout avouer à Ace. Raconter ses errances à voix haute – et à un ami de Hopper, en plus – éveilla à nouveau la culpabilité brûlante de Pup. Et comme Esperanza, pleine de bonne volonté, l'interrompait à chaque seconde pour plaider sa cause, cela lui prit deux fois plus de temps que nécessaire.

Mais à la fin, Ace comprit. Il accepta de croire que Pup était revenu dans le droit chemin, et que ses motivations pour retourner voir l'empereur Zucker et l'Élu étaient pures.

— Dans un premier temps, il va falloir que je me rende à Atlantia tout seul, décida-t-il. Cela pourrait être dangereux pour toi d'y retourner tant que je n'aurai pas eu l'occasion de te blanchir. Je vais aller trouver Hopper et tout lui raconter. Ensuite, nous enverrons quelqu'un te chercher, et tu pourras rentrer chez toi. Peut-être même que Hopper viendra lui-même ici pour te ramener.

— Tu crois vraiment qu'il ferait ça ?

— Bien sûr. (Ace sourit.) Sans compter que je connais quelqu'un, dans le coin, qui a très envie de le revoir...

— Carroll ! s'écria Esperanza. C'est elle, hein ?

— Oui. Il lui manque beaucoup.

— Oh, à lui aussi. Elle lui manque terriblement. Il n'arrête pas de parler d'elle !

Le chat rit.

— Ça lui fera plaisir. N'oublie pas de le lui dire.

— Moi ? dit Esperanza. Je vais la rencontrer ?

— Bien sûr. Je ne peux pas laisser deux petits... (Ace s'interrompit avec un coup d'œil à Pup, et s'éclaircit la gorge.) Je veux dire, je ne peux pas laisser deux *courageux* habitants du sous-sol tels que vous se débrouiller tout seuls dans le monde d'en haut pendant que je suis absent, n'est-ce pas ?

Pup lui fut reconnaissant de son tact, mais il se rendit compte qu'il avait dépassé son complexe d'infériorité. C'était vrai, il était petit. Et alors ?

— Est-ce que ça veut dire que tu vas nous emmener au parc ? demanda Esperanza, tout excitée, en sautillant et en tirant joyeusement sur la queue noire qui avait autrefois sauvé la vie de son parrain bien-aimé.

— Mais oui.

— Youpi !

Son enthousiasme fit sourire Ace.

— Dès que j'aurai terminé mon travail ici, je vous y conduirai. Il faut encore que je fasse une ronde dans le musée. En attendant, n'hésitez pas à profiter de votre visite. Vous êtes mes invités. C'est un endroit fort intéressant.

Pup n'en doutait pas. Voir les trois rats sur la photographie avait éveillé sa curiosité.

Pendant l'heure qui suivit, Esperanza et lui explorèrent donc le musée. Le fait que la princesse sache lire leur fut très utile. À un moment donné, ils durent se précipiter hors du passage d'un groupe d'enfants conduit par une femme. Pup pouffa : il aurait parié que c'était la guide qui aimait les boulettes de viande, à en juger par la tache de sauce tomate qui ornait le devant de sa chemise.

— Et à présent, mes chers enfants, déclara la guide, je vais vous raconter un grand secret : celui de City Hall.

En entendant ces mots, Pup dressa les oreilles. Devon, cet affreux traître, avait parlé de cet endroit. Pup s'en souvenait, parce que son ton l'avait interloqué, et il s'était demandé si cela signifiait quelque chose de spécial pour lui.

Et voilà que la femme disait qu'il s'agissait d'un « grand secret »...

Pup fit signe à Esperanza de garder le silence, et ensemble, ils suivirent le groupe, écoutant l'humaine.

— La station de City Hall était une station de métro de l'autre côté du fleuve, à Manhattan, expliqua-t-elle.

— C'est quoi, Manhattan ? souffla Pup à Esperanza.

— Je crois que c'est une île non loin de Brooklyn. Une île, c'est une terre entourée d'eau, ajouta Esperanza avant que Pup ne puisse lui poser la question.

Pup lui sourit :

— Merci.

La guide poursuivait :

— Cette station a été ouverte il y a très long-temps, au début du siècle.

— Vous voulez dire en l'an 2000 ? demanda l'un des enfants.

Elle sourit et secoua la tête.

— Le siècle précédent. En 1904.

Les enfants parurent très impressionnés par cette information.

— À l'origine, City Hall était le terminus sud de la première ligne de métro de Manhattan. Et elle consti-tuait le point d'orgue de cette merveilleuse invention qu'était le métro. Alors que les autres stations sui-vaient un schéma plus utilitaire...

Pup jeta un coup d'œil à Esperanza.

— Pratique, mais ordinaire, traduisit-elle.

— ... City Hall ressemblait au hall d'un grand hôtel, ou même d'un palace. La station était construite dans un tournant, et était ornée de décora-tions de cuivre. Il y avait même des verrières qui laissaient entrer la lumière du jour.

— Comment ça se fait que je n'aie jamais vu cette station alors que je prends souvent le métro ? s'étonna une petite fille.

Les yeux de la femme brillèrent, et elle sourit à la fillette.

— Justement, c'est pour ça que c'est un secret ! City Hall n'est plus utilisée depuis longtemps. La station a été fermée le 31 décembre 1945.

Cette annonce sembla décevoir les enfants, et Pup lui-même en fut un peu attristé. Cela paraissait être un lieu fascinant. Alors pourquoi un criminel tel que Devon s'y intéressait-il ? Il avait tué de sang-froid trois soldats mûs ; il ne donnait certes pas l'impression d'attacher beaucoup d'importance à la beauté architecturale.

Brusquement, l'imagination de Pup se ralluma. Si le soldat avait fait allusion à City Hall, il devait y avoir une raison. Cet endroit signifiait quelque chose pour Devon. Et si c'était son repaire ? C'était bien connu : tous les malfaiteurs avaient besoin de pouvoir se terrer quelque part pour mettre au point leurs projets néfastes. L'exemple le plus flagrant était celui de la reine Felina, mais Pup lui-même avait temporairement élu domicile dans un mocassin. Peut-être que c'était dans cette ancienne gare souterraine que Devon allait ruminer en paix et concocter ses plans visant à assassiner des innocents et à renverser des régimes pacifiques. La station de City Hall avait toutes les qualités requises pour servir de repaire : elle était à la fois luxueuse et abandonnée. Et secrète, comme l'avait fait remarquer l'employée du musée.

Peut-être Devon était-il là-bas en cet instant même, en train de maudire Pup et de soigner la morsure qu'il lui avait infligée !

Si Pup pouvait le retrouver et le capturer, cela ferait beaucoup avancer sa cause. Attraper le monstre qui avait eu pour projet de renverser Atlantia compenserait les problèmes que Pup avait lui-même provoqués quand il avait voulu faire... la même chose. L'idée qu'il avait un point commun avec le diabolique Devon fit frémir Pup. Mais s'il capturait le traître et le livrait à la justice, Hopper lui pardonnerait sûrement.

— Viens avec moi, chuchota-t-il à Esperanza. J'ai vu quelque chose sur un mur, et je voudrais l'examiner de plus près. Et j'ai besoin de ton aide.

— D'accord, accepta Esperanza. Pour faire quoi ?

Pup lui sourit.

— Tu saurais lire un plan ?

Il fit promettre à Esperanza de ne pas mentionner à Ace son projet de trouver la station de City Hall. La princesse n'aimait pas beaucoup l'idée de faire des cachotteries au chat qui les aidait, mais quand il lui fit comprendre l'importance de cette mission, elle consentit.

— À une condition, précisa-t-elle.

Pup lui adressa un regard méfiant, et elle acheva :

— Je viens avec toi.

— Pas question, répondit Pup en secouant avec force les bras et la tête. Non et non. En aucun cas. N'y pense plus !

Elle fit une moue boudeuse.

— Pourquoi ?

— Parce que c'est dangereux. Tu pourrais être blessée.

— Toi aussi.

— Mais j'ai promis de te protéger.

— Et je t'en suis reconnaissante, dit-elle avec une petite révérence. Mais pourquoi est-ce que je ne peux pas te protéger, moi aussi ? Je suis l'espionne de notre petit duo, tu te rappelles ?

— Oui, je me rappelle, répondit Pup en posant une main fraternelle sur l'épaule de la petite rate. Et moi aussi, je t'en suis reconnaissant. Mais si quelque chose t'arrivait, je ne me le pardonnerais jamais. (Il poussa un profond soupir.) En fait, depuis que nous sommes devenus un duo, comme tu dis, j'ai enfin compris ce que ressentaient Hopper et Pinkie chaque fois qu'ils me disaient qu'ils devaient veiller sur moi, ou que j'étais trop petit pour vadrouiller tout seul. Ce que cela sous-entendait, c'est que j'étais trop précieux pour eux.

Esperanza sourit jusqu'aux oreilles.

— Tu veux dire que je suis précieuse pour toi ?

— Tu es mon amie, Esperanza. Je te défendrais au péril de ma vie.

— Ça me touche beaucoup, dit-elle en redressant son diadème. Mais je veux quand même y aller.

— Aller où ? fit une voix.

Les deux rongeurs sursautèrent. Ace s'approchait d'eux par-derrière, en balançant la queue.

— Au parc, répondit précipitamment Esperanza. Si tu as terminé ton travail, bien sûr.

— Oui. Vous êtes prêts ?

Esperanza vérifia que le patchwork de Hopper était encore noué autour de sa taille, et confirma :

— Nous sommes prêts !

Ace se baissa pour qu'ils puissent grimper sur son dos, et ils se mirent en route sur les trottoirs de Brooklyn.

— Hopper m'a raconté que le parc était froid, et couvert de neige, dit Esperanza. Sera-t-il encore ainsi ?

— Non, pas aujourd'hui. La saison a changé depuis que Hopper est venu nous rendre visite. C'est le printemps, maintenant. Le parc sera vert, chaud, et ensoleillé.

— C'est quoi, le printemps ? demanda Pup.

— Le printemps, c'est l'époque où la nature recommence à zéro. C'est une saison pleine d'espoir et de joie, où le monde entier a la possibilité de repartir du bon pied.

Pup sourit. Repartir du bon pied était précisément son intention.

Esperanza reconnut les principaux résidents du parc au premier coup d'œil. Elle avait demandé si souvent à Hopper de lui raconter en détail son voyage dans le monde d'en haut qu'elle identifia Valky, les rats basketteurs, et bien entendu Carroll, avant même qu'Ace ne lui dise leurs noms.

N'oubliant pas les bonnes manières, Esperanza présenta avec respect Pup à chacun d'entre eux, comme s'il était lui-même descendant d'une famille royale.

— La dernière fois que nous avons entendu parler de toi, tu avais l'intention de répandre la terreur dans les tunnels, remarqua Valky en faisant prudemment un pas en arrière.

— C'est vrai, répondit Pup en rougissant. Mais j'ai changé, depuis. (Il sourit timidement à Valky.) C'est le printemps, après tout.

L'écureuil, qui connaissait bien la magie et le pouvoir des saisons, comprit parfaitement ce qu'il voulait dire.

— Je suis heureux de l'entendre. Bienvenue parmi nous, alors.

— Je suis enchantée de faire ta connaissance, dit Carroll en serrant chaleureusement la main de Pup. Je sais combien ton frère t'aime, et je suis sûre que les choses vont s'arranger.

Pup hocha la tête, muet d'admiration. Il n'avait jamais vu une créature aussi adorable que la souris aux yeux roses et à la fourrure blanche. Son visage respirait l'intelligence et la gentillesse. Rien d'étonnant à ce que Hopper la vénère !

Ace expliqua aux habitants du parc que les deux nouveaux venus allaient rester avec eux quelque temps, pendant que lui-même retournerait dans les tunnels pour disculper Pup et signaler la trahison de Devon. Il sourit à Carroll et ajouta :

— J'espère convaincre l'Élu de revenir ici avec moi. Vous méritez de vous revoir, tous les deux !

— Je suis d'accord, confirma Carroll. Mais j'ai une meilleure idée : c'est moi qui vais venir avec toi.

— Dans les tunnels ? Mais c'est dangereux !

Carroll leva ses beaux yeux roses au ciel.

— Ace... Avec ton aide, j'ai réussi à m'échapper d'un laboratoire où on réalisait des expériences sur des souris. Le danger ne me fait pas peur !

Quand Ace et Carroll eurent disparu, Pup se tourna vers Valky et prit son ton le plus négligent :

— Dis, pourrais-tu nous conduire jusqu'au fleuve, par hasard ?

— Ah, dit Valky, vous avez envie de faire un peu de tourisme, hein ?

— Oui. Oui, c'est ça.

— Dans ce cas, venez !

Pup et Esperanza échangèrent un regard, puis suivirent l'écureuil qui bondissait à travers l'herbe fraîche et verte. Quand ils atteignirent l'extrémité du parc, ils demeurèrent tous les deux muets de saisissement face au paysage qui s'offrait à eux.

— Le voici, annonça Valky en souriant. L'East River.

De l'eau. Beaucoup d'eau. Bleue, et agitée, et très profonde. Le soleil printanier reluisait sur la surface, et rappelait à Pup la manière dont une rame de métro souterraine éclairait un tunnel sombre, mais en bien plus beau. De l'autre côté du fleuve, au loin, on apercevait le profil découpé d'une série de bâtiments en verre, en brique, en acier.

Manhattan, comprit Pup d'après le plan qu'ils avaient étudié au musée.

— Merci de nous avoir amenés jusqu'ici, Valky, dit poliment Esperanza. Si ça ne t'ennuie pas, nous allons passer quelque temps ici à admirer la vue. C'est très reposant, et nous avons fait un long voyage.

— Pas de problème. Je reviendrai vous chercher plus tard. Faites attention aux humains, et aux chats... même si, depuis que Hopper a donné une bonne leçon aux pires chats de gouttière du quartier, ils ne nous posent plus beaucoup de problèmes !

Il les salua de la tête, puis décampa. Quand il eut disparu, Esperanza se tourna vers Pup :

— Alors, nous avons trouvé le fleuve.

— En effet.

— Il ne nous reste plus qu'à trouver l'endroit où la fée rit...

D'après la princesse, les fées étaient des petites créatures ailées aux cheveux étincelants, douées de pouvoirs magiques, dont le seul but dans l'existence était de faire plaisir aux enfants humains.

— Tu es certaine de ce que tu avances ? demanda Pup, dubitatif. Je n'ai pas l'impression que ce soit le genre de choses que les humains indiqueraient sur un plan...

— Pup, je l'ai *lu*. Un point était clairement libellé comme étant le lieu où la fée rit. Je suppose qu'elle a besoin de rire pour faire de la magie : il me semble que quand les fées sont tristes, elles perdent leurs pouvoirs. Et nous étions au Transit Museum. Autrement dit, au musée des transports. Or, quel meilleur moyen pour traverser un énorme fleuve qu'être porté par une fée joyeuse ?

— Mmm... Comment connais-tu les fées, d'abord ?

— J'ai vu des images dans un livre humain. Go-go a trouvé un jour quelques pages déchirées qui traînaient dans Atlantia, et elle me les a apportées.

À cette mention de sa sœur aînée, la lèvre d'Esperanza se mit à trembler, et elle chuchota :

— Elle n'était pas toujours méchante avec moi, en fin de compte. Il lui arrivait même d'être très gentille...

— Et ces pages parlaient spécifiquement de la fée de l'East River ?

— Non, admit Esperanza. La fée du livre s'appelait... Sonnette, ou Grelot, quelque chose du genre. Mais je suis certaine que celle de l'East River lui ressemble.

Elle lui décrivit rapidement les illustrations du livre, et Pup essaya de se représenter en train de s'agripper à une paire d'ailes translucides tandis que des mèches de cheveux lumineux lui fouettaient le visage.

— J'espère que tu as raison, conclut-il.

Mais elle se trompait. Sur toute la ligne. Ils le comprirent quand ils virent une énorme pancarte indiquant TERMINUS DU FERRY. Et ce ferry ne ressemblait ni de près, ni de loin, à la petite créature riante décrite par Esperanza. C'était un immense véhicule aquatique, avec deux étages. Par ailleurs, il ne volait pas : il flottait sur l'eau.

— Pas de petite dame ailée, donc, plaisanta Pup.

Esperanza eut l'air vexée.

— Comment pouvais-je savoir que « ferry » n'était pas la même chose que « fée rit » ? Quand j'ai lu l'inscription sur le plan, j'ai cru que c'était une faute d'orthographe !

— Je te taquinais, c'est tout. Jusqu'ici, tu as si souvent eu raison !

Ses protestations rassérénèrent la princesse. Ensemble, le souriceau et la petite rate grimpèrent sur la longue planche inclinée qui menait du quai au bateau.

— C'est comme un métro qui nage, en fait, comprit Esperanza tandis qu'ils approchaient de l'embarcation.

Mais brusquement, ils s'arrêtèrent. Un petit animal leur barrait la route.

Il avait un museau étroit, des petits yeux noirs, et une forme ronde. Il portait un étrange chapeau à frange tressée en forme de demi-lune horizontale, bleu et doré. Mais le plus étrange, c'était que l'essentiel de son corps était hérissé de piquants.

— Bienvenue à bord, vous deux ! les salua-t-il. Capitaine Wallabout, à votre service.

— Bonjour, le salua Esperanza. Est-ce que cette fée qui rit... je veux dire, est-ce que ce ferry peut nous conduire à Manhattan ?

— Pas nous, lui rappela Pup. *Moi.* Toi, tu retournes au parc pour attendre Ace, tu te rappelles ?

Esperanza leva les yeux au ciel tandis que le capitaine répondait :

— Oui, nous allons au Pier 11.

— Est-ce proche de City Hall ?

— Ça dépend de ce que vous appelez « proche », camarade. C'est un long chemin pour quelqu'un de votre taille. (Le capitaine sourit.) Mais c'est un court trajet par voie maritime.

Avant que Pup ne puisse lui demander ce qu'il insinuait, Esperanza intervint :

— Je vous prie de m'excuser, mais... quel animal êtes-vous ?

— Un hérisson, dit Wallabout. Je suis né pas loin d'ici, dans le chantier naval de Brooklyn. J'ai nagé jusqu'ici. Les hérissons sont doués pour la natation.

— Ah. Je vous avais pris pour un rat à épines...

Wallabout répondit par un grand rire.

— Non, mademoiselle. Je suis un hérisson jusqu'au bout des piquants ! Les seuls rats que vous trouverez sur ce navire sont une bande de brigands qui vivent dans la cale. De vrais gredins. Ils aiment effrayer les passagers, faire sursauter les humains pour qu'ils laissent tomber leurs casse-croûte sur mon pont tout propre. Crapules !

— Des brigands ? s'étonna Esperanza. Des pirates, donc ?

— Et même des pi-*rats* ! corrigea le capitaine. Avec toute la panoplie : bandeau sur l'œil, crochets, jambes de bois. La plupart d'entre eux vivaient autrefois sur les quais ou près des docks, mais ils ont découvert qu'ils pouvaient amasser un butin bien plus conséquent en pleine mer.

— Sur le fleuve, vous voulez dire, corrigea Pup.

— C'est ça. En tout cas, ce sont des voyous. (Il considéra le diadème d'Esperanza, sourcils froncés.) Ils n'auraient sûrement rien contre le fait de vous délester de votre trésor, mademoiselle !

Pup n'était pas certain de savoir ce qu'étaient des pi-rats (ni des pirates, d'ailleurs), et n'avait pas particulièrement envie de connaître la signification du mot « délester ». De toute façon, cela importait peu, car il n'avait pas l'intention de laisser Esperanza rester sur le ferry.

— Retourne au parc, maintenant, lui ordonna-t-il fermement. Je t'enverrai des nouvelles, si je peux.

Elle ouvrit la bouche pour protester, mais il ne la laissa pas parler :

— Allez, file !

— Que tous ceux qui doivent retourner à terre débarquent : nous levons l'ancre ! appuya Wallabout.

— D'accord, d'accord, je m'en vais ! se rendit-elle à contrecœur.

Puis elle jeta les bras autour du cou de Pup et le serra de toutes ses forces.

— Fais bien attention, Pup.

— Toi aussi, Esperanza.

Elle le lâcha et utilisa un pan de son tissu en patchwork pour essuyer une larme au coin de son œil.

— Bon voyage.

— Bonne soirée, mademoiselle, lui souhaita le capitaine en lui adressant un salut solennel. Et bon débarquement.

Ravalant sa tristesse, Pup regarda sa jeune amie redescendre le long de la passerelle. *L'esprit de La Rocha veillera sur elle*, se rassura-t-il. Après tout, Hopper était passé par le parc, lui aussi, et il était rentré à la maison sain et sauf, en un seul morceau. Valky avait veillé sur l'Élu, il pouvait en faire autant pour Esperanza.

Pup avait presque envie de rester dans le parc, lui aussi, afin de mieux faire connaissance avec les amis de son frère. Mais Devon devait être livré à la justice. Et Pup était le seul à savoir où le trouver.

Il suivit le hérisson qui traversait le pont en se dandinant et en évitant soigneusement les passagers humains.

— J'ai besoin d'aller à Manhattan, dit-il à nouveau au capitaine. À la station City Hall. Pouvez-vous m'aider ?

— Je pense, oui. Ce navire vous en rapprochera. Mais quand nous serons au milieu du fleuve, il va falloir que vous sautiez à l'eau.

Pup crut qu'il avait mal entendu.

— Que je saute à l'eau ?

— Oui, camarade. Mais ne vous inquiétez pas, vous n'aurez pas besoin de nager. Vous flotterez.

Et il désigna un objet rond, avec un trou au centre, suspendu à un mur intérieur du ferry.

— Vous voyez ceci ? C'est une bouée de sauvetage. Tout ce que vous avez à faire, c'est la jeter par-dessus bord, sauter dessus, et vous laisser porter jusqu'à la rive. Bien sûr, il faut espérer que le courant sera en votre faveur... Et il y a toujours le problème du vent... Mais c'est le seul moyen d'arriver rapidement là où vous avez besoin d'aller.

— D'accord, dit Pup en se dirigeant vers la bouée. Décrochons-la.

— Non, attendez, pas celle-là ! l'arrêta le capitaine. Elle n'est ici que pour décorer, ou presque. Les matelots humains se rendraient compte très vite qu'elle a disparu. Mais je sais où en trouver une autre.

— Où ?

— En bas, répondit le capitaine, d'un air soudain nerveux. Dans la cale.

Pup lui jeta un regard en biais.

— Ce n'est pas là où se cachent les pi-rats ?

— Si. Voilà pourquoi vous allez avoir besoin de... ceci !

Tout en parlant, il leva la main et, avec une grimace, arracha un long piquant de son dos.

— Voilà, camarade. Ce n'est pas une épée, mais c'est ce que je peux faire de mieux. Ah, je vois que les humains sont sur le point de décrocher la passerelle. Dépêchons-nous.

Il se hâta vers l'escalier, en faisant signe à Pup de le suivre.

Pup lui emboîta le pas, si concentré sur le piquant qu'il était en train d'examiner qu'il ne remarqua pas qu'un dernier passager était en train de courir sur la passerelle à toute allure, s'apprêtant à franchir l'intervalle qui s'était déjà créé entre celle-ci et le bateau d'un énorme bond.

Un énorme bond... qui s'avéra un poil trop court.

— Au secours ! Pup ! À l'aide !

Pup se retourna et vit Esperanza... ou plus exactement, il vit ses petits doigts agrippés au rebord du bateau, tandis qu'elle se balançait dangereusement au-dessus de l'eau tourbillonnante.

INTERMÈDE

Quelque temps plus tôt, dans les tunnels sous le quartier de Brooklyn à New York...

La portée de souris était fascinée par l'énorme chat manx qui leur fit visiter le camp des réfugiés fondé par Titus. Il s'appelait Horatio, et avait un pelage marbré de gris clair et d'anthracite. Ses yeux étaient d'un jaune si pâle qu'ils étaient presque incolores. Et il était dépourvu de queue.

Au début, les souriceaux avaient eu peur. Dans le monde d'en haut, on leur avait enseigné à fuir les chats. Mais visiblement, grâce à l'empereur Titus et à la reine Felina, régnait dans les tunnels une atmosphère toute différente. Horatio se montrait cordial, et patient : il expliquait les aspects politiques et sociaux du camp à leur père, Fiorello, qui était impressionné par ce qu'avait réalisé l'empereur.

En voyant une troupe de rongeurs sortir du camp sous la conduite de soldats atlantiens, Horatio s'interrompit et adressa un sourire félin à Fiorello :

— Tiens, on dirait qu'une nouvelle colonie est sur le départ. Cela vous intéresserait-il de vous joindre à elle ?

— Je ne sais pas, hésita le père en considérant sa portée. La journée a été longue, et je crois que mes petits sont bien trop fatigués.

— Mais non, papa, objecta l'aîné. Allons-y. J'aimerais beaucoup voir la nouvelle ville où les rongeurs vont s'établir.

Fiorello se tourna vers le plus jeune :

— Yahnis, as-tu la force de marcher encore un peu ?

— Tout... tout... tout à fait, papa.

— Je le porterai, proposa l'aîné, les yeux fixés sur la porte par laquelle les derniers colons venaient de sortir du camp. S'il te plaît, papa. Je veux aller avec eux !

Horatio rit.

— Quel souriceau courageux, si déterminé à affronter l'inconnu !

— Cela me sera utile quand je serai le prince de City Hall, répondit le souriceau, menton levé.

Les yeux d'Horatio étincelèrent d'amusement, mais il ne dit rien. Fiorello céda :

— D'accord. Emmenez-nous donc voir cette nouvelle ville si prometteuse. Je veux apprendre tout ce qu'il est possible d'apprendre au sujet des réalisations de Titus, afin que ma propre colonie soit un succès.

— Très bien. Suivez-moi.

Tandis qu'ils sortaient du camp, Yahnis prit une profonde inspiration et rassembla tout son courage pour demander à l'énorme chat :

— Est... est... est-ce que vous avez perdu votre queue dans une ba... bagarre ?

— Non. Je suis né comme ça. C'est l'une des caractéristiques de la race manx.

Yahnis sourit.

— Je... je suis content de l'apprendre. Je n'aimerais pas découvrir qu'il y a des bagarres dans les tu... tunnels. Nous souhaitons fonder une co colonie dans une atmosphère paisible.

Le grand frère de Yahnis crut entendre le chat ricaner dans sa moustache et marmonner quelque chose comme « rêver ne coûte rien ».

Ils marchèrent jusqu'à atteindre une porte assez grande pour un chat, couverte de verrous et de chaînes. L'aîné des souriceaux jugea étrange que ces dispositifs de fermeture soient placés à l'extérieur, mais il ne dit rien.

— Voilà, annonça Horatio. Ce qui vous attend de l'autre côté de cette porte va changer votre vie !

Il entrouvrit la porte, juste assez pour les laisser passer.

Fiorello hésita, et ses yeux allèrent de la porte entrebâillée au chat souriant. Son fils remarqua son expression soudain alarmée, comme si un instinct l'avertissait d'y réfléchir à deux fois avant d'aller plus loin.

— Peut-être vaudrait-il mieux revenir plus tard, se rétracta Fiorello. Je voudrais revoir Titus avant de...

— Entrez ! siffla le chat.

Puis il ouvrit plus grand la porte, poussa Fiorello et ses quatre petits à l'intérieur d'un coup de patte, et claqua le battant dans leur dos. Les souriceaux l'entendirent refermer les verrous de l'autre côté.

— Où sommes-nous ? demanda l'aîné en scrutant la pénombre.

— Papa, je n'aime pas cet endroit, gémit Céleste.

— Moi non plus, ajouta Hazel en reniflant l'air. Je sens une odeur étrange. Une odeur qui imprègne tout...

— La peur, chuchota son père. Ce que tu sens, c'est la peur.

Yahnis se mit à couiner.

— Vite, cria Fiorello. Il faut trouver un endroit où se cacher.

Ses yeux effarés fouillèrent la pièce sombre et sinistre, dans laquelle les rongeurs se serraient les uns contre les autres, pleuraient, ou se terraient dans les coins dans l'espoir de se mettre à l'abri.

Mais à l'abri de quoi ?

— Par ici ! les appela une voix proche. Ici, il reste de la place !

Les souris marron se tournèrent vers un récipient renversé sur le côté. Il était étroit et solide, constitué d'un métal qui brillait d'une lueur argentée. À l'intérieur, un rat mâle et sa femelle leur faisaient signe.

— Vite ! cria Fiorello en menant sa portée vers la tasse.

Quand ils arrivèrent, les deux rats sortirent, et le mâle se présenta d'une voix teintée d'angoisse :

— Je m'appelle Vigneault. Quelque chose de terrible est sur le point de se passer. On appelle cet endroit le terrain de chasse. Notre seule chance est de nous cacher. Mettez vos petits dans cette tasse, ils y seront en sécurité, du moins je l'espère.

— Mais... mais si nous en... entrons, balbutia Yahnis, il n'y au... au... aura plus de place pour v... vous !

— Ne t'inquiète pas, petit bonhomme, dit la rate en soulevant Yahnis et en le plaçant dans la tasse. Nous sommes assez grands pour nous battre.

Contre qui ? se demanda l'aîné, qui s'aperçut qu'il tremblait.

Vigneault poussa successivement Hazel et Céleste vers le récipient, tandis que Fiorello aidait son plus grand fils à s'y installer.

Il faisait encore plus sombre dans la tasse argentée que dans le reste de la pièce, mais quand ses yeux se furent habitués à l'obscurité, l'aîné remarqua une paire d'yeux vifs qui brillaient dans les profondeurs de la tasse. Vigneault passa sa tête par l'ouverture avec un sourire forcé :

— Il y a déjà notre petite, là-dedans. Je suis sûr que vous deviendrez de grands amis.

Hazel et Céleste adressèrent des sourires hésitants à la jeune rate. L'aîné des souriceaux remarqua qu'elle avait les épaules rejetées en arrière, dans une posture orgueilleuse qu'il s'efforça d'imiter.

— À présent, dit Vigneault, je vous demande de vous montrer courageux. Bouchez-vous les oreilles, essayez de ne pas écouter. Ça ne durera pas longtemps.

— Qu'est-ce qui ne durera pas longtemps ? demanda l'aîné.

Vigneault ne répondit pas. Il se tourna vers Fiorello :

— À présent, essayons de trouver quelque chose pour nous défendre. Des cailloux, peut-être... Des armes abandonnées ici lors des batailles précédentes... tout ce qui peut nous permettre de combattre ces chats affamés nous sera utile.

Chats affamés. Le cœur de l'aîné des souriceaux se contracta dans sa poitrine.

Vigneault et sa compagne prirent encore juste le temps d'adresser un regard débordant d'amour à leur fille. Fiorello, lui aussi, passa son regard horrifié sur chacun de ses petits, d'abord le plus grand, puis les deux femelles, et enfin Yahnis, recroquevillé dans un coin, petite boule de poils marron qui tremblait comme une feuille.

— Je vous aime, chuchota-t-il.

— Dépêchons-nous ! cria la compagne de Vigneault.

Et les deux rats et Fiorello filèrent pour se préparer à se battre.

Pendant un moment, le terrain de chasse ne fut qu'un chaos de rongeurs cherchant des cachettes et des armes. Certains pleuraient, d'autres criaient de rage. Sous les yeux indignés des souriceaux qui observaient la scène depuis la tasse, certains se battaient même entre eux : ils poussaient les rongeurs qui s'étaient tapis dans des coins, ou leur volaient leurs armes.

Et puis, brusquement, la pièce tomba dans le silence.

L'absence de son était presque palpable dans la tasse froide et noire. L'aîné des souriceaux entendait le cœur de la jeune rate battre à tout rompre à côté de lui. Il sentait aussi le grelottement de Yahnis.

Soudain, à sa grande surprise, la rate lui tendit la main :

— Je m'appelle Firren.

Il la serra et se présenta à son tour :

— Devon.

— Moi, c'est Céleste.

— Hazel.

Firren se tourna vers Yahnis, toujours roulé en boule, mais qui avait levé les yeux, curieux.

— Bonjour, lui dit Firren.

— Bon... bon... bon... bonjour, couina Yahnis.

— Comment t'appelles-tu ?

— Je... je... je... m'a... m'appelle...

Yahnis avala sa salive et serra les paupières, essayant de forcer ses lèvres à prononcer son nom.

— Quand il a peur, son bégaiement redouble, chuchota Hazel à Firren.

Avant que Yahnis puisse faire une autre tentative, le silence à l'extérieur de la tasse fut brisé par le bruit des verrous que l'on tirait et des chaînes que l'on ôtait. L'odeur de peur s'intensifia dans le terrain de chasse, et une voix s'éleva. Devon reconnut celle de Vigneault, qui essayait d'encourager les rongeurs.

— Nous ne nous laisserons pas mettre à mort sans nous défendre, criait-il. Hardi, compagnons ! Battez-vous pour vivre, et pour que vivent vos petits !

Et puis il y eut le grincement de la lourde porte qui s'ouvrait pour laisser entrer les chats. Le dernier mot que Devon entendit avant le début de la bataille fut le nom de son frère :

— Je m'appelle Yah... Yah... Yahnis.

CHAPITRE VINGT-DEUX

Lorsque Firren termina son histoire, elle avait les larmes aux yeux. Zucker s'approcha et la serra dans ses bras.

— J'ignorais ces détails, dit-il doucement.

— Les parents de Devon et son petit frère Yahnis ont donc été dévorés par les chats, résuma Hopper, que cette idée rendait malade.

— Il m'en veut, expliqua Firren avec un frisson. Et je suppose qu'il a raison.

— Oh que non, il n'a pas raison ! gronda Dodger. Tu étais toute petite, et terrifiée. Ni lui ni personne d'autre ne pouvait espérer que tu sauves Yahnis.

Firren adressa un sourire reconnaissant à Dodger avant de se tourner vers Wyona :

— Tu crois qu'il a enlevé les autres héritiers ?

La soldate hésita, puis hocha la tête d'un air sombre. Hopper confirma :

— Il n'y avait personne pour l'en empêcher. Le palais était vide, en dehors de quelques cuisiniers, et de Marcy... qui a dû croire tout ce qu'il disait, puisque je lui avais affirmé qu'on pouvait lui faire confiance !

— Où a-t-il pu les emmener ? réfléchit Dodger. Dans l'ancien repaire de Felina, peut-être ? Ou dans la chaussure abandonnée de Pup ?

— À City Hall, annonça Zucker avec décision. J'ai le pressentiment que c'est là-bas que ce fou les a conduits. (Il se tourna vers Hopper.) Si c'est une station de métro, ça veut dire que l'un de ces monstres de métal peut nous y emmener, non ?

— Je pense, oui. Mais impossible de savoir lequel tant que nous ne savons pas où elle se trouve. Peut-être Pinkie le sait-elle, elle qui a beaucoup voyagé, dernièrement.

Il se tourna vers le criquet :

— Va chercher Pinkie, lui ordonna-t-il. Transmets-lui ce message : « Urgent. Nous avons besoin de trouver une station nommée City Hall. Probablement abandonnée. » Tu nous retrouveras au village des Mūs.

Le criquet agita ses antennes et partit.

— Pourquoi au village des Mūs ? s'étonna Firren.

— Parce que, répondit Hopper, qui s'était déjà remis en marche vers des rails au loin, si Pinkie ignore où se trouve cette fameuse station, il va me falloir un plan du métro. Un vieux plan.

— Et par bonheur, ajouta Dodger, il y en a plusieurs dans le Livre Sacré !

Puisque le brave et loyal criquet avait déjà été envoyé en mission, Dodger se porta volontaire pour faire passer un deuxième message. Celui-là ne devait pas être encodé sous forme de crissements, sifflements et stridulations, mais serait écrit sur le mur.

— Un système un peu démodé, mais toujours efficace, avait plaisanté Zucker.

Dodger se rendrait donc dans les Runes, où il noterait les phrases suivantes :

NOUS AVONS DES RAISONS DE PENSER
QUE LE SOLDAT MŪS DEVON A ENLEVÉ
LES HÉRITIERS IMPÉRIAUX.
NOUS CROYONS SAVOIR OÙ IL LES A EMMENÉS.
QUE TOUT LE MONDE SE RASSEMBLE
AU PALAIS ET ATTENDE
D'AUTRES INSTRUCTIONS.

Avec un peu de chance, les troupes parties à la recherche d'Esperanza verraient le message et comprendraient que les plans avaient changé. Après être passé par les Runes, Dodger escorterait Wyona au palais pour qu'on lui administre les soins nécessaires.

Il ne fallut pas longtemps pour que le métro voulu apparaisse. Hopper, Firren et Zucker grimpèrent sur la plate-forme arrière, et partirent vers le village des Mūs.

Sur le chemin, Hopper médita sur la description faite par Devon de la station City Hall. D'après Wyona, le père de Devon « rêvait » de s'y établir, et l'endroit était « superbe et somptueux ». Hopper habitait désormais dans les tunnels depuis un certain temps, et à part Atlantia, il n'avait jamais rien vu qui réponde à cette description. Sale et poussiéreux, oui.

Sombre et effrayant, pas de problème. Mais superbe et somptueux ? Non.

Quand ils arrivèrent devant l'énorme mur gris qui protégeait le village des Mūs, Firren tambourina à la porte, et pour la première fois, la sentinelle en uniforme rose postée derrière n'hésita pas à les laisser entrer.

Ignorant les regards surpris des civils qui s'écartaient pour les laisser passer, Hopper, Zucker et Firren foncèrent à travers le village en direction de la locomotive. Ils savaient qu'ils pouvaient compter sur l'assistance des conseillers mūs.

— Nous avons besoin de voir le Livre Sacré, cria Hopper avant même d'être arrivé en haut de l'échelle métallique. Sage, Christophe, Tempérance, il faut que nous examinions tous les vieux plans de métro sur lesquels nous pouvons mettre la patte !

Ils entrèrent en coup de vent dans la locomotive, haletants, en sueur, et trouvèrent Sage déjà en train de poser le livre sur une vieille table au centre de l'énorme pièce. Avec révérence, il ouvrit le volume vers lequel les Mūs se tournaient quand ils avaient besoin d'inspiration et de conseils sur le meilleur moyen de gouverner leur vie.

C'était ce livre qui avait prédit l'arrivée de Hopper.

L'Élu avait désormais compris que le Livre Sacré était une simple compilation d'éléments de communication humaine – des lettres, des factures, des tickets, des pages de livres, des publicités, etc. – qui avaient été interprétés de façon mystique par la tribu

de souris. Il comprenait aussi un certain nombre de messages rédigés par La Rocha lui-même... ou elle-même.

Hopper se pencha sur la table et entreprit de feuilleter le livre. Une carte d'anniversaire de la part de Jack pour Shannon, datée du 12 août 2013. Une coupure de journal du 7 février 1964 annonçant que « Les Beatles sont arrivés à l'aéroport JFK ». Une longue série de notes manuscrites d'un dénommé Truman Capote, prémisses d'une histoire intitulée *Petit-déjeuner chez Cartier* (ce dernier mot avait été barré et remplacé par *Tiffany*).

Hopper continua à tourner les pages. Il cherchait un plan du métro, semblable à celui grâce auquel il avait compris pour la première fois la logique de déplacement des trains, mais beaucoup plus vieux. En effet, si City Hall était désaffectée, elle n'était sans doute plus indiquée sur les plans les plus récents.

Finalement, il trouva un plan jauni et cassant, daté de 1905. Hopper n'avait aucune idée de ce que signifiait cette date, mais l'état du papier prouvait qu'il était très ancien. Et au bout de plusieurs minutes consacrées à examiner frénétiquement le document, il trouva bel et bien une station nommée City Hall.

— Il faut prendre le métro numéro 5, expliqua-t-il, puis changer à Brooklyn Bridge.

— Ce n'est pas le nom du pont d'où tu as failli tomber, il n'y a pas si longtemps ? s'inquiéta Zucker.

— Si. Mais à l'époque, j'étais dessus. Cette fois, je suppose que nous passerons dessous.

— Ah, tant mieux.

— Quand nous serons à la station Brooklyn Bridge, il faudra emprunter la ligne numéro 6. Et ensuite...

Hopper examina le plan en plissant le front. Avait-il bien compris ?

— Et ensuite ? l'encouragea Firren.

— Eh bien, d'après le plan, il y a une boucle.

— Une boucle ? répéta Zucker. Comment ça ?

— Visiblement, City Hall est – ou était – le terminus de la ligne. À l'époque, le train devait s'y arrêter pour laisser descendre les passagers, puis achever la boucle de manière à faire demi-tour et à retourner là d'où il venait. Mais si la station est abandonnée, ce dont je suis presque certain, le train ne s'arrêtera probablement pas. Il va continuer à rouler jusqu'à la fin de la boucle. Il va donc falloir sauter en marche.

Zucker soupira :

— C'est bien ce que je craignais...

— Ce ne sera pas la première fois, lui rappela Hopper.

— Je sais, gamin. Mais on ne s'y habitue jamais complètement !

À ce moment-là, le criquet messager entra dans la locomotive, épuisé mais résolu à leur transmettre la réponse de Pinkie. Apparemment, il existait deux stations nommées City Hall, mais seule l'une d'entre elles était encore en usage. Le criquet donna tous les détails à Hopper, qui écouta avec attention avant de comparer les instructions de Pinkie avec ce qu'il avait trouvé sur le plan.

— C'est bien ça. La vieille station de Manhattan est celle que nous cherchons.

Après avoir rapidement salué les conseillers, Zucker franchit la distance qui le séparait de la porte de la locomotive en deux grandes enjambées.

— À Manhattan, alors ! commanda-t-il. Où que ce soit...

Un instant plus tard, Hopper traversait à nouveau le village des Mūs en courant. Cette fois, les citoyens les acclamaient, leur souhaitaient bonne chance et invoquaient pour eux la bénédiction de La Rocha.

— Élu ! cria une voix par-dessus le brouhaha. Hopper, attends !

Hopper n'avait pas envie de s'arrêter. Il n'y avait pas une seconde à perdre s'ils voulaient retrouver les héritiers impériaux. Mais cette voix qui l'appelait était insistante, et familière.

— Pourquoi t'arrêtes-tu, gamin ? lui cria Zucker. Allez, viens, dépêche-toi !

— Allez-y, je vous rattraperai ! lui promit Hopper.

Il fit signe à l'empereur et l'impératrice de continuer sans l'attendre, puis se tourna vers la vieille souris mūs qui l'avait apostrophé. C'était celle qui lui avait offert un bon repas lors de sa première visite au village des Mūs, à l'époque où il était le prisonnier de Firren. C'était aussi la sage-femme qui avait présidé à la naissance de la portée impériale : Maimonides, surnommée Mamie.

— Qu'y a-t-il ? demanda-t-il en haletant pour reprendre son souffle.

— J'ai quelque chose pour toi. Quelque chose que je voudrais que tu emportes dans ta mission. Ça te portera bonheur.

Elle lui tendit une main, dans laquelle elle tenait un morceau de papier soigneusement plié. Hopper, qui n'avait rien contre un peu de chance supplémentaire, prit le papier et l'ouvrit. Ce qu'il vit lui coupa le souffle.

C'était un dessin. Un double portrait, aussi réussi que stupéfiant. Pendant une minute, Hopper ne put que le contempler, muet.

— Je vois que tu les reconnais, dit Mamie en souriant.

— Je... je crois... balbutia Hopper, incapable de détourner les yeux de l'image. Je n'ai rencontré en personne que l'un des deux. Quant à l'autre... je devine qui c'est. Cette marque blanche ne trompe pas.

Il leva la tête et fixa la sage-femme.

— Où as-tu trouvé ça ? Qui l'a fait ?

— Ta grand-mère, la mère de ton père.

— Ma grand-mère ? répéta Hopper, ébahi. Tu la connaissais ?

— Oui. Elle s'appelait Myrtle. C'était une souris venue du monde d'en haut. Elle avait grandi dans un endroit merveilleux nommé Académie des Beaux-Arts. Je suppose que c'est ainsi qu'elle est devenue elle-même une artiste aussi douée. J'étais avec elle le jour où elle a fait ce croquis de son compagnon, ton grand-père Ebbets, et... de son ami.

Hopper fronça les sourcils.

— Ils étaient amis ? C'est impossible. Tu dois te tromper.

— Non. Je sais que c'est difficile à admettre. Mais à une époque, ils étaient très proches. Et ceci est le dernier dessin jamais réalisé par ta grand-mère. Vois-tu, nous étions dans les tunnels, Myrtle et moi, avec sa portée de nouveau-nés. Dodger, ton père, était petit et faible, et...

Elle s'interrompit et secoua tristement la tête.

— Te raconter tout cela prendrait trop de temps, Élu. C'est une histoire longue, et déchirante. Mais pendant tout ce temps, j'ai gardé ce dessin en souvenir de ta grand-mère, qui était *ma* meilleure amie. Maintenant, je veux que ce soit toi qui l'aies.

— Pour qu'il me porte bonheur, dit Hopper malgré son nœud dans la gorge.

— Pour qu'il te porte bonheur, répéta Mamie. À présent, file, et n'oublie pas de prier La Rocha.

— Merci, Mamie, dit Hopper en rangeant le dessin dans la poche intérieure de sa veste. Je le conserverai précieusement. Et Zucker aussi.

Une seconde plus tard, l'Élu était de nouveau en train de galoper vers le grand mur gris.

Cette fois, cependant, il portait sur lui un talisman, un portrait décoloré contre son cœur. Un dessin très réaliste qu'avait fait sa grand-mère de son compagnon Ebbets, plein d'espoir et de détermination, debout à côté de son ami. Hopper avait tout d'abord failli ne pas reconnaître cet ami, car il était bien plus jeune que dans son souvenir, et n'avait pas encore sa cicatrice. Mais quand il avait compris qui c'était, il avait été abasourdi.

Tout en courant vers le mur, il lui vint à l'esprit que cela n'aurait peut-être pas dû le surprendre à ce point. Peut-être même aurait-il dû le savoir, le sentir, depuis le début. Peut-être était-il parfaitement logique que l'ami qui souriait si franchement à Ebbets et semblait prêt à conquérir le monde ne fût autre que le père de Zucker, l'ancien monarque d'Atlantia. Titus.

CHAPITRE VINGT-TROIS

Le ferry s'éloignait du quai, soufflant et haletant, avec la princesse impériale agrippée dans une position précaire sur le côté.

— Tiens bon ! lui cria Pup en lâchant son piquant-épée et en se précipitant pour attraper d'abord l'un de ses bras tendus, puis l'autre.

Avec un gros coup de reins, il réussit à la hisser sur le pont, et ils tombèrent à la renverse tous les deux.

Elle était sauvée.

Malheureusement, on ne pouvait pas en dire autant de son diadème. La secousse l'avait fait tomber de sa tête ; le bijou étincelant glissa sur le pont, et s'arrêta en tournoyant sur lui-même... juste à côté de ce qui ressemblait fort à une jambe de bois.

— Forcément, marmonna Pup en se relevant. Ç'aurait été trop simple !

— Arrgghh ! Qu'avons-nous donc là ?

Le propriétaire de la jambe de bois se pencha, ramassa le diadème, et l'examina de près – une tâche rendue difficile par le fait que l'un de ses yeux était couvert d'un bandeau.

— En voilà un joli colifichet. Et il m'est presque tombé dans les bras !

— Rendez-le-moi ! ordonna Esperanza.

Elle se leva, vérifia que le patchwork était toujours noué autour de sa taille, et jeta un regard hautain au pi-rat (car ce rongeur à la jambe de bois, avec un bandeau sur l'œil et qui poussait des « arrgghh », ne pouvait guère être autre chose).

— Rendez-le-moi immédiatement !

— Par ordre de qui ?

— Par ordre de la princesse Esperanza des Romanus !

— Nous avons quitté la rive, signala le pirate. Et une fois au large, je ne reconnais aucune autorité. (Il sourit en regardant le bijou incrusté de diamants dans sa main.) Même si je suis assez impressionné par cette couronne...

Le pi-rat étant concentré sur la petite princesse et son bijou précieux, Pup avait pu remettre la main sur son piquant de hérisson. Il bondit en avant en brandissant son arme :

— Ce diadème nous appartient. Donne-le-moi !

— Arrgghh ! Il va d'abord falloir que tu m'attrapes...

— Que je t'attrape ? répéta Pup, incrédule, en levant les bras de désespoir. Sérieusement ?

Pour toute réponse, le pi-rat prit ses pattes à son cou.

— Je vous avais bien dit que c'étaient des gredins ! dit le capitaine en lui courant après. Venez !

Pup prit juste le temps d'attraper Esperanza par la main. Son épée de fortune dans l'autre, il suivit le hérisson vers une courte volée de marches en métal. Ils descendirent dans les profondeurs du ferry, où une pénombre trouble remplaçait la lumière extérieure, et où régnait une horrible puanteur.

— Je ne suis jamais descendu ici, avoua Wallabout. Je ne sais pas exactement ce qu'on y trouve. Faites juste attention à... Aaahh !

Le capitaine rondouillard fut soudain happé vers le haut. Une seconde plus tard, il se balançait d'avant en arrière dans un vieux filet de pêche, formant un large arc de cercle au-dessus de leurs têtes.

— Ça va ? s'affola Esperanza.

— Tout va bien, tout va bien ! la rassura le hérisson. Mais faites attention !

Ce conseil arriva une seconde trop tard. Esperanza couina quand le sabre d'un pi-rat jaillit de sous un rouleau de cordage et s'arrêta à une fraction de cheveu de son petit nez rose.

Le pi-rat qui tenait le sabre n'était pas celui avec la jambe et l'œil en moins. Celui-ci était plus hirsute que le premier, et portait un foulard rouge attaché autour de la tête. Son bras droit se terminait par un crochet.

Esperanza ne fit même pas mine de pleurer. Peutêtre commençait-elle à s'habituer à se retrouver face à la pointe d'une épée.

— Rendez-moi mon diadème ! ordonna-t-elle.

— En voilà une petite demoiselle autoritaire, s'amusa le pi-rat.

— Je ne suis pas une demoiselle, je suis une rate. Et une princesse.

— Vraiment ? dit le rat en haussant ses sourcils poilus. Bon à savoir. Ce sont les membres de familles royales qui nous rapportent les meilleures rançons.

— Ce n'est pas votre otage, pi-rat ! rugit Pup.

— Silence, avorton ! aboya un troisième brigand en sautant d'un tuyau qui passait au-dessus d'eux et en sortant un poignard de son fourreau. Si on te dit qu'elle l'est, c'est qu'elle l'est !

— Et moi je vous dis qu'elle ne l'est pas !

Rassemblant ses forces, Pup bondit vers le haut, s'agrippa au filet qui entourait Wallabout, et se balança jusqu'au pirate au poignard à qui il décocha un violent coup de pied dans le ventre qui lui fit perdre l'équilibre. Puis il se mit à ronger une des mailles du filet et ouvrit un trou juste assez grand pour laisser passer Wallabout. Le capitaine atterrit sur le pirate au crochet, piquants en avant.

— Aaaaïïïïïe ! hurla le pi-rat, lâchant son sabre, en sentant des milliers d'aiguilles s'enfoncer dans sa peau.

Un quatrième pi-rat apparut alors au-dessus d'un tas de bouées de sauvetage un peu écaillées. C'était de loin le plus grand de tous. Ses dents étaient gâtées, son visage orné de cicatrices.

Et il brandissait la plus grosse épée que Pup ait jamais vue.

Pup se mit en garde.

Le gros pi-rat éclata de rire.

— Tu as l'intention de te battre contre moi avec ça ? Un piquant de hérisson ? Et pourquoi ne pas essayer de me chatouiller à mort avec une plume de mouette, pendant que tu y es ?

— Je n'hésiterais pas, si j'en avais une !

Pup bondit sur le pi-rat, qui évita adroitement son estocade et rit encore plus fort.

— Ah, c'est comme ça ?

Il lui asséna un grand coup d'épée avec une force effroyable. Pup se baissa juste à temps pour y échapper, puis attaqua à son tour. Le pi-rat para le coup.

Pendant ce temps, les deux autres pi-rats s'étaient relevés, et plusieurs autres étaient arrivés, jaillissant de sous des bâches et derrière des caisses. Tous à la mine patibulaire, tous armés.

Pup allait avoir besoin d'autre chose que d'un petit piquant de hérisson pour s'en sortir.

Il jeta un coup d'œil à Esperanza, qui avait reculé avec Wallabout jusqu'en bas de l'escalier métallique. Puis, avec un grondement, il chargea le grand pi-rat en brandissant son arme ridicule.

Malheureusement, il n'alla pas loin avant que le pi-rat au crochet ne tende la jambe et lui fasse un croche-patte. Pup roula sur le sol gras, et son piquant lui échappa des mains. Il pria pour que, par miracle, il s'enfonce dans le cœur du grand pi-rat.

Mais sa prière ne fut pas exaucée.

Étendu sur le plancher sale de la cale, Pup comprit qu'il avait perdu. Il ferma les yeux et attendit que le poignard lui tranche la gorge. À moins que les pi-rats ne choisissent une exécution moins sanguinolente, et qu'ils ne le jettent par-dessus bord.

Les souris n'étaient pas réputées pour être de bonnes nageuses. Pup coulerait à pic dans cet immense fleuve glacial, et se noierait.

Et Esperanza resterait seule. Vulnérable. Sans personne pour la protéger.

C'était cette idée qui le tourmentait par-dessus tout.

Les secondes s'écoulèrent, mais aucun crochet ne le saisit, aucune jambe de bois ne lui décocha un coup dans les côtes.

Avec précaution, il ouvrit une paupière... et sursauta en voyant le pi-rat au bandeau sur l'œil penché sur lui.

— Tu n'as pas froid aux yeux, toi, hein ? Tu es sacrément courageux pour un souriceau !

Pup s'assit lentement et soupira.

— Courageux... ou stupide. Difficile à dire.

Le pi-rat lâcha un gros rire.

— Les deux à la fois, à mon avis. Et tu sais quoi ? C'est une combinaison qui nous plaît bien !

— Vraiment ?

Riant toujours, le pi-rat borgne tendit une main, saisit celle de Pup, et le hissa sur ses pieds.

— On ne devient pas un pi-rat si on est pusillanime ou intelligent, pas vrai ?

— Non, sans doute...

Esperanza s'approcha de Pup et du pi-rat :

— Est-ce que je peux ravoir mon diadème, alors ?

Le pi-rat baissa les yeux vers elle et sourit.

— Non. Mais vous pouvez avoir la vie sauve.

— C'est déjà ça, admit Pup en poussant la princesse derrière lui. Bon, alors au revoir...

Le pi-rat rit à nouveau.

— Je voulais juste te taquiner, petite demoiselle. Tiens, voici ton couvre-chef !

— Mon diadème, corrigea aimablement Esperanza en le posant sur sa tête. Je vous remercie.

Wallabout s'éclaircit la gorge, puis désigna la pile de bouées de sauvetage.

— Oh ! s'écria Pup. C'est vrai, j'allais oublier... (Il redressa les épaules et leva le menton.) J'ai une faveur à vous demander... camarades.

— Ah oui ? Et laquelle ?

— Pourriez-vous me donner un de ces machins flottants ? J'ai besoin de me rendre à City Hall, à Manhattan. Peut-être pourriez-vous considérer cela comme une récompense pour mon courage exemplaire et ma parfaite stupidité ?

Le pi-rat réfléchit, puis sourit à Pup.

— Nous sommes fiers de nous appeler des pi-rats, déclara-t-il. Des boucaniers ! Des flibustiers ! De joyeux forbans, tous autant que nous sommes, malgré nos différences. Mais apprends ceci, mon petit gars, car c'est la vérité : il n'y a pas un seul mauvais cœur parmi nous. Nous avons eu des vies difficiles, avec chacun sa part de déceptions et de chagrins. Voilà pourquoi nous nous sommes rassemblés ici pour commencer une nouvelle existence dénuée de soucis. Nous faisons des bêtises et nous jouons des tours pendables, mais nos singeries ne sont que des plaisanteries. Les pi-rats de l'East River ne sont qu'une bande inoffensive de vagabonds gais et honnêtes. Donc, oui, souriceau, tu peux avoir ton embarcation. Et j'espère qu'elle vous emmènera en sécurité vers le port que vous considérez comme le vôtre, quel qu'il soit.

— Que c'est émouvant, dit Esperanza en reniflant.

— Oui, approuva Pup. Dommage qu'il ne m'ait pas tenu ce discours *avant* que je l'écrase sous un hérisson !

Le rat à la jambe de bois choisit la bouée de sauvetage la moins mal en point, et sous la direction de Wallabout, deux autres la transportèrent jusqu'à la poupe du ferry, où ils la posèrent sur une plate-forme au ras de la surface, qui frôlait l'eau bouillonnante. Un autre pi-rat s'approcha et tendit à Esperanza un sachet en aluminium brillant sur lequel étaient imprimées des lettres colorées, et leur lança un « arrgghh » en guise d'adieu.

Esperanza lut les mots imprimés sur le sachet :

— *Pop-corn caramélisé.*

— Ah, s'exclama Wallabout, un petit cadeau venu du distributeur. Ils ont dû le piquer à un humain après l'avoir effrayé.

— Qu'est-ce que c'est ? demanda Pup.

— De la nourriture pour votre voyage. Un geste plein d'attention. Décidément, ces pi-rats ne sont pas les affreux bandits pour lesquels je les prenais.

Pup était tout à fait d'accord avec le capitaine, mais à ce moment précis, il avait du mal à se concentrer sur autre chose que sur l'idée qu'il allait devoir grimper sur cet objet flottant en équilibre au bord du ferry.

— Il faut vraiment que nous naviguions là-dessus ?

— C'est le seul moyen de vous rendre rapidement là où vous désirez aller. Sauf si vous êtes doués pour le dos crawlé.

— Ce sera amusant ! s'écria Esperanza en tendant son petit visage souriant à l'écume qui jaillissait du fleuve. Une aventure !

— Montez dessus, tous les deux, ordonna Wallabout, et je vous pousserai. Au début, ce sera assez agité : accrochez-vous jusqu'à ce que vous ne soyez plus dans le sillage du bateau. Ensuite, vous devriez flotter tranquillement jusque dans les environs du port de South Street. Faites juste attention aux mouettes.

— Qu'est-ce qu'une mouette ? demanda Pup.

Wallabout ne développa pas sa pensée. Il se contenta d'arracher un autre piquant de son dos et de le tendre à Pup :

— Tenez : vous en aurez peut-être besoin. Les mouettes préfèrent généralement les poissons aux souris, mais on ne sait jamais.

Cela ne rassura pas beaucoup Pup, mais il prit le piquant, puis fit un salut militaire au hérisson :

— Merci, capitaine. Merci pour tout.

Ensuite, Esperanza et lui grimpèrent sur le cercle en mousse et s'agrippèrent de leur mieux.

— Bonne chance, camarades ! cria Wallabout en poussant l'embarcation.

La bouée glissa sur l'eau avec un grand *splash !* et se mit à rebondir, à sauter, à tournoyer dans le profond sillage du ferry. Pup se tenait si fort à la mousse que ses griffes s'enfonçaient dedans.

— Yahouuuu ! cria Esperanza, dont les moustaches s'agitaient dans le vent.

Après quelques minutes de turbulences, cependant, la bouée échappa aux vagues bouillonnantes qui suivaient le bateau et dériva vers une eau plus calme.

— C'est fantastique ! dit Esperanza, qui tenait toujours le sac de pop-corn deux fois plus grand qu'elle.

Pup dut admettre que voguer sur l'eau avait à la fois quelque chose d'excitant et de reposant. Il enviait presque les pi-rats qui passaient leurs journées en croisière, avec rien d'autre à faire que s'amuser et effrayer des humains pour leur chiper du popcorn. Avec une pointe de regret, il regarda le ferry disparaître, en profitant de la sensation agréable causée par la navigation sur le fleuve.

Mais ce répit ne dura pas longtemps. À présent que le ferry n'était plus dans les parages, il n'y avait presque plus de courant. Même s'ils continuaient à monter et descendre doucement au gré des vagues, ils n'avançaient plus beaucoup. Esperanza le remarqua en même temps que lui :

— On ne va nulle part.

— Je m'en suis rendu compte, admit Pup, inquiet.

Mais ce n'était pas la seule chose qu'il avait remarquée. Ayant détecté un mouvement du coin de l'œil, il se retourna. Il vit alors un autre bateau ; celui-là avait la forme d'un sourire, avec deux hauts triangles au-dessus, et il fonçait à travers le fleuve...

... droit sur eux.

— Il faut qu'on s'éloigne de ce truc ! cria Pup en plongeant les pattes dans l'eau et en les agitant frénétiquement.

Il espérait pousser l'eau derrière eux, et donc propulser l'embarcation vers Manhattan. Mais le fleuve était immense, et ses mains avaient la taille de graines de tournesol. Il continua à pagayer et à éclabousser, mais comprit vite que ses efforts seraient vains.

Pendant ce temps, Esperanza méditait en contemplant le bateau qui se rapprochait de minute en minute.

— La forge de Fulton, dit-elle enfin.

— Pardon ?

— Dans la forge d'Atlantia, le feu faisait quelque chose à la tente. Elle remuait. Elle se gonflait. Brighton m'a expliqué que c'était dû à l'air chaud qui est plus léger que l'air froid, mais on aurait dit qu'il y avait du vent.

Pup se redressa et secoua les mains pour les égoutter.

— Et alors ?

— Et alors, ici, *il y a* du vent. Et ce bateau s'en sert pour avancer, regarde. Le vent souffle sur ces espèces de draps triangulaires, qui se gonflent. Le bateau voyage dans la même direction que le vent. C'est lui qui le pousse.

Pup comprit aussitôt la justesse de l'observation.

— Vite, il faut faire pareil !

Il regarda autour de lui, mais sur la surface écaillée de la bouée de sauvetage, il n'y avait rien qui soit susceptible de leur servir de voile. Ils n'avaient que le piquant que Wallabout avait sacrifié afin qu'ils puissent se défendre contre les mouettes – des êtres dont il ignorait toujours la nature.

— J'ai une idée ! cria Esperanza.

Quand Pup la vit porter les mains à sa taille, ses yeux s'allumèrent.

— Oui ! Génial !

Esperanza se hâta de dénouer le patchwork, tandis que Pup mettait sa main en visière contre le soleil étincelant pour mieux examiner le bateau. Les triangles de tissu semblaient être fixés à un grand poteau.

— Ici ! dit-il en enfonçant la partie pointue du piquant dans la mousse de la bouée.

Il n'eut pas besoin d'expliquer à Esperanza ce qu'elle devait faire : elle était déjà occupée à attacher la couverture au piquant, en haut et en bas, en laissant un peu de jeu pour qu'elle puisse se gonfler.

— Allez, vent ! ordonna-t-elle, ravie. Au travail !

Et en effet, la brise s'engouffra dans la demi-couverture qui s'agita, claqua, se tendit, et poussa Pup et Esperanza hors de la trajectoire du voilier en train de s'approcher.

À travers les eaux calmes et bleues de l'East River.

Vers Manhattan.

CHAPITRE VINGT-QUATRE

Devon a trouvé le moyen de faire quelque chose de tellement magique que même le grand La Rocha lui-même n'aurait pas pu l'envisager : ce traître a réussi à recréer l'illusion de la lumière du jour dans les tunnels.

Je n'ai jamais vu la lumière du jour, bien entendu. Mais les rayons qui émanent des étranges plaques recourbées au-dessus de nos têtes remplissent l'endroit d'un éclat doré, et je suis sûre que la véritable lumière du soleil ne peut pas être plus belle.

Quel dommage que je sois vouée à découvrir une telle splendeur avec mes bras et jambes liés et mon dos collé contre les briques rugueuses du mur de la station.

Devon nous a attachés, les quatre héritiers impé-riaux et moi, sous le regard réprobateur de deux sou-ris qui nous attendaient ici. Ses sœurs, Céleste et Hazel. Elles sont dodues, avec un visage doux et un pelage marron foncé semblable à celui de Devon. Une couleur différente de celle des Mūs. Il m'apparaît désormais évident que Devon ne faisait que prétendre être membre de la tribu. Cela faisait partie de son plan sinistre.

Cependant, d'après la manière dont Devon et ses sœurs se disputent, je découvre qu'elles n'étaient ni l'une ni l'autre au courant de l'infamie qu'il projetait. Je crois comprendre qu'elles vivent dans ce lieu somptueux depuis assez longtemps. En tout cas, elles ont l'air aussi surprises de nous voir que nous le sommes nous-mêmes.

— C'est de la folie, Devon, dit Céleste. Te faire passer pour un Mūs ? Tuer un général ? Voilà donc ce que tu faisais pendant tout ce temps passé loin de nous, tandis que nous cherchions de quoi nous nourrir et que nous devions supporter les allées et venues de ces monstres de métal !

Hazel partage la colère de sa sœur :

— Enlèvement ? Torture ? Vengeance ? Tu as perdu la raison ! À quoi est-ce que ça servira, dis ? Cela ne fera revenir ni papa, ni Yahnis !

— Je sais, réplique Devon, d'une voix froide et cassante. Mais vous ne vous rappelez pas ce qui s'est passé au terrain de chasse ? Vous ne vous rappelez pas ce qui est arrivé à Yahnis ? Nous aurions pu le sauver, si nous avions eu une paire de bras en plus. Les siens ! Je veux voir Firren souffrir comme Yahnis a souffert. (Il colle presque son nez à celui de Hazel et crache ces derniers mots à travers ses dents serrées.) Je n'espère pas que ça serve à quelque chose. Je veux que la coupable reçoive son châtiment !

— Je refuse de participer, déclare Céleste en croisant les bras. Ne compte pas sur moi.

— Ni sur moi, dit Hazel, en s'approchant de sa sœur pour former avec elle un front uni.

Devon les foudroie du regard, puis il pousse un rugissement de rage et de haine. On l'entend dans toute la station : le cri de sa frustration résonne sur le carrelage luisant des murs et sur les vitres des superbes verrières au-dessus de nous.

— Comment mes propres sœurs peuvent-elles me trahir ainsi ? hurle-t-il. Comment pouvez-vous être aussi faibles ? Regardez autour de vous ! (Il ouvre grands les bras pour désigner la beauté indéniable de City Hall.) Notre père voulait s'installer ici, pas seulement pour notre propre confort, mais pour celui de tous les rongeurs. Sa ville aurait à coup sûr dépassé Atlantia en splendeur, et elle n'aurait pas été fondée sur les mensonges et les crimes. Le mal n'aurait pas régné, ici !

Hazel tend doucement la main pour la poser sur le bras de Devon.

— Et qu'en est-il à présent, mon frère ? Lorsque des mots comme « châtiment » et « souffrir » résonnent sur les murs ?

Devon lui répond par un regard glacial. Céleste lève le menton d'un geste de défi.

— Je ne te laisserai pas faire ça, Devon.

— Et comment comptes-tu m'arrêter ?

— En montant sur le premier monstre de métal qui passera par ici afin d'aller avertir Firren.

— Pauvres petits, ajoute Hazel. Ils sont innocents. Ils n'étaient même pas nés à l'époque du terrain de chasse !

Elle s'approche des ratons et de moi, en tendant des mains tremblantes, dans l'intention visible de nous détacher. En récompense, elle reçoit un terrible coup à l'arrière du crâne, asséné par le pommeau de l'épée de son frère. Le cri qui monte dans ma gorge meurt avant de franchir mes lèvres, car assister à cet événement me fait brusquement revenir une scène en mémoire, dans un éclair encore plus vif que la fausse lumière du jour qui vient du plafond :

Ma capuche abaissée... Son expression surprise... il saisit son épée... la lourde poignée s'abaisse vers ma tête... le pommeau de métal trouve sa cible...

À mon souvenir se mêle l'image de Hazel qui est projetée en avant et atterrit avec un horrible bruit sourd à quelques centimètres de moi, sur la dure surface du quai.

Céleste pousse un cri.

— Comment oses-tu ?

Elle fait mine de foncer sur son frère, mais il lui fait face, épée brandie.

— Si j'étais toi, je n'essaierais pas, l'avertit-il avec un sourire sinistre.

Avec un grognement d'impuissance, Céleste change de direction et se précipite vers sa sœur.

— Moi, je ne te ferais jamais une chose pareille, déclare Raz à Brighton, qui est attachée près de lui. (Il

*la regarde dans les yeux avec insistance.) Il faut avoir
besoin de* lunettes *pour ne pas voir à quel point c'est
monstrueux d'attaquer sa propre sœur.*

*Derrière ses lunettes aux verres cassés, Brighton
cligne des yeux, puis hoche la tête.*

Raz se tourne vers les autres.

— *Je ne ferais de mal à aucun d'entre vous !*
promet-il. *Je ne prendrais jamais le risque de* couper
les liens *familiaux de cette manière.*

*Face à ses protestations, je vois Fiske et Go-go
échanger un regard, puis acquiescer à leur tour.*

*Pendant ce temps, Céleste appelle sa sœur, qui ne
répond pas. Je crains que le coup n'ait été fatal.
Céleste pense la même chose. Elle lève la tête et jette
un regard de haine pure à son frère :*

— *Tu veux venger l'un des membres de ta famille,
mais ça ne te dérange pas d'en tuer un autre ?*

— *Elle est sans doute juste assommée, diagnostique-
t-il froidement.*

*Céleste pose son oreille contre la poitrine de Huzel,
mais Devon pointe son épée contre elle, puis nous
désigne :*

— *Tu peux rejoindre les ratons, ordonne-t-il.*

*Céleste a la sagesse de faire ce qu'il lui demande : elle
vient s'asseoir sur le sol à côté de moi. En un instant,
Devon entoure ses bras et ses jambes de cordes.*

*Il est si occupé à faire des nœuds solides qu'il
n'entend pas ce que j'entends. Un petit tapotement,
très doux ; c'est le fantôme d'un son plus qu'un son*

véritable. Un bruit de pattes – de nombreuses pattes – qui avancent quelque part au-dessus de ma tête. Mais juste au moment où je cherche à voir d'où il vient, le bruit cesse, et je me demande si je n'ai pas rêvé.

Devon se tourne vers moi et plante ses yeux noirs dans les miens.

— Alors, jolie servante, à ton avis, que dirait votre fameux La Rocha de tout ceci ?

Avant que je puisse répondre, Fiske s'en charge :

— La Rocha dirait qu'il n'existe aucun refuge pour les mauvaises gens, et que tôt ou tard, leurs méfaits sont découverts.

— Dans ce cas, j'espère que ce sera tard, ricane Devon. Quand je me serai vengé de Firren.

Brusquement, Brighton se met à pleurer, et laisse tomber sa tête sur sa poitrine dans un geste de désespoir. Ce mouvement fait glisser ses lunettes sur ses genoux. Étrangement, elle ne semble pas s'en soucier. En fait, on dirait presque qu'elle les a fait tomber exprès.

— Au secours ! crie soudain Fiske. Regardez, il y a un horrible chat qui descend ces marches !

Alarmé, Devon se tourne dans la direction du grand escalier, arme levée. Céleste et moi nous raidissons dans l'attente de l'attaque du félin, jusqu'à ce que nous nous rendions compte qu'il n'y a rien. Fiske éclate de rire :

— Ah, ah ! C'était une blague !

Je me tourne pour lui jeter un regard noir – inutile de faire enrager ce fou plus qu'il ne l'est déjà – juste à

temps pour remarquer le bout de la queue rose de Brighton qui remue derrière le dos de Raz... et aussi pour constater que les lunettes ne sont plus sur ses genoux. Juste après, il y a un petit crissement, comme un bruit de verre brisé.

Et voilà que je sens Raz qui remue, tout doucement. Si nos épaules ne se touchaient pas, je ne me rendrais même pas compte qu'il bouge. Je n'ai aucune idée de ce que le prince est en train de mijoter, mais je comprends que je dois attirer l'attention de Devon sur autre chose, pour qu'il ne remarque pas ce que fait Verrazano. Car il est évident que ces malins ratons ont une idée derrière la tête.

— Tu ne peux pas espérer occuper cet endroit très longtemps, dis-je à Devon. Il est bien trop beau. Les humains vont sûrement recommencer à l'utiliser.

— Les humains sont des idiots. Les choses belles ou précieuses ne les amusent pas longtemps : ils passent vite à d'autres choses qu'ils trouvent plus belles ou plus précieuses encore. Cela fait presque trois quarts de siècle que cette station est abandonnée.

— Comment le sais-tu ?

— C'est mon père qui me l'a dit. Il le tenait de son père, qui le tenait de son propre père. Notre clan habitait dans la cave d'un magnifique bâtiment appelé City Hall[1], juste en haut de cet escalier. New York, la ville la plus importante du monde, était gouvernée

---

1. Hôtel de ville. (Note de la traductrice.)

entièrement depuis ce bâtiment. Mon père comprenait la politique. Il écoutait les projets et les ambitions des hommes et des femmes qui arpentaient ces couloirs sacrés, et c'est ainsi que son rêve est né. Il voulait créer lui aussi une ville puissante et grandiose.

— Comme Atlantia, hasarde Go-go.

— Mieux qu'Atlantia ! Plus grosse, plus sûre, et ouverte à tous les rongeurs, tous ceux qui auraient pu souhaiter y vivre. À l'époque, nous étions encore petits, Céleste, Hazel, Yahnis et moi. Notre mère, qui venait d'un jardin public de Brooklyn appelé Marine Park, a été la proie d'un piège à souris préparé par les gardiens du bâtiment, qui détestaient les rongeurs. Nous étions encore en deuil quand notre père nous a fait quitter City Hall pour nous enfoncer dans les tunnels. Un rongeur venu des souterrains lui avait parlé d'une civilisation prospère, gouvernée par un rat nommé Titus. Mon père avait l'intention d'aller voir cet empereur Titus et de lui demander sa collaboration pour coloniser ce territoire superbe, somptueux, et oublié depuis longtemps.

Il dessine un grand arc de cercle avec son épée pour désigner la station du sol au plafond. Mes yeux suivent machinalement la trajectoire de la lame, et quand ma tête se lève pour regarder le plafond voûté et richement décoré, je manque de pousser un cri de surprise. Car je ne vois pas uniquement les plaques qui émettent de la lumière, suspendues là-haut.

Je baisse les yeux, puis, pour être certaine que je n'ai pas été victime d'une hallucination, je les lève encore une fois.

Et huit yeux perçants me rendent mon regard.

CHAPITRE VINGT-CINQ

« Superbe et somptueux », en effet !

Perché sur la plate-forme à l'arrière du métro numéro 6, Hopper contemplait avec ébahissement l'architecture spectaculaire de la station City Hall.

— Regardez-moi ça ! s'exclama Zucker. C'est encore plus beau que le palais de mon père !

Hopper ne pouvait que l'approuver. En fait, la description de City Hall faite par Devon et rapportée par Wyona péchait plutôt par sa modération. La station dans laquelle ils étaient en train de pénétrer dépassait le « superbe » et devenait de plus en plus « somptueuse » au fur et à mesure qu'ils la découvraient.

Mais quand le train ralentit pour s'engager dans la courbe, Hopper sortit de sa sidération. Il crut entendre des voix, mais elles étaient faibles et étouffées par le grondement du monstre de métal qui avançait lentement.

— C'est le moment, annonça-t-il en se préparant à sauter.

— Oh non, soupira Zucker. Je déteste ça.

— Rentre tes bras et tes jambes et roule sur le sol, lui conseilla Hopper.

— Oui, oui, gamin. Je sais.

Zucker prit la main de Firren et se lança. Hopper sauta dans le vide derrière eux. Tous trois atterrirent rudement sur la dalle de ciment du quai, et glissèrent et roulèrent jusqu'à ce qu'ils heurtent le mur.

— Je vous ai dit que je détestais ça ? grogna Zucker en se relevant et en époussetant sa tunique violette.

Firren était déjà debout, épée tirée, et avançait sur la pointe des pieds en direction du bout du quai. Quand Hopper et Zucker la suivirent, elle leva la main pour leur recommander de garder le silence. Ils se pressèrent contre le mur et écoutèrent. Une voix parvenait jusqu'à eux, une voix qui vociférait avec passion, grondante, amplifiée par l'écho de la station vide.

C'était Devon qui pérorait comme un dément.

En avançant tout doucement le long de la courbe du mur, Hopper vit que le traître allait et venait sur le quai, épée à la main. Il déclamait son discours comme un grand orateur en conférence face à un public conquis.

Hopper s'aperçut alors que le public consistait en Marcy et les héritiers impériaux, et que ceux-ci étaient bel et bien conquis – au sens de « vaincus » : ils étaient ligotés par de longues ficelles qui paralysaient leurs mouvements. Il dut attraper

Zucker par sa tunique pour l'empêcher de foncer sur le criminel.

— Attends ! lui murmura Hopper en désignant Firren.

Toujours enveloppée dans la cape en feutre bleu de La Rocha, la rate se tenait juste devant eux et dessinait des petits cercles dans l'air avec son épée, preuve manifeste qu'elle se préparait à attaquer.

La voix de Devon explosa dans l'espace caverneux.

— Titus était ambitieux et cruel. Ce rat hypocrite et vaniteux a fait semblant de s'intéresser à l'idée de mon père, qui rêvait de bâtir une seconde métropole ici même, une jumelle d'Atlantia. Lorsque Titus a prétendu avoir déjà rencontré un certain succès en établissant des colonies un peu partout dans les tunnels, et qu'il a proposé à mon père de visiter le camp où les futurs colons étaient généreusement abrités et nourris en attendant de se lancer dans leur nouvelle vie, naturellement, mon père a accepté. Mais ensuite... (La voix de la souris se brisa, et elle fit un faux pas.) Ensuite...

— Ensuite, tu as découvert la vérité ?

La voix calme et chantante de Firren remplit la station et fit sursauter Devon, qui se retourna brusquement pour lui faire face, les yeux enflammés, les muscles tendus. Quand il découvrit qui avait parlé, il bondit vers les otages et posa la pointe de son épée juste entre les yeux de Brighton. La petite rate lâcha un sanglot étranglé.

Mais Firren demeura impassible. Ses yeux restèrent posés sur le kidnappeur de sa fille, et son épée continua à tournoyer, remuant l'air et faisant briller des grains de poussière dans les rayons de lumière.

— Tu as découvert la vérité, répéta Firren. Tu as constaté qu'aucune colonie n'attendait les rongeurs : seulement une mort certaine. C'est ça ?

— C'est ça, siffla Devon. Mais pas pour tout le monde.

— Non, confirma Firren en secouant la tête. Pas pour tout le monde. Nous avons survécu, toi et moi. Et tes sœurs.

Le regard de Devon se posa furtivement sur l'un de ses prisonniers, que Hopper ne reconnut pas. Mais Firren reconnut la souris attachée et la salua, toujours calme :

— Bonjour, Céleste.

Au grand étonnement de Hopper, elle parlait sur le ton de quelqu'un qui revoit une vieille amie.

— Bonjour, Majesté, répondit la dénommée Céleste.

— Ne l'appelle pas comme ça ! rugit Devon. Cette lâche, cette égoïste n'a rien de majestueux !

— Eh ! cria Zucker en avançant, épée tirée et crocs découverts. C'est de mon épouse que tu parles !

Puis Zucker se tourna vers ses petits et s'efforça de prendre une voix légère, même si Hopper détectait la fureur et l'angoisse dans ses yeux.

— Tout le monde va bien ?

— Tout le monde va bien, papa, répondit Raz. En dehors du fait que Brighton a perdu ses *lunettes*. Et Fiske... tu le connais. Même dans une situation pareille, il n'arrête pas de me *couper* la parole, et de répéter toujours les mêmes blagues, usées jusqu'à la *corde*.

Hopper fut ahuri de voir les coins de la bouche de Zucker se soulever. Comment pouvait-il sourire dans de telles circonstances ?

— Et Go-go est très insolente, continua Raz. Elle prend vraiment trop de *libertés* avec moi.

Brusquement, Hopper se prit à sourire, lui aussi. Il avait compris que Verrazano n'était pas juste en train de se plaindre de ses frères et sœurs. Il était en train de transmettre un message à son père. Un message codé !

— Même si je regrette de devoir interrompre une conversation entre père et fils si sympathique, intervint Devon, je vais devoir vous ordonner de vous *taire* !

Il ôta son épée du visage de Brighton, uniquement pour l'approcher de Go-go et tenir la lame juste au-dessus de son cœur. Go-go déglutit et ses moustaches tremblèrent, mais elle ne bougea pas.

Devon tourna à nouveau son regard vers Firren.

— Ta famille sait-elle ce que tu as fait à mon petit frère ? Pourquoi ne pas le leur dire, *Majesté* ? Vas-y. Explique à tes rejetons qu'avant d'être impératrice, avant même d'être une guerrière rebelle en rayures rouges et bleues, tu étais... un monstre !

Firren détourna le regard, et le cri de Devon résonna à travers la station :

— Dis-leur, Firren ! Raconte ce que tu as fait à Yahnis !

Firren prit une longue inspiration, et son expression s'assombrit encore. À la grande surprise de Hopper, elle baissa son épée.

— Nous étions dans le terrain de chasse, commença-t-elle d'une voix lointaine. Mes parents et moi. Mon père et ma mère s'étaient cachés avec moi dans la tasse argentée, mais quand le père de Devon, Fiorello, est arrivé avec ses quatre petits, ils ont immédiatement cédé leur place aux souriceaux.

— Visiblement, la gentillesse n'est pas une qualité héréditaire, commenta Devon.

— Je ne comprenais pas ce qui se passait, continua Firren, mais je savais que quelque chose de terrible était sur le point d'arriver. Je sentais l'odeur de la peur. Le terrain de chasse en était imprégné. Pour me changer les idées, j'ai essayé d'engager la conversation avec ces quatre souriceaux qui venaient de se blottir dans la tasse à côté de moi. J'espérais devenir leur amie.

Devon souffla avec mépris. Firren l'ignora et poursuivit :

— Je me suis présentée. Les trois premiers m'ont dit qu'ils s'appelaient Céleste, Hazel et Devon.

Yahnis était le dernier. (Elle fit une pause et eut un sourire triste.) Il était si petit. Si mignon.

— Comme Esperanza ? demanda Raz, captivé par le récit de sa mère.

— Tout à fait. Comme notre Esperanza. Je lui ai demandé son nom.

— Et que t'a répondu Yahnis ? l'encouragea Devon. Dis-le-leur. Dis-leur exactement ce qu'il a répondu.

Firren soupira.

— Il m'a dit « Je m'a... m'a... m'appelle... Yah... Yah... Yah... »

— Pardon ? dit Go-go. Maman, je ne comprends pas.

— Yahnis souffrait de bégaiements, expliqua sèchement Devon. Mon petit frère avait un problème d'élocution.

Firren hocha la tête.

— Il était encore en train d'essayer de me dire son nom quand les portes se sont ouvertes brusquement. C'est alors qu'il a enfin réussi à prononcer « Yah... Yah... Yahnis », juste au moment où les premiers chats entraient dans le terrain de chasse.

— C'était épouvantable, se remémora Céleste, accablée. Les couinements et les miaulements. Les griffes, les queues, les moustaches...

— Et le sang, lui rappela Devon. N'oublie pas le sang.

— Il y avait du sang partout, confirma Firren. Mais tant que nous restions serrés l'un contre l'autre dans cette tasse argentée, nous étions en sécurité. Hélas, soudain...

Elle s'arrêta, comme si la suite était trop horrible pour être relatée à voix haute.

— Soudain... répéta Devon. Allez, raconte !

— Un chat écaille de tortue a fouetté la tasse avec sa queue, et Yahnis... est tombé à l'extérieur.

À cette révélation, Fiske poussa un cri d'horreur, Brighton un hoquet horrifié, et les larmes montèrent aux yeux de Go-go.

— Oui, il est tombé, confirma Devon. Mon petit frère a glissé de la tasse et a roulé dans la poussière. Il nous a aussitôt appelés à l'aide. « Au... au... au sec... secours ! a-t-il crié. Au... au... au sec... secours ! » Mes sœurs et moi avons essayé de le récupérer, bien sûr. Nous avons eu l'idée de faire une chaîne pour le tirer à l'intérieur. C'était une bonne idée. Céleste a saisi les jambes de Hazel, et Hazel a attrapé les miennes pendant que je me penchais hors de la tasse. J'ai tendu les bras... Oh, je les ai tendus tant et plus... Mais nous étions si petits, et l'ouverture de la tasse était un peu trop haute. Je me suis penché aussi loin que possible, mais je n'ai pas réussi à l'atteindre. J'étais à une longueur de bras de lui. (Il se tourna pour lancer un regard haineux à Firren.) C'était tout ce dont nous avions besoin pour sauver notre petit frère. Une paire de bras en plus. Un autre rongeur au bout de la chaîne.

— Maman ! s'écria Verrazano. Tu n'as pas...

— Tu as refusé de les aider ? chuchota Go-go, incrédule.

— Je n'ai pas refusé. Mais je ne les ai pas aidés, c'est vrai. J'étais tétanisée. Littéralement... tétanisée. Je n'arrivais pas à bouger. J'aurais voulu, pourtant. J'aurais voulu sauver Yahnis, mais les bruits de la bataille – les miaulements, les hurlements, les os brisés, les rongeurs projetés contre les murs –, ces bruits étaient tout autour de moi, juste à côté de la tasse, et j'étais paniquée. Je n'ai pas bougé.

— Tu étais une poltronne ! hurla Devon. Une misérable lâche, une égoïste !

— Une enfant, corrigea calmement Firren. C'est ce que j'étais, Devon. Une enfant, comme toi. Comme Yahnis. J'étais toute petite. Et j'avais peur.

— C'est ça, ton excuse ? Ton jeune âge ?

— Ce n'est pas une excuse. C'est un fait. Un fait tragique.

Devon ôta son épée de l'endroit où il la tenait, juste au-dessus du cœur de Go-go, puis il lui fit décrire un arc de cercle pour désigner encore une fois la beauté de la station.

— Yahnis aurait été prince. Ici, dans ce merveilleux endroit abandonné par les humains. Mes sœurs, lui et moi aurions été des héritiers royaux, comme tes petits. Mon père aurait bâti une société florissante, s'il avait vécu. Mais Titus nous a tout ôté. Tout comme toi tu nous as ôté Yahnis.

— Je suis désolée.

— Tu es *désolée* ? Dis-moi, Firren, penses-tu parfois à mon frère ? Avant aujourd'hui, lui as-tu jamais accordé une seconde de ton temps ?

Le chuchotement rauque de Firren fit dresser les poils sur la tête de Hopper :

— Tous. Les. Jours.

— Pff... fit Devon en balayant cette affirmation d'un revers de main, sarcastique. Et quand, exactement, au milieu de ton emploi du temps d'impératrice, as-tu l'occasion de penser à un pauvre souriceau innocent mort parce que tu n'as pas voulu le sauver ? Quand tu grignotes des confiseries à la table du petit-déjeuner, peut-être, ou quand tu assistes à une pièce donnée dans le luxueux théâtre du palais ? Ou alors quand on te fait une manucure, ou quand tu te pavanes avec les bijoux de la couronne ?

— Je ne perds pas mon temps avec des bijoux ou des manucures, dit Firren. La seule chose qui m'intéresse, c'est de gouverner les citoyens qui me font confiance de manière à ce qu'ils soient en sécurité et heureux.

— Et tu t'imagines que je vais croire que tu te rappelles un souriceau que tu as connu quelques minutes à peine ?

— Oui, Devon. Parce que de tous les moments de ma vie, c'est celui-là qui me hante le plus. Voilà pourquoi je porte ceci.

Elle rejeta le vêtement bleu de La Rocha pour montrer sa cape argentée au-dessous, celle avec laquelle elle avait enveloppé Hopper endormi pour le réchauffer, tant de temps auparavant.

— Vois-tu, j'ai choisi cette couleur pour une bonne raison. Je l'ai choisie parce que c'est celle de la tasse. Même si je n'ai pas besoin de quoi que ce soit pour me souvenir de ce qui s'est passé. C'est plus le symbole d'un serment que je me suis fait : je me suis juré que cette histoire tragique ne se reproduirait jamais. Voilà pourquoi je ne refuserai jamais d'aider un rongeur qui me demande mon aide, jusqu'à la fin de ma vie. C'est tout ce que je peux offrir à la mémoire de ton petit frère.

Devon secoua la tête.

— Je ne te crois pas.

— Vraiment ? Connais-tu le cri par lequel je rassemblais mes rebelles à l'heure de combattre ? J'ai un cri de guerre très reconnaissable, tu sais. Peut-être l'as-tu déjà entendu résonner dans les tunnels.

Firren se retourna vers ses petits qui l'écoutaient, les yeux ronds.

— Comment est-ce que maman appelle les Rangers pendant la bataille ? les interrogea-t-elle. Dites-le-lui.

Obéissantes, quatre voix crièrent ensemble, en chœur, avec un cri qui résonna dans toute la station :

— Yah, yah, yah ! Yah, yah, yah !

En entendant le cri, Hopper sentit son cœur battre plus vite. Et brusquement, il comprit.

— Yah, yah, yah, dit-il doucement. Pour Yahnis.

— Pour Yahnis, répéta Firren. Yah... Yah... Yah... Le nom que je n'oublierai jamais. La victime à qui je ne cesserai jamais de demander pardon, du fond du cœur, et à qui je ne cesserai jamais de payer un tribut... de la seule manière possible. « Yah, yah, yah ! » est et sera toujours en l'honneur de Yahnis, mon ami disparu.

CHAPITRE VINGT-SIX

Pas un seul bruit ne s'élève dans la station. Devon médite sur ce qu'il vient d'entendre. Contre le mur, à côté de moi, Céleste pleure doucement, en silence.

Je pose les yeux sur Devon et me demande ce qu'il va faire, maintenant. Pendant un moment, personne ne bouge ; personne n'ose même respirer.

Et puis il prononce une phrase que je l'ai déjà entendu dire :

— Je n'ai jamais attaché beaucoup de prix aux excuses.

Le bruit qu'il fait ensuite ne ressemble à aucun de ceux que j'ai entendus jusqu'ici ; c'est un cri, mais pas seulement un cri... c'est un chagrin mêlé à de la rage, qui semble remonter des profondeurs de l'âme blessée de Devon. Il bondit sur Firren, l'épée levée. Malgré son émotion, il ne rate pas son coup : l'arme trouve sa cible. La pointe mortelle transperce Firren, entame sa fourrure et sa chair juste au-dessous de son épaule.

Elle pousse un cri et chancelle, mais avant même qu'elle ne s'effondre sur le sol, les héritiers impériaux sautent sur leurs pieds. Leurs liens ont été coupés par les tessons tranchants des lunettes de Brighton. Ils sont libres ! Tous les quatre ensemble, comme un seul rat, ils chargent le monstre qui a poignardé leur mère.

Devon est pris par surprise, à tel point qu'il manque de lâcher son arme. Les ratons l'attaquent de leurs poings, leurs pieds, leurs dents. Toujours ligotées, Céleste et moi ne pouvons que regarder la scène avec effroi. Hopper et Zucker se sont précipités à côté de l'impératrice ; Zucker a découpé un morceau du feutre bleu et l'utilise pour essayer d'arrêter l'hémorragie. Hopper a ôté sa propre tunique et l'a roulée en boule pour la glisser sous la tête de Firren, comme un oreiller.

— Assez, sales mômes ! crie Devon.

Se ressaisissant, il lève son arme et l'abaisse, une fois, deux fois. Raz esquive la lame, mais celle-ci effleure le museau de Fiske, qui pousse un cri. Devon porte un nouveau coup. Cette fois, c'est la poignée qui s'abat sur la tête de Brighton. Elle gémit et se presse le front.

Et voilà Devon qui saisit Go-go par le col de sa robe en coton et la tire avec lui hors de la mêlée. Il fait alors pivoter son épée de manière à la poser contre le cou de la jeune rate.

Les autres cessent immédiatement de bouger. Ils savent qu'il n'hésitera pas à lui trancher la gorge s'ils font mine ne serait-ce que de cracher dans sa direction. Lentement, Devon recule vers le large escalier qui conduit, je le présume, vers le Monde Éclairé.

— Que personne ne me suive ! avertit-il. Ne bougez pas, si vous tenez à elle !

Et bien sûr, personne n'ose désobéir.

CHAPITRE VINGT-SEPT

Il lui avait fallu un certain temps et beaucoup d'énergie, mais Pup avait enfin réussi à ouvrir un trou sur le bord de l'un des blocs de ciment qui entourait les verrières de la station de City Hall.

Esperanza et lui avaient couru pendant ce qui leur avait semblé des kilomètres, depuis la rive où leur bouée de sauvetage les avait déposés. Là-bas, ils avaient rencontré une créature gris et blanc, avec un bec et des plumes. Et un appétit vorace.

— Vous n'êtes pas des poissons, avait dit l'animal.

— Non, avait confirmé Esperanza. Nous sommes des souris. Et toi ?

— Je suis une mouette.

C'était ce que craignait Pup. L'oiseau était énorme, avec des yeux perçants et un bec pointu. Pendant un instant, Pup avait été convaincu que leur voyage allait connaître une fin abrupte et désagréable.

Mais quand la mouette avait vu le sachet que portait Esperanza, Pup avait découvert que, s'ils avaient le choix du menu, ces oiseaux préféraient non seulement les poissons, mais aussi le pop-corn aux souris.

Après avoir convaincu Esperanza, qui était elle-même affamée, de sacrifier son trésor, Pup avait donc proposé un échange : leurs friandises contre la vie sauve et des indications sur la manière de rejoindre le parc de City Hall.

— Prenez cette rue jusqu'à ce que vous voyiez du vert, avait dit la mouette en désignant l'ouest de sa tête étroite.

Pup et Esperanza avaient suivi son conseil.

Ils avaient couru, couru, et encore couru, jusqu'à ce que leurs pattes douloureuses foulent le sol herbeux du parc. Puis ils avaient sillonné le terrain jusqu'à ce qu'ils trouvent les épaisses vitres enchâssées dans du ciment qui, d'après les documents qu'Esperanza avait étudiés au Transit Museum, constituaient les verrières du plafond de la station.

Pup s'était attaqué au coin de l'une d'elles afin d'ouvrir un interstice assez large pour qu'ils s'y glissent tous les deux. Quand il y était parvenu, ils s'étaient tenus par la main, avaient pris une profonde inspiration...

... et ils avaient sauté !

Juste avant de toucher le sol, Pup s'enveloppa autour d'Esperanza, pour lui épargner le choc brutal contre le dur sol en ciment.

La douleur le parcourut de la tête aux pieds. Sur le moment, il fut certain de s'être brisé au moins une côte, et amoché le bras droit. Mais Esperanza n'avait rien. Il l'avait protégée, ainsi qu'il se l'était promis depuis le début.

Il leur fallut quelques secondes à tous les deux pour se remettre de leur rude atterrissage. Dès qu'Esperanza reprit ses forces, elle prit Pup par le bras et le tira dans un coin de l'entresol de la station de City Hall. Devant eux, un escalier large mais court descendait vers le quai, où une scène terrible était en train de se jouer.

Ils se renfoncèrent dans l'ombre, contre la base du plafond voûté en brique, et observèrent la situation. En bas se trouvaient non seulement Devon, la proie qu'ils avaient eu l'ambition de capturer, mais aussi Hopper, Zucker, Firren, et les quatre frères et sœurs d'Esperanza. Pup fut transporté de joie en voyant autant de visages familiers.

C'est alors qu'il vit l'épée.

— Que personne ne me suive ! ordonnait Devon en pressant son arme contre le cou de Go-go. Ne bougez pas, si vous tenez à elle !

Et le rongeur dément commença à reculer vers l'escalier avec son otage. Pup s'aperçut que l'uniforme rose de Devon était éclaboussé de sang. Le sang de qui ? Impossible à dire, mais ce n'était pas bon signe.

Devon continua sa lente marche en arrière vers l'escalier, tandis que Zucker et Hopper demeuraient accroupis à côté de Firren, impuissants. Les yeux de Zucker étaient rivés sur la souris qui avait attaqué sa compagne et était en train de s'enfuir en enlevant l'un de

ses petits. *Si les regards pouvaient tuer,* pensa Pup, *Devon serait déjà mort.* Mais c'était tout ce que Zucker ou les autres pouvaient faire : s'ils bougeaient le moindre cil, Devon exécuterait la princesse. Zucker demeurait donc immobile, les yeux débordants de haine.

Hopper ne remuait pas, lui non plus. Mais ses yeux n'étaient pas fixés sur Devon. Ils étaient fixés sur Pup.

Quand Pup se rendit compte que son frère l'avait vu, à moitié caché à côté du mur, il détourna aussitôt la tête. Il ne savait que trop bien ce que Hopper devait ressentir. Après tout, cette tragédie était en partie sa faute, à lui, Pup : s'il n'avait pas menacé Atlantia et le village des Mūs, il n'aurait pas été nécessaire d'envoyer une patrouille à sa recherche. Une patrouille qui comprenait Devon, actuellement en train de gravir, à l'envers, les marches qui menaient vers l'entresol.

Devon avait beau être de plus en plus proche de l'endroit où Esperanza et lui étaient recroquevillés, Pup avait du mal à se concentrer sur lui. Ses yeux rencontrèrent à nouveau ceux de Hopper, et cette fois, il ne détourna pas le regard, dans l'espoir que la honte et le remords qui brûlaient en lui soient suffisamment lisibles sur son visage pour que Hopper comprenne à quel point il se repentait.

Hopper ne le quittait pas des yeux. Et à travers la station de City Hall éclairée par des rayons dorés, Pup lut dans ses pupilles ce qu'il avait besoin d'y voir.

Le pardon.

— J'ai une idée, chuchota Esperanza. Je vais le distraire.

— Génial, répondit Pup. Comment ?

Elle ôta son diadème :

— Disons simplement que je n'ai plus besoin de ce truc idiot.

— Que veux-tu dire ? s'étonna Pup.

— Devon voulait devenir prince, et regarde ce que ça a donné !

— Donc... tu n'as plus envie qu'on te considère comme une princesse ?

— Ça m'est complètement passé !

Sur ces mots, elle jeta son diadème étincelant à la tête de Devon. Elle avait bien visé : la couronne le heurta à l'arrière du crâne. Le bijou n'était pas assez grand pour lui faire vraiment mal, mais il leur procura la diversion dont ils avaient besoin.

Devon poussa un cri de surprise, leva son épée, et lâcha la princesse. Plein de courage, Pup brandit le piquant de hérisson et se précipita vers lui, tandis qu'Esperanza s'empressait d'attraper sa sœur par le bras et de la tirer vers le bas des marches, hors de portée de Devon.

Mais ce dernier se remit rapidement de son saisissement ; il resserra presque immédiatement sa prise sur son épée et se mit en garde face à Pup.

Pup leva son piquant de hérisson, mais il savait aussi bien que Devon qu'une aiguille n'avait aucune chance face à une épée en métal.

C'est alors qu'il perçut un mouvement, juste au-dessus de sa tête. Il leva les yeux, et ce qu'il vit l'enchanta, au point qu'il se mit à rire.

— Il y a quelque chose de drôle, Pup ? ricana Devon. À part ton arme, je veux dire ? (Il se mit à avancer lentement sur son adversaire.) Tu crois vraiment pouvoir me vaincre avec cette arme ridicule ?

— Probablement pas, admit Pup avec un sourire en coin. En revanche, un peu de fil de soie pourrait s'avérer très efficace !

Juste à ce moment-là, Hacklemesh descendit du plafond, suspendu par un fil presque invisible, et se posa sur la tête de Devon.

— Aaahh ! glapit celui-ci en se donnant des claques sur le crâne pour essayer de se débarrasser des huit pattes qui le surmontaient. Aaaaahh !

— Tisse, Hack ! cria Pup. Vas-y !

Et sous les regards ahuris des rongeurs, Hacklemesh réalisa sa magie arachnéenne, et enveloppa Devon dans un cocon serré de fils poisseux.

Devon était prisonnier.

La bataille était terminée. Mais l'horreur venait juste de commencer.

Car Firren avait fermé les yeux. Et Pup n'était pas certain qu'elle les rouvrirait un jour.

CHAPITRE VINGT-HUIT

C'est un bien triste cortège qui prend place dans un métro vide pour retourner à Atlantia. Zucker porte sa bien aimée Firren comme un trésor sans prix, à juste titre, bien sûr. Les héritiers impériaux ont chacun leur tour serré leur sœur Esperanza dans leurs bras. Ils sont enchantés de la retrouver saine et sauve, mais en même temps terriblement inquiets de l'état de santé précaire de leur mère. Esperanza a récupéré le diadème qu'elle a utilisé pour sauver Go-go, mais bizarrement, elle le porte sous le bras au lieu de l'arborer sur son front.

L'Élu et son frère escortent Devon prisonnier, suivis par Céleste et moi. Les yeux de Céleste sont pleins de larmes : elle pleure la perte de sa sœur, tuée par le coup que lui a asséné Devon.

Qu'adviendra-t-il de Devon ? Nul ne peut encore le dire. Pinkie le fera sans aucun doute juger du meurtre de ses soldats par un tribunal mūs. Les conseillers décideront ce qu'il faut faire de lui. Bien qu'écœurée par les crimes qu'il a commis, je ne peux pas m'empêcher de ressentir de la pitié quand je repense aux événements qui l'ont conduit à cette folie.

Les conséquences du traité entre Titus et Felina nous font donc encore souffrir, malgré le temps passé. C'est une caractéristique du mal : même quand on croit en être venu à bout, il faut rester éternellement vigilant et se montrer prêt à le vaincre à nouveau, encore et encore, chaque fois qu'il dresse son horrible tête.

Avant de quitter la station superbe et somptueuse de City Hall, Pup et l'araignée se sont séparés avec des salutations amicales. L'esthétique de la station abandonnée a beaucoup plu à Hacklemesh, et il a choisi de rester ici, où il pourra tisser des toiles aussi délicates que le filigrane de fer forgé qui entoure les verrières oubliées.

La route est longue jusqu'à Atlantia. Nous devons prendre deux métros jusqu'à l'arrêt Atlantic Avenue/Barclays Center, puis il nous faut slalomer entre les humains sur le quai afin d'atteindre le trou qui nous permet de redescendre dans la partie des tunnels qui nous appartient désormais. Pendant tout ce temps, Zucker ne cesse jamais de porter Firren, avec une tendresse infinie.

Enfin, nous arrivons en vue de l'enceinte d'Atlantia, et nous découvrons que pour la première fois depuis longtemps, les portes de la ville sont à nouveau gardées par un énorme félin aux yeux verts.

Tout le monde s'arrête net, sauf Pup, Esperanza et Hopper. Ces trois-là n'hésitent pas une seconde et se précipitent vers le chat. Cela me surprend, jusqu'à ce que j'entende Hopper le saluer par son nom :

— Ace ! crie-t-il. Ace, tu es là !

CHAPITRE
VINGT-NEUF

Ace fila vers le palais d'Atlantia tel un éclair noir et blanc. Avec l'aide de Hopper et de Marcy, Zucker avait réussi à grimper sur le dos large et soyeux du chat sans lâcher Firren.

Firren, qui n'était pas revenue à elle depuis qu'ils avaient quitté City Hall.

On avait confié à Raz, accompagné par Bartel et Pritchard, sa première mission militaire officielle : escorter Devon, toujours ligoté dans du fil de soie, jusqu'au village des Mūs, où il serait emprisonné jusqu'à ce que Sage, Christophe et Tempérance déterminent son sort.

Les citoyens d'Atlantia regardèrent dans un silence respectueux leur empereur traverser les rues de la ville perché sur le dos du chat venu du monde d'en haut. En arrivant au palais, Zucker porta Firren jusqu'à sa chambre. Marcy l'aida à ôter la grande cape bleue et la petite cape argentée pour que l'impératrice blessée soit installée plus confortablement. Esperanza recouvrit sa mère avec la demi-couverture en patchwork, assez abîmée après toutes ces aventures, et elle refusa de quitter son chevet.

Personne ne jugea nécessaire de l'y forcer.

— Maman, chuchota la minuscule rate, je comprends, maintenant. Je sais pourquoi papa et toi ne vouliez pas que Raz et moi et les autres nous accrochions trop à notre statut de princes et princesses. C'est ce qui a rendu Devon ambitieux et méchant. Il voulait être prince, et se fichait de faire du mal aux autres. Il croyait que faire partie d'une famille royale était plus important qu'être gentil. Et je ne veux pas devenir comme lui, jamais ! Je n'ai pas besoin de jolies robes ou de bijoux qui brillent pour me sentir unique. Papa et toi me faites sentir unique tous les jours... et pas parce que je suis une princesse : juste parce que je suis moi.

Zucker se pencha et embrassa sa fille entre les oreilles.

— Je suis sûr que maman est très contente de l'entendre, la félicita-t-il doucement.

Hopper resta juste assez longtemps pour vérifier que l'état de l'impératrice guerrière n'avait pas empiré. Puis il sortit de la chambre du couple impérial sur la pointe des pieds afin de retourner dans son propre appartement, où Pup l'attendait.

Il s'engageait déjà dans le couloir quand Marcy sortit à son tour de la chambre derrière lui.

— Hopper ? Je peux te parler ?

Hopper se retourna et vit qu'elle tenait la cape bleue sur un bras. Le déguisement de La Rocha. Il sourit tristement.

— Je suppose que tu n'as pas pris ce vêtement pour l'apporter à la lingerie ?

Marcy secoua la tête.

— C'est ce que je suis, maintenant, Hopper. Je l'ai oublié pendant quelque temps, mais tout m'est revenu, désormais.

— Donc... tu pars ? Tu retournes dans les tunnels ?

— Oui. Mais je ne serai jamais très loin. Et vous me verrez régulièrement au palais.

Elle se pencha pour l'embrasser sur son oreille déchirée, celle qu'elle avait nettoyée et pansée elle-même le jour où ils avaient fait connaissance :

— Je n'aime pas être loin de ceux que j'apprécie. Et je pense que tu sais combien je t'apprécie, Élu.

— Moi aussi, je t'apprécie, chuchota-t-il.

— Il y a quelque chose que je voulais partager avec toi. Un secret.

— Je t'écoute.

— À présent que tu connais l'histoire de La Rocha, tu comprends certainement qu'un jour, je transmettrai ce titre à quelqu'un d'autre.

— C'est un bon système.

Marcy sourit.

— En effet. Et je voudrais te confier le nom de celui que j'aimerais voir endosser cette responsabilité, le moment venu. Celui qui devra suivre mes traces.

Curieux, Hopper haussa les sourcils.

— De qui s'agit-il ?

Marcy regarda d'un bout à l'autre du couloir, puis attira Hopper à elle et lui chuchota un nom à l'oreille. Son visage s'illumina.

— Un excellent choix ! Parfait, même.

— C'est ce qu'il me semble. Il montre déjà des signes. Il est intelligent, et réfléchi. Un petit rat avec de grandes idées et une manière intéressante de voir le monde. Sans parler de son sens de l'humour. Crois-moi, on en a bien besoin, quand on doit répandre des paroles sages dans ces sous-sols souvent lugubres...

— Puis-je le dire à Zucker ? Il sera si fier !

— Non, à personne. C'est la règle. L'identité de La Rocha doit toujours demeurer un mystère. Seules ces circonstances extrêmes ont permis à Zucker, Firren et toi de découvrir que le rôle de divinité des tunnels m'est échu, du moins pour le moment.

— Tu as raison, admit Hopper. Je garderai le secret, et le moment venu, j'informerai Tu-sais-qui de l'extraordinaire destin qui l'attend. (Il gonfla sa poitrine et sourit.) J'ai un peu d'expérience à ce sujet, tu sais. Je m'y connais en destin...

— Voilà qui ne fait aucun doute ! reconnut Marcy en riant. Porte-toi bien, petit héros. Nous nous reverrons bientôt.

Hopper regarda son amie s'éloigner dans le couloir, puis il continua son chemin jusqu'à sa propre chambre. Comme prévu, Pup était là, assis devant le bureau qui avait autrefois appartenu à Zucker.

— Salut, Pup.

— Salut, Hopper.

À la grande satisfaction de Hopper, dès leur retour au palais, Marcy avait demandé à deux valets en livrée de faire pour Pup exactement la même chose que ce qui avait été fait pour lui-même quand il était arrivé au palais pour la première fois, seul, égaré et sale, agrippé à la main de Zucker, n'ayant aucune idée de ce que l'avenir lui réservait. Tandis que les domestiques escortaient Pup vers le haut d'un escalier qui le mènerait au bord d'un bassin rempli d'eau froide et savonneuse, Hopper lui avait crié « Ne t'inquiète pas, Pup, ce n'est qu'un bain moussant : ça ne te tuera pas ! »

Grâce au bain, la fourrure beige de Pup était redevenue propre et douce. Mais la plus grande amélioration concernait son œil, qui avait été lavé de l'affreuse tache noire qui l'encerclait. C'était à nouveau Pup, tel qu'il avait toujours été.

Ou presque.

— Qu'est-ce que c'est que ce foulard que tu as attaché autour de ta tête ? demanda Hopper. Tu t'es blessé ?

— Non, je voulais juste essayer quelque chose, avoua Pup en rougissant. C'est ce que portent les pi-rats.

— Les pi-*quoi* ?

— Ce sont des rats qui vivent sur un bateau appelé « ferry », expliqua Pup. Au début, ils font un peu peur, mais quand on apprend à les connaître, on se rend compte que ce sont des

rongeurs bien sympathiques. Généreux, et avec le sens de l'honneur. D'après eux, la vie sur l'eau est la plus belle de toutes. Crois-moi, Hopper, on n'a pas vraiment vécu tant qu'on n'a pas senti le vent dans sa fourrure et l'écume du fleuve dans les moustaches !

Son enthousiasme fit sourire Hopper. Il ressentait la même chose quand il circulait en métro.

— Ça a l'air super.

— Oh oui, ça l'est ! Voilà pourquoi j'espérais... enfin, si Pinkie et toi n'y voyez aucune objection... j'aimerais bien en être un. Un pi-rat, je veux dire.

Hopper demeura un instant bouche bée, puis objecta :

— Mais Pup, tu ne peux pas devenir un pi-rat !

— Pourquoi pas ?

— Eh bien, pour commencer, parce que tu es une souris...

Mais Hopper avait perçu le désir dans la voix de son frère. Et bien que désolé à l'idée de le perdre à nouveau, il savait qu'on ne pouvait pas résister à l'appel du destin. Il se rendit donc, avec un soupir :

— Tu es indépendant, maintenant. Tu as grandi, et tu es tout à fait capable de veiller sur toi-même, et sur ceux qui pourraient avoir besoin de toi. Tu l'as prouvé en nous ramenant Esperanza saine et sauve.

Pup sourit jusqu'aux oreilles :

— Ça me fait vraiment plaisir, Hopper.

Hopper fouilla dans la poche de sa tunique et en sortit une lettre, qu'il tendit à son frère :

— Tiens, on m'a remis ça pour toi. C'est de la part de Pinkie.

Pup eut l'air embarrassé :

— Tu peux me dire ce qui y est écrit ?

— Oh, c'est vrai. Excuse-moi.

Hopper ouvrit la lettre et la parcourut en silence. Puis il regarda Pup et sourit.

— Alors ? l'interrogea Pup.

— Elle te pardonne, annonça Hopper. Et nous savons tous les deux que ce n'est pas quelque chose qu'elle fait facilement !

— Elle a changé, on dirait, remarqua Pup.

— Encore plus que tu ne le penses. La lettre dit aussi qu'elle a abdiqué. Elle ne dirigera plus le village des Mūs ; ce seront de nouveau les trois conseillers qui s'en chargeront.

Pup semblait avoir du mal à y croire.

— Pourquoi ?

— Elle veut explorer les tunnels. Elle a déjà commencé, tu sais. Elle prend le métro dans tous les sens, rapporte des trésors venus de plein d'endroits différents. Elle a envie de rencontrer des nouveaux rongeurs, de voir de nouveaux endroits.

— Elle veut vivre des aventures ?

— C'est ça, confirma Hopper. En résumé, mon frère va remonter dans le Monde Éclairé pour devenir un pi-rat, et ma sœur va voyager et devenir une grande exploratrice. En comparaison, ma vie va me paraître passablement ennuyeuse !

Pup rit.

— Je doute que la vie de l'Élu puisse être ennuyeuse. Et peut-être y a-t-il d'autres grandes aventures qui t'attendent, toi aussi !

Hopper en doutait, et il était sur le point de le signaler à son frère quand la porte de sa chambre s'ouvrit pour laisser entrer sa filleule.

— Esperanza ! s'écria Hopper. Que se passe-t-il ? Comment va Firren ?

— Elle est réveillée ! cria Esperanza, des larmes de joie plein les yeux. C'est grâce à Céleste. Elle savait exactement quoi faire pour arrêter l'hémorragie. Quand maman s'est réveillée, la première chose qu'elle a faite, c'est de proposer à Céleste de rester à Atlantia en tant que médecin. Et Céleste a accepté !

Hopper sourit, enchanté :

— C'est formidable !

Esperanza se tourna alors vers Pup :

— Tu es beaucoup mieux sans tache ridicule autour de ton œil.

— Merci.

— J'ai deux surprises pour toi, tu sais. D'abord, je voulais te donner ceci. (Elle lui tendit son diadème.) En souvenir de cette aventure. Nous formions une super-équipe, tous les deux, pas vrai ?

Pup hocha la tête en prenant le bijou scintillant, touché.

— Tu n'as qu'à considérer ça comme ton premier lutin de pi-rat, lui suggéra Esperanza.

— Je crois qu'on dit « butin », corrigea Pup en souriant. Quoi qu'il en soit, merci !

— Et maintenant, la deuxième surprise...

Elle recula un peu et fit signe à quelqu'un posté dans le couloir. Hopper, plus proche de la porte que Pup, vit en quoi consistait cette deuxième « surprise » avant son frère. Une douce chaleur l'envahit tandis qu'Esperanza proposait :

— Hopper, veux-tu faire les présentations ?

— Avec plaisir, accepta-t-il d'une voix émue. Pup, j'aimerais que tu fasses la connaissance d'une légende vivante.

Dodger entra dans la pièce, et ses yeux brillèrent quand il regarda son autre fils pour la première fois depuis cette nuit lointaine où il s'était enfui de l'animalerie de Keep.

— Dodger, voici Pup, dit Hopper. Pup, voici papa.

Hopper et Esperanza laissèrent seuls le père et le fils nouvellement réunis afin qu'ils fassent connaissance.

Toute la population d'Atlantia était déjà au courant que Firren était hors de danger, et les rues étaient pleines de rongeurs qui se réjouissaient de la fin heureuse de l'aventure. Un banquet fut organisé pour le soir même afin de fêter l'événement. Firren déclara officiellement que ce serait une fête sans aucun protocole impérial. Pas de révérences, pas de chichis. Tenue décontractée de rigueur.

En parcourant le couloir aux côtés de sa filleule, Hopper se rendit compte qu'il tenait toujours la lettre de Pinkie à la main. Quand il la renfonça dans la poche intérieure de sa tunique, il fut surpris de sentir un autre papier sous ses doigts. Le dessin que Mamie lui avait donné, celui que sa grand-mère Myrtle avait réalisé longtemps auparavant. Il l'avait oublié.

Il allait le tirer de sa poche quand l'empereur sortit de sa chambre et s'approcha en courant.

— Hopper ! s'exclama-t-il en lui donnant une tape amicale dans le dos. On t'a averti ? Elle te réclame, elle a hâte de te voir !

— Firren ?

— Oui, oui, elle aussi, répondit Zucker en riant.
Mais ce n'était pas d'elle que je parlais.

— Il y a une autre surprise ! annonça Esperanza
en prenant par la main son parrain perplexe et en le
tirant jusqu'au hall du palais. Là-dedans !

Zucker ouvrit à la volée les grandes portes de la
salle du trône, et poussa Hopper à l'intérieur.

Et il la vit.

— Carroll !

À ce moment-là, Hopper comprit qu'une nouvelle
aventure l'attendait bel et bien. Et il pressentit qu'elle
serait encore plus merveilleuse qu'il aurait jamais pu
l'espérer.

CHAPITRE TRENTE

*Quelques semaines plus tard, sous les rues de Man
hattan...*

La cérémonie prit place sur les marches.

Les marches de la station de City Hall.

La nouvelle ville, de laquelle Hopper avait été
nommé maire, était encore en construction, mais on
avait déjà bâti une maison jolie et solide pour l'Élu et
son épouse. Elle ne contenait pour l'instant presque
aucun meuble, en dehors d'un magnifique bureau en
bois qui avait été apporté d'Atlantia et placé dans le
cabinet municipal. Le vieux bureau de Zucker, celui
sur lequel Hopper avait appris à lire et à écrire.

— Disons que c'est mon cadeau de noces, avait dit
le *président* Zucker quand le bureau avait été livré.

Zucker et Firren avaient enfin convaincu les Atlantiens qu'ils n'avaient plus besoin d'une monarchie.
L'ancienne famille impériale allait bientôt emména-
ger dans une maison de taille bien plus raisonnable,
de manière à ce que le palais puisse être transformé
en école pour tous les jeunes habitants d'Atlantia.
Brighton espérait bien être la première de sa future

classe. Quant à Go-go, elle préparait déjà la fête de fin
d'année.

Hopper contempla le quai de City Hall, avec sa
courbe gracieuse, où s'étaient rassemblés ses amis et
sa famille : des Atlantiens, des citoyens mūs, et
même quelques habitants du parc de Brooklyn venus
assister à son mariage. Il était content que cette station, où il habiterait désormais avec Carroll, soit si
proche de la surface. La lumière qui pénétrait par les
verrières signifiait que le ciel du Monde Éclairé ne
manquerait pas trop à Carroll. Et bien entendu, Hopper et Carroll comptaient aller rendre visite régulièrement à Ace, et à Pup le boucanier, qui était
redescendu dans les tunnels la veille.

Comme cadeau de noces, il avait apporté à Carroll le diadème d'Esperanza. Carroll le porterait ce jour, non en tant que couronne, mais en tant que simple bijou pour compléter sa tenue de mariée. Le gouvernement de la nouvelle ville de City Hall étant démocratique, sur le nouveau modèle d'Atlantia, elle n'en aurait plus jamais besoin. Le diadème qui avait appartenu à la mère de Zucker, la courageuse Conselyea, serait ensuite conservé dans le futur musée d'Atlantia retraçant l'histoire de la ville. En attendant, il serait confié à Esperanza juste après la cérémonie, au cours de laquelle devait officier La Rocha lui-même.

Le cortège de la noce comprenait Pup, Hacklemesh, et tous les ex-héritiers impériaux, qui monteraient les marches en grande pompe sur le dos d'Ace. Esperanza était la demoiselle d'honneur de Carroll, et c'était Dodger qui allait conduire la mariée jusqu'à l'autel.

Pinkie, malheureusement, n'avait pas pu venir, car elle s'était lancée dans sa plus grande campagne d'exploration à ce jour : elle était partie à la recherche d'un royaume mythique nommé Grand Central Station[1]. Elle leur avait cependant envoyé ses compliments, ainsi que son cadeau de noces : plusieurs centaines de pages découvertes au cours de ses

---

1. L'une des plus importantes gares ferroviaires et stations de métro de New York. (Note de la traductrice.)

voyages, provenant de livres égarés dans les tunnels. Hopper n'aurait pas pu rêver d'un plus beau cadeau. C'était ce qu'il lui fallait pour ouvrir la Bibliothèque Yahnis et Fiorello, qui contiendrait aussi des extraits d'un ouvrage nommé *Grandeur et décadence de l'Empire romain*. À la suggestion de Firren, la porte d'entrée de la bibliothèque serait de couleur argentée.

— La cérémonie peut commencer, chuchota La Rocha, dont le visage était dissimulé dans l'ombre de sa capuche.

Hopper sourit et lui répondit à voix basse :

— Merci, Marcy.

Il se tourna vers son témoin, Zucker, qui portait la même tenue que lors de son propre mariage : sa plus belle tunique violette, et une chaîne en or ornée de saphirs autour du cou. La chaîne héritée de sa mère.

Penser à Conselyea rappela quelque chose à Hopper. Il fouilla dans sa poche et en tira le dessin que Mamie lui avait donné, le portrait de son grand-père souriant à côté de Titus.

— Tu te rappelles la prophétie ? demanda-t-il à Zucker. « Quelqu'un apparaîtra pour vous guider, de petite taille, mais au cœur grand... » ?

— Comment pourrais-je l'oublier ? répondit Zucker, les yeux étincelants d'humour. Tu nous es tombé dessus tout à coup, et tu as mis en marche toute une chaîne d'événements !

— Ce n'est pas tout à fait vrai. Ils étaient en marche longtemps avant que je ne m'enfuie de ma cage...

Il montra le portrait à Zucker, et lui expliqua qu'Ebbets était le père de Dodger.

— Je veux que ce soit toi qui l'aies, dit-il. Affiche-le dans ton futur musée. Ce dessin fait partie de notre histoire, la mienne et la tienne. Il représente le moment où Atlantia et le village des Mūs sont devenus des possibilités.

Zucker demeura muet d'émotion tandis qu'il contemplait Titus, dont le cœur contenait à l'époque tant de rêves qui n'avaient pas encore été ternis par la peur et le désespoir. Hopper espérait que ce serait ainsi que Zucker se rappellerait ce père qui avait fini par donner sa vie pour épargner celle de son fils.

Hopper admira une fois de plus la manière dont Myrtle avait su capturer l'intelligence dans les yeux du jeune Titus – la même intelligence qui se reflétait désormais dans ceux de Zucker. À côté, le cercle de fourrure blanche ressortait sur le visage doux et sage de son grand-père, Ebbets, comme il ressortait sur celui de Hopper.

— Zuckerissime ?

— Oui, gamin ? Je veux dire, monsieur le Maire ?

— Je crois que nous étions destinés à devenir amis, toi et moi.

— Moi aussi, je le crois.

Soudain, la musique magnifique des criquets remplit la station. Ace était en train de monter l'escalier avec les témoins sur son dos. En bas des marches, Dodger avait pris le bras de Carroll.

Carroll. L'élue de l'Élu.

L'avenir de Hopper.

Un avenir qu'il affrontait avec assurance, avec responsabilité, et surtout avec courage. Un avenir de paix et de bonheur, il le sentait du bout de ses oreilles à l'extrémité de sa queue, en passant par son petit cœur de souris débordant de joie.

La guerre des Mūs était enfin terminée.

BONUS

UN RÉCIT HISTORIQUE
D'IMPORTANCE CAPITALE

Extrait du *Livre Sacré des Mūs*, et reproduit ici avec l'aimable autorisation des nobles conseillers.

LES PAGES PERDUES
La naissance d'Atlantia,
ou comment tout a commencé

Un récit de mémoire, authentique et fidèle,
par quelqu'un qui a assisté à ces événements

Il y a très longtemps, avant Atlantia, dans les caves de la bibliothèque publique de Brooklyn...

Ces rats n'avaient pas de nom.

Ils étaient deux. Ils n'étaient pas amis au sens traditionnel du terme, mais tous deux étaient jeunes, en bonne santé, et réunis par leur désir commun de rester en vie. Ils avaient fait équipe parce qu'il était dangereux d'être seul : un duo était un peu plus respecté. Seul l'un des deux pouvait être considéré comme intelligent, et ce que ce rat intelligent savait le plus clairement, c'était qu'il ne savait pas assez de choses. Il savait aussi qu'il pouvait apprendre.

Avec son compagnon, de caractère plus teigneux, ils s'étaient réfugiés dans la cave d'un énorme bâtiment où ils s'étaient provisoirement installés. Ce lieu n'avait pas été choisi au hasard. La pièce était humide, poussiéreuse, et immense ; elle sentait le vieux papier et la vieille encre (ce qui n'était pas désagréable), et le moisi (ce qui l'était). Mais il y faisait plus chaud qu'à l'extérieur, dans le caniveau, et les humains n'y venaient que rarement. En général, ils se contentaient de déposer de grands sacs noirs dont le contenu était ensuite jeté chaque semaine dans un incinérateur par un humain nommé Concierge.

Il était facile de grignoter ces sacs pour y faire des trous, et ils contenaient plus d'aliments délicieux que les rats n'auraient pu espérer en trouver dans les rues. Cela avait bien plu au rat teigneux, et il en avait profité. Quand ils étaient arrivés dans la cave, il était assez maigre, mais après avoir passé des mois à piller les déchets humains, il était devenu rond et robuste. Et, il faut le reconnaître, un peu impudent.

Mais aux yeux du rat intelligent, ce qui valait encore mieux que l'apport régulier de nourriture, c'était que dans cette pièce étaient relégués tous les livres n'étant plus considérés comme utilisables par les humains qui fréquentaient les étages supérieurs de ce bâtiment magnifique nommé « bibliothèque ».

Le rat intelligent avait choisi de s'installer ici, non seulement pour trouver un abri, mais aussi parce qu'il savait qu'il pourrait ainsi acquérir les connaissances qu'il désirait tant. Il avait en effet compris que savoir et réfléchir pouvait être très utile pour la survie d'un rat. Peut-être même pour son bonheur.

Ce jour-là, il était en train de feuilleter un volume épais et vieux qui devait avoir été envoyé à la cave des années auparavant. Sur le dos usé du livre était imprimé *Grandeur et décadence de l'Empire romain*. Comme d'habitude, l'autre rat traînait autour des sacs-poubelle et se régalait de restes de sandwichs et de sachets de sucre entamés.

Tandis que son compagnon s'empiffrait, le rat intelligent tournait les larges pages du livre à l'aide de ses griffes, et déchiffrait ce qu'il pouvait. C'était un talent qu'il avait acquis récemment. Certains mots étaient plus faciles à lire que d'autres. Il y en avait un qu'il appréciait particulièrement : « paix ». Et un autre : « pouvoir ». Il aimait leurs sonorités quand il les prononçait avec sa voix de rongeur, et il aimait leur allure, en grandes lettres imprimées, à côté d'autres mots moins intéressants.

Le rat intelligent et sans nom venait d'entamer un chapitre parlant d'empereurs quand il entendit un raffut terrible venant du haut de l'escalier conduisant à la cave.

— Au secours ! S'il vous plaît, à l'aide, quelqu'un !

Le rat robuste et goinfre s'engouffra aussitôt dans le sac-poubelle déchiré qu'il était en train de piller. Mais l'appel fit naître un certain sens du devoir chez le rat intelligent, qui courut vers l'escalier. Là, il vit la plus jolie rate sur laquelle il eût jamais posé ses yeux noirs et vifs. Elle était en train de descendre, sautant frénétiquement de marche en marche, les moustaches tremblantes de terreur. Le rat intelligent comprit aussitôt pourquoi : la femelle était poursuivie par une humaine hystérique, une employée des étages supérieurs connue sous le nom de Bibliothécaire. Cette femme brandissait un balai avec lequel elle essayait de taper la rate en fuite. Par bonheur, l'humaine visait mal, et la rate avait réussi jusqu'ici à éviter les coups.

— Par ici ! cria le rat.

Les yeux de la femelle étaient remplis d'horreur, mais elle n'hésita pas une seconde. Elle se précipita vers lui, et il sentit la chaleur de son pelage hérissé d'effroi contre le sien.

La bibliothécaire descendit l'escalier au pas de course, précédée par son balai. Étrangement, elle avait l'air aussi effrayée que la rate, mais déterminée, malgré sa peur.

— Je ne tolérerai pas de crottes de rat dans *ma* bibliothèque ! cria-t-elle. Pas de vermine porteuse de microbes autour de *mes* étagères !

Le rat intelligent ne connaissait pas le mot « vermine », mais il devina qu'il s'agissait d'une insulte.

La bibliothécaire le remarqua alors et poussa un cri perçant. Elle saisit son manche à balai avec les deux mains et le leva au-dessus de sa tête pour l'abattre sans pitié sur les deux rongeurs à la fois.

Mais avant que la bibliothécaire puisse utiliser son arme, le rat bondit en avant, toutes griffes dehors, et enfonça ses dents pointues comme des aiguilles dans la cheville dodue de l'humaine. Quand il la lâcha, il sentit le goût métallique du sang sur sa langue.

Le hurlement qui jaillit de la gorge de la femme sembla secouer toute la bibliothèque. Néanmoins, le rat ne battit pas en retraite : il se dressa sur ses pattes arrière, prêt à attaquer à nouveau. Mais la bibliothécaire était devenue mortellement pâle. Son arme tomba avec fracas sur le sol en ciment tandis que ses mains se crispaient autour de sa blessure. Le rat s'avança une deuxième fois vers elle, et quand elle le repoussa d'un violent geste de la main, quelque chose d'étincelant et de tintinnabulant tomba de son poignet. Secouée de sanglots, elle se releva et boitilla vers le haut de l'escalier, en braillant à plusieurs reprises le mot « rage ».

Le rat cracha le sang qui avait rempli sa bouche, puis se retourna pour prendre la rate par la main.

— Tout va bien ? lui demanda-t-il. Elle ne t'a pas blessée ?

— Non, répondit la rate d'une voix chevrotante, mais elle l'aurait fait si tu n'étais pas venu si courageusement à mon secours. (Elle leva sur lui ses yeux pleins de larmes et sourit.) Merci.

Le rat sentit une vibration inconnue au fond de son cœur.

— Je suis content de t'avoir rendu service.

Puis il se pencha pour ramasser l'objet brillant perdu par la bibliothécaire. Il s'agissait d'une chaîne formée d'anneaux dorés et de pierres miroitantes d'un bleu profond.

— Qu'est-ce que c'est ? s'émerveilla la femelle, dont les yeux s'étaient allumés devant cette beauté.

— Un bijou, je crois. Les humains leur accordent beaucoup de valeur.

Avec audace, il passa la chaîne autour du cou de la femelle, et sourit en voyant les saphirs se détacher sur son pelage gris.

— C'est pour toi.

— Oh, merci ! Je m'appelle Conselyea.

Le rat répéta son nom, qui sonnait comme de la musique à ses oreilles.

— Je n'ai pas de nom, avoua-t-il.

Ils se regardèrent dans les yeux pendant un long moment, jusqu'à ce que le compagnon du rat intelligent sorte la tête du sac-poubelle, ce qui les fit sursauter tous les deux.

— Eh bien, vous lui avez échappé d'un cheveu, fit-il remarquer en grignotant un bout de bretzel. J'espère qu'on ne la reverra plus, celle-là !

Le rat intelligent était sur le point de dire qu'il en doutait fort quand ils entendirent à nouveau du bruit dans l'escalier. Des pas lourds, cette fois. Son ami et lui échangèrent un regard, les yeux écarquillés.

— Concierge ! dirent-ils ensemble.

Les trois rongeurs disparurent dans l'ombre juste au moment où le concierge atteignait la dernière marche. Aujourd'hui, l'humain familier en uniforme bleu ne leur apportait pas de gros sacs contenant toutes sortes de délices. Cette fois, il portait une pelle, ainsi qu'une boîte sur laquelle étaient imprimés en grosses lettres rouges trois mots effrayants : MORT-AUX-RATS.

Le rat intelligent comprit immédiatement que leur séjour dans cette cave confortable, à côté d'une source inépuisable de nourriture et de connaissance, était arrivé à son terme.

— Ohé, fichus rats ! aboya le concierge en frappant le sol avec sa pelle. Venez ici, venez me voir, allez !

Le vacarme métallique de la pelle contre le sol était tel que Conselyea couvrit ses oreilles rondes et délicates, et pressa son visage contre la poitrine du rat intelligent.

Il dut s'avouer que cela ne lui déplaisait pas.

Le concierge finit par renoncer, et entreprit de dresser çà et là des petits tas d'une substance verte sortant de la boîte. Le nez du rat teigneux se mit immédiatement à frétiller.

— Bon appétit, les vermines, ricana le concierge. Mangez à volonté ! Et demain matin, je jetterai vos carcasses rongées par les puces dans l'incinérateur, avec les autres ordures !

Conselyea eut un frisson de terreur. Le concierge s'esclaffa et remonta l'escalier.

À la seconde où il disparut, le rat borné trottina vers la plus proche pile de grains mystérieux.

— Non ! cria l'autre.

— Mais ça sent si bon ! plaida son ami. Je veux juste y goûter...

— C'est du poison, lui expliqua le rat intelligent. Ça te tuerait. À présent qu'ils savent que nous sommes là, ils ne s'arrêteront plus jusqu'à ce que nous soyons morts. Ce truc va faire bouillir le sang dans nos veines, même si nous n'en prenons qu'une bouchée ; et si ça ne marche pas, les humains installeront partout ces affreux instruments de torture appelés pièges. D'une manière ou d'une autre, nous ne pouvons pas rester ici.

Conselyea l'examina comme pour le jauger. De toute évidence, ce qu'elle vit la convainquit, car au bout d'un instant, elle dit simplement :

— Je te fais confiance. Si tu dis que nous devons partir, alors partons.

Une joie inattendue l'envahit. Il avait beau regretter de quitter la chaleur et les livres, il savait qu'il pourrait s'en passer et vivre heureux pour le restant de ses jours tant que cette rate serait à ses côtés. Il ne savait pas où il la conduirait, mais l'allégresse qu'il ressentit en sachant qu'elle le suivrait était indescriptible. Il se promit de récompenser sa confiance par de la dévotion. Il la protégerait. Il ferait tout ce qui serait en son pouvoir pour qu'elle soit en sécurité.

Son camarade les accompagnerait, lui aussi, et à trois, ils seraient forts. Ils se couvriraient les uns les autres, se battraient ensemble contre les ennemis qu'ils étaient susceptibles de rencontrer.

Le rat teigneux jeta un dernier regard de regret au poison.

— Quand partons-nous ?

L'autre leva les yeux vers l'un des soupiraux de la cave. Derrière la vitre sale, la lumière du jour baissait.

— À l'aube, décida-t-il. Nous emprunterons le tunnel par lequel nous sommes arrivés.

— Où irons-nous ?

Le rat intelligent n'avait pas de réponse. Mais il avait lu un livre, un jour, au sujet d'un grand navigateur nommé Colomb, qui s'était lancé dans un long voyage à travers l'océan et avait découvert un nouveau monde. L'idée d'une croisière maritime lui plaisait, et il avait entendu dire que Brooklyn était proche de l'eau. Ne restait plus qu'à la trouver.

— Reposez-vous, tous les deux, suggéra-t-il. Je vais veiller, au cas où Bibliothécaire ou Concierge reviendraient avec leurs balais et leurs pelles.

Obéissants, l'autre rat et Conselyea fermèrent les yeux.

Le rat intelligent retourna à son livre, *Grandeur et décadence de l'Empire romain*, et lut toute la nuit. Il apprit l'existence de chefs glorieux et de villes fortifiées, d'ennemis vaincus par le courage et la force, au nom de la prospérité et de la paix. Il déchiffra ces paroles, absorba leur sagesse, prépara son plan. Il découvrit l'existence de soldats, de sénateurs, d'orateurs et d'empereurs qui avaient fait l'Histoire, et cerna mieux cette chose indéfinissable qu'ils désiraient par-dessus tout et pour laquelle ils se battaient : le pouvoir.

Le pouvoir, comprit-il, était ce qui vous protégeait des balais et du poison. Le pouvoir amenait la sécurité, et la sécurité signifiait la liberté. Et même si le pouvoir pouvait parfois être conquis par la force brute, il ne pouvait être conservé que par l'intelligence et la diplomatie.

Deux qualités que, par bonheur, il possédait en abondance.

Au cours de la nuit, le rat lut, étudia, médita silencieusement sur des points de morale et de politique. Rome et les Romains le fascinaient et l'éclairaient. Il aurait aimé être assez grand pour pouvoir emporter l'ouvrage tout entier, en partant le lendemain matin. Mais puisque c'était impossible, il déchira autant de ses pages en papier glacé qu'il pouvait en transporter. Pendant qu'il y était, il arracha le lexique d'un

livre intitulé *Initiation au latin*, au cas où le vocabu-
laire du traité historique lui poserait problème. Il fit
tout cela en silence, pour ne pas réveiller ses amis
endormis.

Toute la nuit, le rat lut. Il lut, et il apprit.

Et quand les premiers rayons pâles du jour commencèrent à entrer par les soupiraux, il s'était choisi
un destin.

Et un nom. À partir de maintenant, il s'appellerait
Titus. Et il serait puissant.

Titus baptisa son compagnon « Cassius ». C'était
un nom qu'il avait trouvé dans les pages de son livre
sur les Romains, et qui lui semblait suffisamment
intimidant. Titus annonça la nouvelle au rat teigneux
et vorace tandis qu'ils sortaient par le court passage
qu'ils avaient creusé pour entrer dans la bibliothèque.

— Je ne veux pas être juste Cassius, protesta le
rat. Je veux un titre.

— D'accord. Général Cassius, alors.

Le général Cassius sourit.

— Ça me plaît.

Il avait emporté une grande quantité de nourriture
trouvée dans les sacs-poubelle, qu'il serrait contre lui.
Titus avait enroulé sa queue autour des pages qu'il
avait arrachées, et Conselyea portait sa superbe
chaîne d'or et de saphirs autour du cou.

— Ça te va bien, lui dit Titus. Tu as l'air d'une impératrice.

Conselyea ignorait ce qu'était une impératrice, mais elle prit cela pour un compliment.

Ils émergèrent de la bibliothèque dans la lumière de l'aube et se retrouvèrent dans une rue nommée Flatbush Avenue. À cette heure matinale, il n'y avait presque aucun humain dehors. Un chien errant parcourait les trottoirs pour trouver de quoi manger, et quelques écureuils sautillaient sur le tronc d'un arbre tordu.

Les trois rats marchèrent longtemps dans cette rue. À intervalles réguliers, Titus levait le museau et humait l'air.

— Pourquoi fais-tu ça ? lui demanda Conselyea.

— J'essaie de trouver le fleuve. J'ai entendu dire que les rats pouvaient prospérer près des ports.

Ce qu'il ne lui dit pas, c'était qu'il rêvait d'une aventure pour tous les trois. S'ils atteignaient le fleuve, peut-être pourraient-ils embarquer sur un navire qui les emmènerait au loin. Titus rêvait d'une traversée épique de l'océan, en direction des eaux chaudes d'un pays nommé Italie, berceau de Rome. Ils pourraient ensuite s'installer dans la Ville éternelle qu'il admirait tant. Un rat aussi intelligent et déterminé que lui serait certainement le bienvenu, là-bas ; peut-être même trouverait-il le moyen de vivre dans la paix et l'opulence, comme les empereurs romains.

Bien que regardant tout autour de lui, il ne vit d'eau nulle part. En revanche, il remarqua un petit bâtiment de brique couleur sable, isolé, moins imposant que ceux qui l'entouraient. On aurait dit une île, comme Capri ou la Sicile, flottant entre deux bandes de goudron noir qui devenaient chaque minute de plus en plus occupées par des véhicules roulants, et donc de plus en plus dangereuses.

Titus étudia la structure, qui portait l'inscription ATLANTIC AVENUE. Il fut charmé par le toit arrondi, orné de décorations de pierre figurant des guirlandes de fruits. Il songea qu'aucun rongeur ne devait mourir de faim dans un lieu pareil : on aurait dit une corne d'abondance de brique et de ciment. Mais ce n'était pas le fleuve.

— L'eau ne me tente pas beaucoup, moi, maugréa Cassius. Je propose qu'on trouve un de ces endroits où les humains se rassemblent pour se détendre et se remplir la panse. Tu sais, un *reste-au-rang*. Je parie que c'est là qu'on peut trouver les meilleures ordures de la ville.

— En parlant d'ordures...

La voix était venue d'une toute petite ruelle entre deux bâtiments. Titus eut un sursaut d'inquiétude instinctif quand il vit la bande de rats devant l'impasse. Il avait lu dans l'un des nombreux livres de la cave qu'un rassemblement de rongeurs comme celui-ci était considéré comme une *plaie*. En voyant ces inconnus, Titus craignit que le terme ne soit approprié. Il les compta rapidement : il y avait là six rats, tous robustes, tous portant des marques de bagarres ; aucun d'entre eux n'avait l'air amical ou même pacifique.

Le rat le plus miteux se tenait à l'avant du groupe et montrait les dents.

— En parlant d'ordures, répéta-t-il, qu'est-ce que vous avez là ? Ça sent bon...

Il désigna la nourriture que transportait Cassius et ordonna :

— Donne-nous ça.

— Non, répondit sèchement Cassius. C'est à nous.

— Oh, mais c'est qu'il est malpoli, celui-là ! railla le chef.

Sans même y réfléchir, Titus s'approcha de Conselyea. Mais il savait qu'à trois, ils n'avaient aucune chance de s'en tirer contre six rats. Leur seule chance était de s'enfuir.

Le chef du groupe commença à s'approcher. Sa petite armée de gueux en fit autant. Titus se tourna vers Cassius :

— Donne-leur la nourriture, ordonna-t-il entre ses dents.

— Pas question ! répondit Cassius en serrant plus fort son trésor contre lui.

— Si tu ne nous la donnes pas bien gentiment, grogna le chef du groupe, il va falloir qu'on vienne la chercher !

Titus comprit que ce n'était pas une menace en l'air. Il prit Conselyea par la main et chuchota :

— Filons !

— Où ? demanda Cassius en regardant la rue pleine de voitures. On ne peut pas traverser !

— Il va bien falloir. Ces rats vont nous mettre en pièces. Allons vers ce bâtiment, là-bas !

Il s'élança dans la rue en tirant Conselyea derrière lui. Les véhicules défilaient tout autour d'eux, mais en zigzaguant, en sautant, en slalomant, Titus réussit miraculeusement à éviter les énormes pneus et les pots d'échappement brûlants. Cassius était sur ses talons.

Le trio arriva sur l'îlot où se dressait le bâtiment nommé « Atlantic Avenue », plus petit que les immeubles qui les entouraient, mais malgré tout très grand à leurs yeux. Ils tremblaient et haletaient, mais ils étaient sains et saufs.

Sur le trottoir d'en face, le chef secoua la tête.

— Quels crétins, cracha-t-il. Traverser Flatbush Avenue à l'heure de pointe...

Puis il remarqua la construction près de laquelle se tenaient les trois rats, et ricana :

— Vous avez donc l'intention de vous réfugier sous terre ?

— Si j'étais vous, je n'irais pas, leur lança l'un de ses compagnons. On raconte que ces tunnels sont hantés par le fantôme d'un félin assoiffé de sang.

— On ne va pas les suivre, hein ? demanda un autre rat à qui il manquait la moitié de la queue. Je n'ai pas envie de me castagner avec un chat fantôme !

— Laissez tomber, dit le chef. Moi non plus je ne tiens pas à faire risette au spectre d'un minet.

Sur ce, la bande de rats s'éloigna.

— Qu'est-ce qu'on fait, maintenant ? demanda le général Cassius, serrant toujours son balluchon de friandises contre lui.

Titus réfléchit. Entre la folie de « l'heure de pointe » et la possibilité de croiser d'autres rats truands, continuer à chercher le fleuve n'était peut-être pas une bonne idée. En revanche, le chef de la bande avait laissé entendre que ce bâtiment nommé Atlantic Avenue menait sous terre. Titus se dit que si une pièce semi-enterrée telle que la cave de la bibliothèque avait constitué une demeure idéale, peut-être qu'un endroit plus profond vaudrait mieux encore. Il avait souvent vu des humains descendre dans le sous-sol, même s'il ignorait pourquoi ; or, qui s'y connaissait en survie mieux que les humains ? C'étaient eux qui construisaient ces immeubles et qui produisaient ces délicieuses ordures. C'étaient eux qui avaient écrit tous ces livres extraordinaires.

— Entrons là-dedans, décida-t-il en se dirigeant vers l'entrée.

Tout en conduisant Cassius et Conselyea à l'intérieur, Titus sentit un frisson d'excitation. Ils avaient échappé à une bande de rats sans foi ni loi, et avaient traversé une rue pleine de voitures. C'était un bon présage. Ils ne franchiraient peut-être pas l'océan, mais cela ressemblait tout de même au début d'un voyage.

Sa grande aventure venait de commencer.

Il y avait des humains partout. Ils trimbalaient des sacs et des valises de toutes les tailles. La lumière blafarde, réfléchie par les murs brillants, donnait une teinte verdâtre à leurs visages. À côté de la dalle de ciment où circulaient Titus et ses deux compagnons se trouvait un ravin, un large canyon. Les humains se tenaient perchés sur le bord du précipice et tendaient le cou pour guetter quelque chose dans l'obscurité. Titus ignorait quelle sorte d'animal pouvait bien vivre dans les ténèbres, mais une chose était sûre, il ne tenait pas à en rencontrer un. Les trois rats rasèrent donc le mur pour rester aussi loin que possible du trou et s'efforcer de ne pas se faire remarquer.

— Où sommes-nous ? demanda Cassius en grignotant un bout de mortadelle venu de la bibliothèque.

Titus lui lança un regard noir en se rappelant que ses friandises avaient failli leur coûter la vie.

Un bruit de tonnerre remplit soudain l'espace caverneux, et un serpent de métal jaillit de l'obscurité avant de s'arrêter dans un grand crissement juste en face des humains. Un souffle, puis le serpent ouvrit plusieurs larges gueules dans lesquelles les humains se jetèrent volontairement. Un instant plus tard, il avait disparu.

Titus demeura stupéfait devant ce spectacle.

— Par les mânes de César Auguste, qu'est-ce que c'était que *ça* ?

— Je crois que c'était un métro, hasarda Conselyea.

Ce mot rappela quelque chose à Titus. Il avait déjà entendu parler du métro, à l'époque où il vivait à l'extérieur, avant de s'installer dans la cave de la bibliothèque. Les rongeurs des rues prononçaient occasionnellement ce nom, mais Titus ne s'y était jamais beaucoup intéressé.

Son ancienne demeure était un nid modeste au milieu de l'un des rares terrains de la ville encore couverts de terre et de buissons. Ce n'était pas grand-chose, mais il y était chez lui. Cassius, incapable de se débrouiller seul, y logeait parfois, et payait son séjour en partageant avec son hôte la nourriture qu'il allait ramasser dans les rues. Mais un jour, les humains étaient arrivés avec leurs bulldozers mugissants, et avaient détruit le nid de Titus en creusant la terre. C'était à cette époque qu'il avait emménagé dans la cave, et avait découvert les joies de vivre à l'abri des éléments, et entouré de livres. Depuis, il était ressorti aussi rarement que possible, et il avait quasiment oublié la légende urbaine au sujet de ces monstres souterrains qui hurlaient sous la terre. À présent, il comprenait que ce n'était pas une légende.

— Partons, suggéra Conselyea en interrompant ses pensées. Vite, avant qu'un autre monstre de métal n'arrive.

Les rats reprirent leur route, jusqu'à ce que Titus aperçoive un rongeur à quelques mètres de lui. Il était nettement plus petit qu'eux, et son pelage tirait davantage sur le marron que sur le gris. Titus comprit qu'il s'agissait d'une souris. Malgré sa taille réduite, la souris travaillait avec énergie, griffant l'endroit où le mur rencontrait le sol.

Pendant quelques instants, Titus, Cassius et Conselyea regardèrent œuvrer le petit rongeur déterminé.

— On le mange ? proposa Cassius en se léchant les babines.

L'expression de Conselyea laissait entendre qu'elle jugeait cette idée profondément choquante, et Titus était tout à fait d'accord avec elle.

— Et si on lui parlait, plutôt ?

Quand ils s'approchèrent, Titus vit que les petites pattes de la souris griffaient un endroit où un petit trou avait commencé à se former. Il était évident que son intention était de l'élargir.

— Il creuse un tunnel, conclut Conselyea.

Quand l'énorme ombre de Titus tomba sur la souris, celle-ci cessa brusquement son manège. Elle leva la tête et cligna des yeux. Elle avait l'air sur ses gardes, mais pas terrorisée. Titus se rendit compte immédiatement qu'il ne s'agissait pas d'une créature ordinaire. On lisait une certaine dignité dans son attitude, une grande intelligence dans ses yeux noirs et vifs. Le plus remarquable était le cercle blanc qui entourait son œil gauche : Titus n'avait jamais vu une souris avec une telle marque distinctive.

— Allez-vous me massacrer ? demanda tranquillement le petit être.

— Ce n'était pas notre intention, répondit Titus.

— Tant mieux. (Il sourit.) Je m'appelle Ebbets.

— Moi, c'est Titus. Et voici Conselyea, et Cassius.

— *Général* Cassius, corrigea ce dernier avant d'engloutir une bouchée de mortadelle et de lâcher un rot.

— Enchanté de faire votre connaissance, dit Ebbets.

— Nous de même, répondit Conselyea.

Titus examina le trou sur lequel Ebbets travaillait avec autant d'ardeur.

— Qu'est-ce que tu fabriques ?

— Un passage.

— Vers... ?

— Les tunnels.

— Pourquoi donc une petite souris comme toi aurait-elle besoin d'un tel passage ? l'interrogea Titus.

Ebbets secoua tristement la tête.

— Jusqu'à il y a quelques semaines, ma famille et moi vivions heureux dans les combles d'un immeuble vide. Mais le boulet de démolition est arrivé... Nous nous sommes donc dirigés vers le sous-sol afin de trouver une nouvelle maison. Ma compagne était sur le point de mettre bas quand nous sommes partis. (Ebbets gonfla fièrement sa petite poitrine.) Maintenant, je suis père, depuis deux jours.

— Félicitations ! lui dit Conselyea avec un beau sourire.

— Aujourd'hui, je me suis aventuré dans le monde d'en haut pour trouver de la nourriture à leur rapporter.

Les yeux d'Ebbets dardèrent vers les friandises que tenait Cassius, mais il ne fit aucun commentaire et poursuivit :

— Mais c'est un voyage long et dangereux. Monter et descendre en traversant ces rails, là-bas, revient à défier la mort. Je me suis donc dit que si j'arrivais à creuser un trou ici, à la jonction du mur et du sol, je pourrais passer par là pour rentrer chez moi. Ce sera une chute assez conséquente, mais si je me roule en boule, je pense que ça devrait aller.

Titus réfléchit un moment.

— Est-on en sécurité, dans les tunnels ?

— Ni plus ni moins qu'ailleurs, je dirais. En tout cas, il n'y a pas de boulets de démolition conduits par des humains, d'après ce que j'ai pu voir. Et même pas d'humains tout court, en dehors de ceux qui sont dans les trains.

— Et tu n'as pas croisé de fantôme ? Grand, blanc, en forme de chat ?

Ebbets le regarda bizarrement.

— Pardon ?

— Non, rien. Dis, ça t'ennuierait si nous venions avec toi ?

Cassius ouvrit de grands yeux.

— Tu veux t'enfoncer dans les tunnels ?

Titus se tourna vers Cassius et fronça le nez quand il respira son haleine chargée de mortadelle.

— Si nous retournons à l'extérieur, la bande de rats de tout à l'heure finira par nous tomber dessus. Et même si nous réussissions à nous éloigner suffisamment de la ville pour bâtir un nid, tôt ou tard, les humains viendront le démolir. Je pense que ça vaut le coup d'essayer le sous-sol.

Il se retourna vers Ebbets :

— Si tu nous autorises à t'accompagner, nous te donnerons une partie de la nourriture que transporte mon camarade.

— Quoi ? s'exclama Cassius. C'est hors de question !

Les oreilles de Titus se couchèrent sur son crâne, et il adressa un regard menaçant au général.

— Soit tu partages avec notre nouvel ami, soit tu t'en vas. Tu retournes dans les rues, et tout seul, cette fois.

Cassius fit une grimace de colère, puis il hocha la tête à contrecœur.

Satisfait, Titus s'accroupit près d'Ebbets et tendit les pattes vers le trou. Ensemble, le rat et la souris se remirent à creuser.

Ils étaient tellement concentrés sur leur tâche qu'ils remarquèrent à peine l'humain qui prenait des photographies de la station. Quand l'objectif se tourna dans leur direction et que le flash illumina brusquement le quai, Conselyea couina de surprise.

— Celle-là, elle est bonne, marmonna l'homme en s'éloignant. Le Transit Museum va adorer ces photos.

Les rats ignoraient ce qu'était le Transit Museum, et s'en moquaient. Tout ce qu'ils savaient, c'est qu'ils avaient une importante mission : trouver une nouvelle demeure.

La chute jusqu'à l'étage au-dessous ne fut pas spécialement agréable, et la saleté dans laquelle atterrit Titus rendit son pelage rêche et malodorant. Cela sentait le renfermé, et il n'y avait pas beaucoup de lumière. Mais au moins, on ne voyait à la ronde aucune pelle, ni poison, ni bibliothécaire hystérique. Malgré tout, Titus se tint sur ses gardes.

— Où est ton nid ? demanda-t-il, ayant hâte de se mettre à l'abri.

— Mon village est loin d'ici. Trois jours de marche, environ. Mais nous trouverons ma compagne et notre portée qui nous attendent à peu près à mi-chemin.

Ebbets se mit en route.

— Par curiosité, lui demanda Titus en désignant de la queue la direction opposée, qu'y a-t-il là-bas ?

— Un quai désaffecté, où les trains s'arrêtaient autrefois. Il y reste des objets humains, comme des pancartes, des machines, toutes sortes d'ordures. (Ebbets jeta un coup d'œil à Cassius, qui grignotait un morceau de bretzel.) Vous vous y plairiez sûrement. En gros, c'est une ville fantôme, conclut-il en haussant les épaules.

— Encore ce mot, marmonna Cassius en avalant une miette salée. Fantôme...

— Je vais aller y jeter un coup d'œil, dit Titus. Continuez sans moi. Je vous rattraperai.

Tandis que les trois autres poursuivaient leur chemin, Titus partit en exploration. L'endroit qu'Ebbets avait qualifié de « quai désaffecté » n'était pas très loin.

Et Titus n'avait jamais vu un terrain plus prometteur.

Il examina ce qui restait de ce qui avait été autrefois une vraie station de métro. Des écriteaux étaient encore accrochés en haut des murs carrelés, et il repéra contre un mur un bassin en porcelaine d'où partaient des tuyaux. Il avait vu un appareil de ce genre dans la cave de la librairie, utilisé par le concierge, et se rappelait qu'on pouvait en faire sortir de l'eau, si on savait comment le traire.

Un rat intelligent pouvait vraiment faire des merveilles dans un endroit pareil. Il y avait plein d'autres objets manufacturés, éparpillés dans tous les coins. Du carrelage brisé, des boîtes en carton, des vieux vêtements, des prospectus, des journaux, des bouteilles vides, et même une chaussure à talon esseulée. Ébloui, Titus étudia le quai juste assez longtemps pour imprimer son image dans son esprit vif. Puis il courut rejoindre ses amis.

— Ebbets, dit-il quand il les rattrapa, ce quai est vraiment formidable. Puis-je vous demander pourquoi toi et ta... euh... bande ? groupe ?

Ebbets sourit.

— Chez les humains, un rassemblement de souris est qualifié de « fléau ». Et dans certains cas, c'est peut-être vrai, mais ma famille n'a jamais rien fait de mal. Nous sommes réfléchis ; nous nous montrons déterminés et débrouillards quand cela s'avère nécessaire, mais nous préférons une approche plus paisible et philosophique de la vie. Nous aimons nous considérer comme une tribu.

— D'accord. Pourquoi ta tribu ne s'est-elle pas installée là-bas, sur le quai désaffecté ?

— Parce que, même si c'est grand et idéalement placé pour aller récupérer de la nourriture en haut, nous étions conscients qu'il n'offrirait pas une protection suffisante pour des rongeurs aussi petits que nous. Il aurait fallu réaliser de grands travaux, ce que nous n'avions ni le temps ni la force de faire. J'ai donc envoyé des éclaireurs à la recherche d'un lieu plus sûr où nous établir, en leur recommandant de se diriger vers le bas, le plus profondément possible. Et ainsi que je m'en doutais, ils ont trouvé d'autres embranchements encore plus vieux et loin de tout.

Ebbets conduisit les rats de plus en plus bas. Cassius grommela tout le long du chemin, mais Titus eut le plaisir de constater que Conselyea était une bonne marcheuse. Elle ne se plaignait pas, ne traînassait pas, ne réclamait même pas de pause. Titus en fut ravi. Une telle détermination serait un avantage dans le cadre d'une existence dans ces tunnels.

Au bout de plusieurs heures de marche, Ebbets s'arrêta.

— C'est ici que la tribu a campé en attendant des nouvelles de notre avant-garde.

Titus vit les traces de leur gîte provisoire au milieu des cailloux et des déchets. On distinguait des cendres de feux de camp et des ébauches de nids. Il commençait à éprouver un profond respect envers cette souris si déterminée. Il aurait aimé donner à Ebbets le nom d'un empereur romain, ou du moins un titre latin qui refléterait son courage et sa sagesse : il le méritait.

— C'était assez confortable, raconta Ebbets. Plusieurs jours se sont écoulés avant que les éclaireurs reviennent nous annoncer qu'ils avaient découvert un grand mur gris qui montait jusqu'au plafond voûté du tunnel. Je savais qu'une telle barrière nous offrirait toute la protection nécessaire, donc j'ai décidé que nous irions nous installer là-bas. La tribu s'est préparée à partir, mais juste au moment où nous allions nous mettre en route, ma compagne m'a chuchoté à l'oreille qu'elle ne pouvait plus marcher... Le grand moment était venu ! J'ai donc envoyé les autres sans elle ; seule la sage-femme de la tribu, sa meilleure amie, est restée avec nous. J'ai bâti un nid provisoire là-bas, derrière ce rocher, et c'est là que mes petits sont venus au monde. Les premiers de notre lignée à être nés dans les tunnels. (Un sourire de joie illumina son visage.) Dès qu'ils seront assez forts pour voyager, nous les emmènerons dans notre nouveau village, derrière le mur gris. Venez, je vais vous les présenter.

Les rats suivirent Ebbets qui contourna divers cailloux et obstacles jusqu'à une petite construction en brindilles, renforcée par des bouts de ficelles et de papier. La compagne d'Ebbets y était assise, entourée des souriceaux endormis.

— Il y en a dix en tout, s'enorgueillit Ebbets.

Il désigna chaque membre de la portée un par un, en les nommant :

— Voici Koufax, Hodges, Reese, et Robinson. Le petit costaud, là-bas, avec sa queue en l'air, c'est Lasorda. Ici, il y a Snider et Campanella, et puis Spooner, et Erskine.

Ses yeux se voilèrent quand une minuscule boule de poils se mit à tousser, et il ajouta d'une voix étranglée :

— Et ce petit bonhomme, c'est Dodger. Il n'est pas très en forme.

Il caressa doucement les oreilles du souriceau. Titus remarqua que parmi tous les petits, Dodger était le seul à porter la même marque blanche que son père autour de l'œil. Il remarqua aussi l'expression inquiète sur le visage de son nouvel ami.

— Mangeons, proposa-t-il.

Il prit la nourriture que transportait Cassius et la distribua, en prenant soin de donner les meilleurs morceaux à la jeune mère (qu'Ebbets avait présentée sous le nom de Myrtle) : il savait qu'elle transmettrait les nutriments à ses petits en les allaitant.

— Myrtle est une artiste, annonça fièrement Ebbets. Elle a même suivi des cours.

Myrtle, qui était justement en train de griffonner sur un bout de papier, eut un petit rire modeste.

— Je vivais dans une école d'art quand j'étais petite, précisa-t-elle. Je n'étais pas une élève officielle !

— N'empêche que tu as beaucoup de talent, insista Ebbets en montrant son dessin. Pas vrai, Titus ? Elle est particulièrement douée pour les portraits.

Titus admira l'image qu'on lui tendait. Le tableau réalisé avec amour de la portée endormie était d'une beauté indéniable.

— C'est magnifique ! la complimenta-t-il.

Myrtle le remercia, prit une autre feuille de papier, et commença un nouveau dessin. Titus fut un peu intimidé quand il comprit qu'Ebbets et lui en étaient l'objet.

Ebbets présenta aussi la sage-femme, Maimonides, que tout le monde appelait affectueusement Mamie. Elle avait autrefois résidé dans une maternité de Brooklyn.

Tandis que le petit groupe consommait vieux biscuits, trognons de pomme et bouts de fromage, Ebbets leur parla de son projet de créer un village paisible et prospère derrière le lointain mur gris.

— Une idée fascinante, commenta Titus. Tu crois vraiment que c'est réalisable ?

— Oui.

Quand le petit Dodger recommença à émettre une toux sifflante, Myrtle posa son dessin pour le prendre dans ses bras. Conselyea demanda alors si elle pouvait le porter. Avec un sourire fatigué, Myrtle tendit la boule de poils marron qui ne pesait presque rien à la rate. Quand il vit Conselyea bercer le souriceau fragile, Titus eut l'impression que son cœur allait éclater.

— Il a un cercle blanc autour de l'œil, comme son père, remarqua Conselyea.

Ebbets sourit.

— Je sais. Un beau petit, pas vrai ?

Ils continuèrent à manger, et Titus montra à Ebbets les pages qu'il avait arrachées du lexique de latin et de *Grandeur et décadence de l'Empire romain*.

— C'est précisément de cela que je parle, dit Ebbets. De grandes civilisations pourraient naître un peu partout dans ces tunnels. J'ai même entendu parler d'une station désaffectée de l'autre côté du fleuve – City Hall, je crois. Un lieu paraît-il splendide, le joyau architectural du métro de New York. Ce serait l'endroit idéal où établir une colonie !

— Personnellement, je suis très intéressé par le quai près duquel nous sommes passés, dit Titus. J'aimerais bien construire une ville là-bas.

— Alors, fais-le ! s'enthousiasma Ebbets. Moi et ma tribu derrière notre mur, toi et les tiens dans une grande métropole à Atlantic Avenue. Nous serons de grands alliés !

— C'est vrai. Notre force naîtra de notre amitié !

Ebbets réfléchit :

— Il faudra tout de même faire très attention aux trains. Ils représentent un grand danger pour des créatures telles que nous. Il vaudrait peut-être mieux interdire aux citoyens de s'en approcher.

— Excellente suggestion.

Ebbets sourit à nouveau. Ses yeux reluisaient d'espoir et d'excitation.

— Je suis convaincu que, si nous nous y mettons tous ensemble, nous pouvons bâtir quelque chose dans ces tunnels. Quelque chose de solide, de durable, pour tout le monde.

— Tout le monde ? intervint Conselyea. Tu veux dire qu'il y a d'autres rongeurs, ici ?

— Plein. Ils arrivent d'en haut après avoir été chassés de chez eux, comme nous, et comme vous. Beaucoup de souris et de rats, mais j'ai aussi vu quelques écureuils, et...

— ... des *chats*. (Ce mot siffla dans l'ombre comme une brise sinistre.) N'oubliez pas les chats.

Les rongeurs se figèrent. Une silhouette d'un blanc pur glissait vers eux.

— Le chat fantôme assoiffé de sang ! gémit Cassius.

Titus et Ebbets étaient déjà debout, prêts à faire face au spectre félin. Mais quand la chatte s'approcha, Titus se rendit compte que, bien que pâle comme un fantôme, elle était bien vivante. Un collier rouge orné de pierreries étincelait autour de son cou, et la malignité brillait dans ses yeux, l'un vert, l'autre bleu.

— Que ça tombe bien ! ronronna-t-elle. Juste à l'heure du déjeuner !

La vue du chat terrorisa les petits : ils se mirent à gigoter, à rouler hors du nid, à ramper en couinant dans toutes les directions. Ebbets et Myrtle bondirent à leur suite pour essayer de les rattraper. Titus, lui, se planta devant Mamie et Conselyea, qui tenait encore le petit Dodger dans ses bras tremblants. Un regard rapide lui démontra que le général Cassius préférait protéger la nourriture restante plutôt que les femelles.

— Aide Ebbets et Myrtle ! lui ordonna Titus. Rassemble les petits, vite !

Cassius lâcha à contrecœur ses friandises pour obéir, mais les efforts frénétiques du rat et des deux souris ne pouvaient rien face à la taille et à la vitesse de la cruelle chatte. Elle balaya le sol de sa patte d'un blanc étincelant, et ramassa d'un seul coup les neuf souriceaux égarés, ainsi que leur mère. Puis elle ouvrit une large bouche.

— Non ! hurla Ebbets en se précipitant vers elle.

Sans même le regarder, la chatte le frappa de sa queue. Touché de plein fouet par ce gourdin couvert de fourrure, Ebbets fut projeté contre le mur du tunnel. Courageusement, il se releva et repartit à l'attaque. Cette fois, elle utilisa les griffes de sa patte arrière pour le clouer au sol.

— Je commence à comprendre pourquoi les humains traitent les rongeurs de « vermine »... marmonna-t-elle.

Et sous les yeux horrifiés de Titus, elle leva la patte qui tenait la famille d'Ebbets. L'un après l'autre, elle laissa tomber chacun de ses membres dans sa bouche.

Mamie hurla. Conselyea se mit à pleurer. Cassius lui-même semblait avoir la nausée à la vue d'un tel massacre. Mais pas Titus. Ce que ressentait Titus était bien plus fort que la tristesse, plus profond que l'écœurement.

Ce que ressentait Titus, c'était de la fureur.

Un nœud de rage lui tordait le ventre, brûlant, flamboyant. S'installait en lui, devenait une partie de lui. Il ne se serait pas cru capable de ressentir une telle haine. Les moustaches vibrantes, il fixait ses yeux fulminants sur la superbe chatte, qui se nettoyait délicatement la bouche.

— Miam, ronronna-t-elle. Comme ils étaient tendres... Quel âge avaient-ils, deux jours, trois ? Pas de doute, les souris ont toujours bien meilleur goût quand elles sont *fraîches*.

Titus poussa un rugissement. Il était sur le point de lui sauter à la gorge quand il se rendit compte que son action laisserait Mamie, Conselyea et le petit Dodger sans protection. Mâchoire crispée, il demeura donc là où il était, faisant un rempart de son corps devant ces trois précieuses créatures, pendant que la chatte faisait sa toilette.

Enfin, elle souleva sa patte arrière, libérant Ebbets, et le toisa avec ironie :

— Merci de ce festin. Au cas où vous vous poseriez la question, je suis la reine Felina. Et je vous jure que ce n'est pas la dernière fois que nous nous rencontrons.

La chatte blanche donna un dernier coup violent à Ebbets, qui roula par terre et s'arrêta sous la forme d'un petit tas sanglant aux pieds de Titus.

Un instant plus tard, Felina avait disparu.

Ebbets saignait abondamment, mais il réussit à se traîner jusqu'à l'endroit où Conselyea berçait Dodger. La rate rassura le père inquiet :

— Il va bien.

— Brave petit, murmura Ebbets. C'est un chanceux.

Titus examina les blessures de son ami. Il avait des lésions profondes là où les griffes de la chatte l'avaient transpercé, et pour autant que Titus puisse en juger, il avait également plusieurs os brisés.

— Qu'est-ce qu'on fait ? demanda Conselyea, dont les yeux étaient remplis de terreur.

— On le laisse mourir ici et on sort de cet enfer, murmura Cassius.

Titus secoua la tête.

— Non ! Je refuse de faire ça. Sa tribu a besoin de lui. Son fils a besoin de lui. Et... c'est mon ami.

— Mais il est si mal en point ! dit Conselyea. Il faut nettoyer et panser ses blessures, et peut-être remettre en place un os ou deux.

Titus regarda la sage-femme :

— Mamie, saurais-tu le soigner ?

Elle soupira.

— Oui, mais sans matériel, tout est inutile. Il me faudrait de l'eau propre, des pansements, de quoi faire une attelle...

Titus regarda autour de lui. Ils auraient sans doute pu utiliser quelques-unes des brindilles et la ficelle du nid pour faire des attelles, mais il était encore plus urgent de nettoyer ses blessures sanglantes. Dans le cas contraire, une infection s'installerait inévitablement.

La sage-femme reprit doucement la parole :

— Je pense qu'il y a quelqu'un dans ces tunnels qui pourrait aider Ebbets.

— Qui ? demanda Titus. Comment pouvons-nous trouver ce rongeur ?

— Ce n'est pas un rongeur. C'est un cafard.

— Ben voyons, ricana Cassius en levant les yeux au ciel. C'est sûr que, quand il s'agit d'éviter les saletés et les maladies, rien ne vaut un répugnant cafard, pas vrai ?

— Cet insecte est différent des autres. C'est un être divin.

Mamie fouilla dans la poche de son tablier et en sortit un petit bout de papier rectangulaire. Bien que froissé et sale, il restait parfaitement lisible. D'un côté étaient imprimés les mots LOTERIE DE L'ÉTAT DE NEW YORK. Et de l'autre était griffonné *Ceux qui croient en La Rocha seront sauvés.*

— J'ai trouvé ça pendant notre longue marche, expliqua Mamie. Si j'ai bien compris, La Rocha est une créature bienveillante qui aide les rongeurs en difficulté. Beaucoup de rongeurs croient en lui, d'après ce que j'ai lu.

— Lu où ? demanda Cassius.

— Sur les murs, partout dans les tunnels. Il y a des messages de sagesse et de réconfort émanant du grand La Rocha lui-même. Des promesses, des prédictions, des messages d'espoir.

Titus avait vu ces inscriptions, lui aussi, mais il ne leur avait pas accordé beaucoup d'attention, pas plus qu'aux graffitis inutiles qu'on trouvait partout dans le monde d'en haut. Il regarda son ami blessé. Ebbets avait déjà perdu beaucoup de sang, et ses yeux commençaient à se voiler.

— Comment pouvons-nous trouver ce La Rocha ? demanda-t-il.

— J'ai découvert ce morceau de papier à côté du quai désaffecté, dit Mamie. Peut-être réside-t-il dans le coin.

Elle tendit les bras et prit doucement le souriceau, qui avait recommencé à tousser, des bras de Conselyea.

— C'est un voyage bien trop long et trop dangereux pour ce nouveau-né. Je vais emmener Dodger vers notre futur village, et je m'occuperai de lui. Vous trois, portez Ebbets jusqu'au grand La Rocha afin qu'il le soigne. Et quand il ira mieux, ramenez-le à son souriceau, qui l'attendra derrière le mur gris.

Titus fronça les sourcils. D'après Ebbets, le mur gris était encore à une journée de marche au moins, et Titus n'aimait pas l'idée de laisser la petite souris voyager seule dans les tunnels humides avec un souriceau malade. D'un autre côté, Ebbets avait dit que son fils était un chanceux. Peut-être avait-il raison.

— C'est la seule chose à faire, admit-il enfin. Mais enveloppons le petit pour qu'il ait bien chaud.

Titus prit les pages de livres qu'il avait apportées de la bibliothèque, et en choisit une extraite du lexique de latin. Il la déroula sur le sol, et ses yeux tombèrent sur la liste de mots qui y étaient traduits :

Multitūdo, *-inis, f.* : multitude, grand nombre

Mundus, *-i, m.* : le monde, l'univers, le firmament

Mūnus, *-eris, n.* : don, fonction, devoir

Mūrus, *-i, m.* : mur

Mūs, *mūris, m.* : souris

Titus sentit un frisson descendre le long de son échine. Il était si étrange que tous ces mots apparaissent ensemble sur la même page. Ils avaient visiblement été classés par ordre alphabétique, comme les livres de la bibliothèque ; néanmoins, il y vit un signe divin. Mamie fit la même constatation, elle aussi, et elle sourit.

— Tu vois ? Le destin le veut. C'est ainsi que les choses doivent se passer.

Titus prit le souriceau. Il le posa sur la page du lexique de latin qui lui semblait soudain si riche de sens. Et tout en enveloppant chaudement le seul survivant de la portée d'Ebbets dans le papier propre, il lui chuchota une douce litanie :

— Voilà, Dodger. Bon voyage, petit Mūs. Je vais m'occuper de ton père, je te le promets. C'est mon *mūnus*, mon don et mon devoir. C'est ainsi que fonctionne le monde, le *mundus* : nous devons aider ceux qui en ont besoin. Alors sois courageux, petit Mūs, et va derrière le *mūrus* rejoindre la *multitūdo*. Titus veille sur ton père. Titus s'occupe de tout.

Quand Dodger fut chaudement enveloppé dans les mots latins en M, Titus le tendit à Mamie.

— Fais bien attention, je t'en prie, supplia Conselyea.

— N'ayez crainte, je serai prudente. Je n'ai pas peur. La Rocha veillera sur nous pendant notre voyage.

Elle approcha le souriceau du visage d'Ebbets pour que le rongeur blessé puisse déposer un baiser sur le front minuscule de son petit. Puis elle s'enfonça en silence dans l'obscurité, en pressant Dodger contre son cœur.

Le temps qu'il leur fallut pour retourner jusqu'à la station abandonnée leur parut interminable. Titus, qui porta Ebbets tout le long du chemin, sentait le sang couler de ses blessures et imprégner son propre pelage.

Frères de sang, pensa-t-il.

À l'arrivée, il plaça son ami sur un tas de chiffons mous. La respiration d'Ebbets était désormais superficielle et entrecoupée ; elle lui rappelait celle, sifflante et laborieuse, du petit Dodger.

— La Rocha ! cria Titus, d'une voix qui résonna contre les murs carrelés. La Rocha, je t'amène un rongeur en difficulté. Je t'en prie, viens à notre aide !

Il attendit.

Rien.

— La Rocha, s'il te plaît ! Nous avons un ami blessé qui a besoin de toi.

Toujours rien.

Le cœur de Titus se serra.

— Peut-être ne prend-il pas de nouveaux fidèles en ce moment, lança Cassius, sardonique.

— Chut ! fit Conselyea. Écoutez !

Titus dressa les oreilles et entendit un bruissement : le tapotement de six pattes fines qui traversaient la terre battue. Quelques secondes plus tard, le rat se trouva face à un insecte de forme ovale.

Un cafard.

— Je suis La Rocha, dit l'insecte. Comment puis-je vous être utile ?

Titus raconta rapidement l'attaque qu'ils avaient subie. La Rocha demanda à Conselyea de lui apporter une boîte en métal rouge, d'origine humaine, dressée contre le mur. Elle se hâta de la tirer jusqu'à la couche de fortune où Ebbets gémissait doucement, dans un état de semi-conscience.

La Rocha ouvrit la boîte, et Titus constata qu'elle contenait du matériel médical de toute sorte. Il fut inondé de soulagement en voyant le cafard utiliser des lingettes imbibées et des pommades pour nettoyer les plaies, puis des pansements collants pour les couvrir.

Mais remettre les os brisés en place était une autre affaire.

— Y a-t-il quelque chose qu'il puisse mordre ? demanda La Rocha. Je vais devoir lui faire à présent une manipulation terriblement douloureuse.

Conselyea ôta sa chaîne en or et la passa à Titus, qui plaça l'une des pierres bleues entre les dents d'Ebbets.

— Mords, ordonna le cafard à son patient.

Du fond de son quasi-évanouissement, Ebbets dut l'entendre, car ses dents minuscules serrèrent la pierre.

La Rocha prit le bras tordu de la souris, et d'un mouvement presque imperceptible, remit l'os en place. Ebbets crispa les mâchoires contre le saphir et gémit de douleur.

— C'est tout ce que je peux faire pour lui, dit La Rocha en rendant la chaîne à Conselyea. Je vais penser à lui, et prier l'univers de le guérir. Mais...

— Mais quoi ? l'incita Titus.

— Ses blessures sont graves, et vous avez fait un long voyage sur un chemin poussiéreux. Ses blessures ont déjà commencé à suppurer. Les médicaments humains ne peuvent pas tout faire, hélas.

La Rocha les salua d'un signe de tête, et repartit.

Soudain, à la surprise de Titus, les paupières d'Ebbets frémirent, puis s'ouvrirent.

— Titus ? appela-t-il dans un chuchotement rauque.

— Qu'y a-t-il, Ebbets ?

— Parle-moi de la ville que tu vas construire ici, sur le quai désaffecté.

Titus avala avec difficulté sa salive et refoula l'émotion qui menaçait de le submerger.

— D'accord. Que veux-tu savoir ?

— Comment comptes-tu l'appeler ?

Titus regarda autour de lui et vit un écriteau de guingois en haut de l'un des murs, portant les mots ATLANTIC AVENUE.

— Que dirais-tu de... « Atlantia » ?

Ebbets réussit à acquiescer faiblement.

Parle-moi d'Atlantia.

— Ce sera un endroit merveilleux. Comme Rome à l'époque des grands empereurs. Les rongeurs qui y habiteront seront aussi heureux et en sécurité que les anciens Romains. D'ailleurs, on appellera la famille régnante « Romanus ». Qu'en penses-tu ?

— Peut-être un peu grandiloquent, gloussa Ebbets, mais si quelqu'un peut porter un tel nom, Titus, c'est toi.

Titus se força à rire :

— Compte là-dessus. Quant à ta tribu, je l'ai baptisée « les Mūs ». C'est un mot latin qui veut dire « souris ». Tu ne trouves pas ça chic ?

— Si, très.

— À Atlantia, je ferai construire des maisons magnifiques. Peut-être même un palais. Et il y aura un marché, et des artisans, et des squares pour les jeunes...

— Ça fait rêver. Dodger viendra certainement te rendre visite quand il sera plus grand.

— Il sera toujours le bienvenu, dit Titus, avant de se corriger aussitôt : Vous serez *tous les deux* les bienvenus.

La description de Titus fut interrompue par un son qui déchira l'obscurité et glaça les rats jusqu'aux os :

— Miiiiaaaaaoouuu !

Conselyea blêmit, et Cassius fila se cacher. Une seconde plus tard, la chatte blanche apparut et les regarda de haut :

— Il faut qu'on arrête de se rencontrer comme ça, plaisanta-t-elle.

— Je suis on ne peut plus d'accord, répliqua Titus. Alors pourquoi ne nous laissez-vous pas tranquilles ?

— Parce que ce serait contraire à ma nature, idiot. Croyez-moi, je ne suis pas particulièrement enchantée que mon régime se compose pour l'essentiel de rongeurs décharnés et miteux, mais je suis faite ainsi. J'aime aussi le poisson, mais comme vous vous en doutez, on trouve assez peu de filets de saumon ou de steaks de thon dans le coin...

— Alors pourquoi restez-vous ici ? l'interrogea Conselyea. Vous êtes très belle. Je suis sûre que vous pourriez trouver une famille humaine qui vous accueillerait volontiers.

Les yeux de Felina lancèrent un éclair.

— Croyez-vous ?

— Vous portez un collier, remarqua Conselyea. Peut-être avez-vous déjà des maîtres. Pourquoi ne pas rentrer chez vous ?

— Et vous, pourquoi ne pas vous *taire* ? siffla Felina.

Et elle abattit une patte sur Conselyea, toutes griffes dehors. Titus se jeta devant la rate pour la protéger, et c'est lui qui reçut une profonde griffure sur le museau. Aussitôt, un filet de sang commença à couler de la zébrure sur son nez et sa bouche.

— J'ai l'intention de manger l'un de vous, annonça Felina. Voici donc ce que je vous propose : soit c'est vous décidez lequel, soit c'est moi.

Titus ne pouvait pas supporter l'idée de voir Conselyea dévorée par ce monstre, et il ne fallait pas compter sur Cassius pour se porter volontaire. Le cœur en miettes, il fit un pas en avant. Mais avant qu'il puisse s'offrir à ces crocs étincelants, Ebbets éleva la voix :

— Moi, chuchota la petite souris étendue sur les chiffons. Prenez-moi, et laissez les autres tranquilles.

— Ebbets, que dis-tu ? s'exclama Titus.

— Titus, nous savons tous les deux que je suis mourant. Alors que toi... tu as Atlantia à bâtir. Tu as Conselyea, et peut-être qu'un jour, tu auras ta propre portée à élever.

Felina leva au ciel ses yeux vairons, puis bâilla :

— Tic-tac, tic-tac, messieurs !

Titus serra les poings et crispa les mâchoires. Ce que disait Ebbets était plein de bon sens, mais cette idée l'horrifiait. Il ne voulait pas sacrifier un ami, fût-ce un ami ayant peu de chances de survivre jusqu'au lendemain matin. La seule autre possibilité était de sacrifier sa propre vie... une vie qui avait enfin un objectif. Il avait désormais une compagne, ainsi qu'un rêve. Pour la première fois, Titus sentait au fond de son cœur quelque chose qui ressemblait à de l'espoir.

Avec un sanglot étouffé, il tourna le dos à Ebbets et regarda Felina dans ses yeux vert et bleu.

— Prenez-le.

Ces mots avaient un goût de sang sur sa langue.

— Fort bien, accepta Felina en avançant gracieusement jusqu'au tas de chiffons. Il fera l'affaire... pour le moment, ajouta-t-elle avec un sourire qui découvrit ses dents luisantes.

— Comment ça ?

— J'apprécie ce petit arrangement. Vous me nourrissez, et je n'ai pas besoin de salir ma superbe fourrure blanche en chassant dans ces tunnels dégoûtants. Je mange, vous restez en vie, tout le monde est content. Qu'en pensez-vous ?

— J'en pense que vous êtes un horrible monstre !

— Certes, certes, je n'en doute pas, mais je voulais dire : que diriez-vous de passer un accord avec moi ? Un traité commercial... Cela me rendrait service, et vous seriez en sécurité.

— Jamais !

Titus cracha ce mot avec violence, en regrettant que ce ne soit pas une pierre ou un bout de verre coupant.

— C'est hors de question, insista-t-il.

La chatte soupira et fouetta l'air de sa queue.

— D'accord. Comme vous voudrez. Mais, pour information, j'ai un repaire confortable dans le tunnel, là-bas, au-delà de ce virage. Si vous changez d'avis et que vous désirez passer un marché, vous savez où me trouver.

— Cela n'arrivera pas, lui jura Titus.

Felina se contenta de rire. Puis elle baissa la tête vers Ebbets et découvrit ses crocs.

Titus jeta un dernier coup d'œil à la souris, et ce qu'il vit le bouleversa : son ami avait la tête haute, et le courage brillait dans ses yeux. Mais une larme coulait dans la fourrure blanche autour de son œil gauche.

Titus prit Conselyea par le bras et fit signe à Cassius de les suivre. Tandis qu'ils s'enfuyaient, Titus entendit la voix d'Ebbets résonner dans la pénombre des tunnels :

— Vive Atlantia !

— Vive Atlantia, répéta Titus avec un sanglot.

Et tout en s'éloignant de son ami mourant et de l'horrible chatte, il cria ces mots, les derniers qu'Ebbets entendrait jamais :

— Vive les Mūs ! cria Titus des Romanus. Vive la courageuse tribu des Mūs !

FIN

NORD COMPO
m u l t i m é d i a

Composition et mise en pages
Nord Compo à Villeneuve-d'Ascq

Imprimé à Barcelone par:

BLACK PRINT

Dépôt légal : avril 2016
N° d'édition : L.01EJEN001205.N001
Loi n° 49-956 du 16 juillet 1949
sur les publications destinées à la jeunesse